庆余年

·修订版·

QING YU NIAN

【北海有雾】

III

猫腻／著

人民文学出版社

图书在版编目（CIP）数据

庆余年：修订版. 第三卷，北海有雾/猫腻著. —北京：人民文学出版社，2020
（2020.1 重印）
ISBN 978-7-02-015905-5

Ⅰ.①庆… Ⅱ.①猫… Ⅲ.①长篇小说—中国—当代 Ⅳ.① I247.5

中国版本图书馆 CIP 数据核字（2019）第 281596 号

策划编辑　胡玉萍
责任编辑　涂俊杰
装帧设计　李思安
责任印制　王重艺

出版发行　人民文学出版社
社　　址　北京市朝内大街 166 号
邮政编码　100705
网　　址　http://www.rw-cn.com

印　　刷　三河市鑫金马印装有限公司
经　　销　全国新华书店等

字　　数　260 千字
开　　本　890 毫米 × 1290 毫米　1/32
印　　张　9.25　插页 3
版　　次　2020 年 1 月北京第 1 版
印　　次　2020 年 1 月第 3 次印刷

书　　号　978-7-02-015905-5
定　　价　39.00 元

如有印装质量问题，请与本社图书销售中心调换。电话：010-65233595

目录

第一章

京里京外

一出京，日头便黯淡了下去，车队过离亭而不驻，在官道两侧杨柳的目送下缓缓向北。巡城司官兵护送使团出京十八里地便折回，将一应沿途看防的任务交给了京都守备师。使团最主要的交通工具就是马车，连绵拉了十余辆，除了载人之外，更多的空间是留给了此次北行所需的礼仪所备。

肖恩镣铐未去，被关押在第二辆马车之上，车中还有一位监察院的官吏负责照管他的生活起居。这位官吏满面微笑，小心地用毛巾替他擦拭着脸，毛巾很软，不会伤到他早已老枯的脸颊。

"如果我抓住你，用你威胁那个姓范的年轻人，会不会有效果？"铁链铛铛一响，肖恩苍老的声音在车厢里响了起来，只是话语中自然流露出一股漫不经心的感觉，似乎早就已经猜到了答案。

那位负责他生活起居的官吏温和一笑，诚恳地说道："肖先生，既然轮到我来服侍您，自然早就做好了被您制住的准备，身为庆国子民，到时候自然只好服毒自尽，免得让院里的大人为难。"

肖恩闭着双眼，身上的厉寒气息渐渐消退了一些，轻声说道："头发太长，帮我绑一下吧。"

二人的对话似乎省略了一点内容，那就是肖恩此时被铁铐所锢又如何能够制住这位监察院官吏？也许二人心中都清楚，一旦离京远去，单靠这薄薄的铁铐断断不可能永远限制住肖恩的手脚。

那位官吏走到肖恩的身边，从身旁的小柜中取出梳子，细心地梳理着他那及腰的雪白乱发，手指异常稳定，没有一丝颤抖。

肖恩在数十年前就是天下数得着的九品上高手，如果不是这二十年间一直被关在监察院，受苦刑折磨，又被院中三处的毒药折损着肉体精神，甚至有可能晋入大宗师的境界。

饶是如此，病虎犹有余威，只看他出狱之时监察院如临大敌的模样，还有他身上那股子天然流露出的威势，便可以知道这位老人依然拥有着可怕的实力。

如果肖恩此时暴起发难，这位中年官吏根本不可能有半分反抗的余地，但他却是神情自若。肖恩有些欣赏地看了他一眼。

"庆国真有这么好，能让你心甘情愿，甚至满心欢喜地守在我身边？"这是肖恩一直以来不理解的事情，庆国官场也是一片腐败，当初北魏朝廷却在一夕之间分崩离析，虽然其中有自己与战清风大帅被擒失势的缘故，庆国军队与官员们在那场战争里表现出来的勇敢与无畏也是远远超出了他的想象。

中年官吏恭敬地说道："如果我死了，院里会负责家人以后的生活，我孩子十二岁后，就可以授勋，而且相信小范大人会帮我照顾他们。小范大人很有钱的，我这条破命能换这么多东西，真的值了。"

肖恩活动了一下手腕，铁链声音再响，有些烦躁："依然是这些老手段……你叫什么名字？"

中年官吏呵呵笑着回答道："我叫王启年。"

范闲掀开车的侧帘，微眯着眼看了那辆马车一眼，挥手唤过一位虎卫，低声问道："马车旁边安排的人怎么样？"

何谓虎卫？这又要说回到司南伯范建大人与陈萍萍院长在皇宫外的第二次谈话。总而言之，范尚书在自己儿子即将出国的时候，终于忍不住将手中掌握的那批隐秘力量拨了一小部分放进了使团里。

这些虎卫个个具有极强的武力，论狙杀可能不如监察院六处，论集体战斗力不如监察院五处，但都是千挑万选的人物，护主的忠心毋庸置疑，更有股子说不出来的狠劲儿。

范闲隐约猜到这些虎卫是父亲替深宫里那位皇帝陛下掌管，说不定还起着制约监察院的作用，这次父亲派遣这七名虎卫跟着自己的儿子北上也一定经过了宫中的允许。

跟在头辆马车身边的虎卫头领姓高名达，恭敬地回答道："少爷放心，虽然没有六处的人，但我们能够保证稳妥。"

名义上这些虎卫属于范尚书的私人力量，所以他称呼范闲用的是少爷而不是大人，范闲感觉有些怪，笑了笑。

京都守备师的官兵们拱卫着这队奇怪的使团缓缓向北前进，那些普通官兵没觉得如何，知道内幕的那些将领却有些羞恼。

皇帝陛下率着庆国军队东征西伐，从未一败，早已让庆国的军队习惯了胜利，去年那次被定义为"边境冲突"的战争，庆国依然是胜利方，可谁也想不到，身为胜利方的庆国，却被迫因为某件很王八蛋的事情要做出极大的让步——将肖恩送回北方！

范闲在京中撒的言纸早已像插着翅膀一般，飞到了天下每一处角落，将领们的不满都集中到那个美丽而疯狂的皇家女子身上。

这也是范闲直到如今依然没有弄清楚的问题——长公主虽然疯，但并不傻，反手将庆国北域密探头目言冰云卖给北齐，她到底能从中得到什么好处？如果只是为了让庄墨韩来京都羞辱自己……范闲不认为自己拥有如此重要的地位。如果长公主是为了将来的皇权之争，寻求北齐方面的外援，这样岂不是会得罪绝大部分的军方力量？不论怎么看这都是件得不偿失的交易。

使团的车队已经往北行出半日，太阳渐入山峰，光线更加黯淡，车队开始在一大片树林边上稍作休息，使团副官前来请示，依规矩，使团应该在前方三里处的驿站停上一夜。

范闲摇摇头，吩咐先在此处暂停，稍后再论，便下了马车，舒展了一下因为长久不动所带来的麻僵感觉，向后方走去。

那位虎卫首领高达手按长刀，沉默地跟在他的身后。范闲双眼一垂，注意到虎卫的刀有些奇怪地长，问道："拔出来会不会不方便？"

在五竹的教导下，范闲尤其注重战斗中的反应速度，知道武器越长，武器主人的反应就会越慢。

高达啪的一声提起长刀，送到范闲的身前，解释道："有机关，所以出刀可以加快，因为属下主要负责掩护截杀，所以这一行七名虎卫用的都是加长刀，只求杀伤范围能更广一些。"

范闲点了点头，示意他不要再跟上来。此时他已经到了第二辆马车的旁边，隐隐闻到马车里传来的血腥味和冰寒气息，不由微微一笑，心想王启年和那个老怪物待了这么久，只怕是快要疯了。

果不其然，刚看到范闲，王启年站在车厢口满脸痛苦地说道："大人，什么时候我能休息一下？"

"再等两天。"范闲笑着拍了拍他的肩头，问道，"有什么异动？"

王启年摇摇头，把半天中肖恩的一举一动都讲了一遍。范闲知道王启年的话一定会落入肖恩的耳中，也不担心什么，轻声说道："我进去看看。"

"危险。"王启年神情微变，"病老虎依然是老虎，肖恩大不如当年，但毕竟曾经是九品上的绝对强者，如果大人不小心被他擒住，我们怎么办？"

"放心吧，肖恩不是傻子，离京不过十几里地，如果他这时候就想尝试，那是自寻死路。"

范闲当然知道九品上的强者意味着什么，只要想一想当初自己夜探皇宫时燕小乙那宛如天外而来的一箭便能体会，笑着说道："而且这一路还要同行许久，难道我就一直不去看他？"

车里极阴暗，肖恩的一头白发早已系起，露出阴沉的脸。范闲满脸笑容掀帘而入，说道："肖先生，此去上京路途遥远，先进些食物清水吧。"

肖恩缓缓睁开双眼，眼中寒芒一现即逝，微笑着说道："辛苦范大人。"

范闲似乎一点也不畏惧肖恩的手段，满脸堆笑地打开食盒，仔细小心地将盒中的糕点喂进老者那张仍然显得有些枯干的双唇，然后又喂他喝了些清水。

肖恩忽然说道："这些毒药没用。"

糕点里面自然有范闲精心配制，居家必备，此次北行旅游更不能少的上好毒药。被对方看穿，他微涩一笑说道："我自信这药粉应该一点儿异味都没有，肖先生是怎么察觉的？"

肖恩缓缓闭上双眼，说道："你是费介的学生，不论你再怎么自出机杼，依然脱不了费介的范畴。我在你们的大牢里，吃了十几年费介配的毒药，他和陈萍萍舍不得杀我，只好用这些药来损伤我的身体经脉。如果换你，在一个摊子上吃了十几年油酥饼，忽然间有一天，这摊子的老师傅新收的徒弟，又做了一个油酥饼，虽然做成了葱油味，我想你依然能够尝出是那个摊子的出品。"

范闲发自内心地感到敬佩，请教道："大概是每个摊子的面粉与水的分量不一样？"

"是啊。"肖恩微笑着，那笑容却让人有些发寒，"毒药也是一样，像我这种老不死，品毒药已经不是品味道如何，而是纯粹品口感了。"

这是什么境界？这是把毒药当成大白饭吃的境界。既然肖恩品出糕点中有毒，还坦然吃下，想来这毒肯定没有什么作用。范闲说道："天下有三大用毒宗师，我家老师是一个，还有一个已经死了，差点儿忘了肖先生也是三人中的一位，晚辈实在是有些自不量力。"

肖恩活动了一下手腕，铁链当当一响，范闲恰到好处地将清水送到他的手中。肖恩闭目喝水，问道："我要出恭怎么办？"

"车里有马桶。"

"外面太阳不错。"

"已经落山了。"

"看看庆国的夜色也是好的。"

"夜寒露重，先生年纪大了，还是留在车里休息吧。"

肖恩忽然睁开眼睛说道："我已经在牢里待了很多年，只在大门处看见一丝阳光，范大人，容我出去看看如何？"

范闲坚决地摇了摇头，脸上依然挂着笑容："很危险的。"

"我不危险。"肖恩说道，"既然你们与北面已经达成了协议，安安稳稳地跟着使团走，对于我来说是最聪明的选择。"

范闲应道："肖先生，在出京都路前，使团一路的安全都是京都守备师在负责。我想您应该能猜到为什么此时庆国愿意把您交还北齐，其实这是很屈辱的一件事情，所以我很担心，如果您真的戴着手铐脚镣下车放风，说不定远方就会忽然飞来许多羽箭，将您射成刺猬。"

肖恩知道这话并不虚假，微笑道："难道你不想杀死我？"

范闲清秀的面容上透着一份自信："我不是老一辈人，对于您只有对传说的尊敬，我从来不以为您就算回到北边，还能像当年一般呼风唤雨。当然，如果能将您杀了，这是最简单的处理方法。但是相比之下，我更看重与您交换的那个筹码的安全，所以放心，我一定会保住您的性命，一直到北齐的上京，交给您的那些朋友们。"

肖恩沉默着。

范闲笑着说道："直到目前为止，我依然无法准确判断您还保有多少实力，所以这一路上我都会十分小心，您的马车外面我会随时保持足够的力量，以保证当您想出马车散心吹风的时候，我们能够马上做出相应的反应。"

肖恩笑了起来，依然没有说什么。

暗中下毒被识破，而且明显无效，就只好来明面上的野蛮招数——

范闲轻轻吐了一口气，起身伸脚踩过牢牢缚住肖恩双手的铁链，用一块黑布系住肖恩的上臂，轻却无礼地拍了拍他的手背。然后他从怀中取出一个扁扁的铁匣子，开匣取出一根细长锋利无比的长针，细细的针被不知何处的一双巧手做成中空，长针后有隆起，不知是什么材料做的，想来是灌药用的存储器。

肖恩双眸里血红之色大作，冷冷地看着范闲的双眼，范闲握着针的双手却没有一丝颤抖。马车里忽然泛起了一种很怪异的感觉，范闲的鼻端忽然觉着有些微甜，空气中满是血腥的味道，而这味道仿佛来自那具苍老而愤怒的身躯。

车外的虎卫与监察院官员感应到了车上的异常，沉默着奔了过来，取出了手中的武器。守在马车下的王启年回头望了车中一眼，微微皱眉，对车旁如临大敌的人摆摆手，示意没有什么问题。

马车上，范闲缓缓从肖恩的手背上取下细针，掏出绸巾很仔细地擦拭着针尖，抬头微笑道："谢谢肖先生的合作。"

不知道这针是刺在什么穴道上，也不知道这针里灌的究竟是什么药，肖恩惊人的气势已经弱了很多，神情都有些委顿起来。

"我尊重你只是尊重老年人。"范闲低头往车外走去，"但你要记住，你现在不是什么北魏密谍大头目，也不是威震天下的凶人，你只是我的囚犯而已。如果你想尝试逃跑，我会有很多方法杀死你。"

"大人，没有必要这么小心。"王启年陪着范闲坐到路旁的树下，看着他略显疲惫的脸说道，"肖恩如果想重获自由，就应该与我们合作，老老实实地进入北齐国境。"

范闲摇摇头，说道："你不明白，肖恩这种人物，就算被关了十几二十年又如何？你看他的双眼里，除了怨毒之外还有什么？还有洞察一切的可怕，还有熊熊燃烧的野心。如果他只是要求自由，那就会与我们配合，但如果他要求的更多，就一定会想办法逃走。监察院大牢里看得紧，他没有一丝机会，但这漫漫北上道路，他的机会太多，所以我要想尽一切办法，在保证他活着的前提下，弱化他的战斗力和战斗欲望。"

"他为什么要逃？"

"因为现在北面的朝廷不是他效忠多年，为之被囚的北魏，而是北齐。"范闲说道，"虽然当年战清风大帅与肖恩关系极好，但毕竟已经改朝换代了。肖恩被关了这么多年，也不知道如今北面的皇室究竟会如何对待自己。如果北齐皇室觉得他还有利用价值，那自然会尊之为上宾。但如果没有这种利益，你想想，北齐皇室发疯了，会让肖恩这种恐怖的密谍统领重新在上京立足？"

"那北齐为什么这次愿意用言公子来换肖恩？"

"因为两个人。"范闲没有往深处解释，"一个是庄墨韩，还有一个……我猜应该是那位叫上杉虎的北方名将。"

"大人以为肖恩会冒险逃走，就是因为他不相信北齐的皇室？"

范闲想到五竹叔对自己说过的那句话，叹息道："做我们这个行当的人，本来就不会相信任何一个人。肖恩肯定还有其他的想法，但我一时也猜不出来，我只知道他必须活着到上京，就这么简单。"

"肖恩会在什么地方动手？"

"出国境之前，如果入了北齐国境，他就算逃了，也是北齐的责任。"范闲轻轻拍了拍手，让他离开，然后一个人沉默地坐在树下，双眼看着那辆马车，想着马车里的那个老人。

先前在车上扎针灌毒的时候，范闲其实很紧张。几番察探，他依然不知道在十几年深牢大狱的生活后，这位天下屈指可数的九品上强者还保留了几分实力，但他知道，在没有觅得最好的时机前，这位恐怖的老人一定会非常老实。

山风从树林里吹了过来，吹过范闲背上汗湿了的衣衫，一片湿寒。过了一会儿之后，他面无表情地站起，朝着司理理的马车走了过去。

时间可以改变很多事情，包括人们的容颜与精神状态，但也有例外。当范闲沉步走入司理理的马车时，第一眼看见的是一个略有些憔悴，依然美丽的女子，大半年的牢狱生活似乎并没有给这位流晶河上红倌人的容貌造成任何损害。

司理理神情微乱，似乎对于此次相见有些准备不足。

范闲静静地看着这位姑娘的脸蛋儿，发现那双眉依然柔若柳梢，黑眸依然顾盼流转，只是那唇今日未添颜色，显得有些苍白。

二人第一次相见的时候，范闲是一个初入京都的贵族私生子，这位司理理姑娘已然是流晶河上最红的姑娘，那一夜虽未真个销魂，男女间最亲密的事情也算全做完了。只是没有料到司理理竟然是北齐安插在庆国的间谍，通过二皇子宴请一事，与吴伯安设下了暗杀范闲的计划。范闲命大才逃脱此厄，最后又进了监察院接下了将司理理送还北齐的职司。

他静静地看着面前这女子的眼鼻唇，不知怎的，便想到了那夜花舫之中与对方的身体接触，虽未心旌摇荡，依然有些莫名的感觉。毕竟这是除了澹州那几位丫鬟之外，婚前与自己最亲密的女子。

"前些日子我曾纵马在流晶河畔路过。"车厢里的沉默被范闲温柔的话语打破，"又看见那个花舫。已经很破败了，不过我想你应该不会对那个地方有所怀念才是。"

司理理微微一怔，没有想到这位年轻俊俏的公子哥居然会用这句话来当开场白，她满心以为这应该是一场很严肃的对话才对。

"身是浮萍，四海为客，大人不要取笑奴家。"

"我不喜欢听奴家这两个字。"范闲看着她那双水汪汪的眼眸，微笑说道，"世事本就奇妙，当初你要杀我，是身有使命，我虽然不会原谅你，但也不会因此就对你有什么成见。当时在监察院大狱之中就和你说过，只要你供出主使来，我就会想法子让你活下来。但我要明确地告诉你，能够放你回北齐，这中间我没有出力，所以你不用谢我。"

司理理微愕抬头，欲言又止，愈发看不清这个一时纯洁可亲一时阴寒恐怖的年轻人，为什么他要说这些话？

"从你离开大牢的那一日开始，我们就是同事。"范闲坐在她的身边，放松地靠在车厢上，鼻尖嗅着淡淡的幽香，享受地嗅了两口，"我不知道陈萍萍与你之间的协议，但既然他认为你是可信任的，我就会信任你，希望你也能够信任我，将红袖招的计划完成好。"

司理理双手攥着湖绿色的衣袖，轻轻咬着下唇，不知道该如何言语。

"给我揉揉吧，天天要提心吊胆，不知道前面车里那个老怪物什么时候暴走，压力有些大。"范闲不是说谎，神色确实有些疲惫。

司理理嗯了一声，将身子侧了过来，双腿跪在了柔软的椅垫上，小心翼翼地将柔软温暖的双手搁在范闲的头部，缓缓地揉了起来。

范闲闭着双眼，享受着头部传来的舒服感觉，享受着司理理手指的缓缓触摸，下意识地叹息了一声。

"怎么？大人觉着重了？"不知陈萍萍究竟用了什么手段，司理理此时完全不像在大狱里那般绝望与坚毅，反而有些回复了花舫之上的模样，温柔妩媚，语音俏软滑过范闲的心房。

范闲温和地说道："只是想着当初用刑，确实有些害怕将姑娘这双漂亮的小手给夹坏了。"

司理理正在揉范闲太阳穴的手指一顿，半晌之后才幽幽地说道："苦命人，没有这么容易坏的。"

"不要有怨怼之念，这对我们的合作没有好处。"范闲没有睁眼，"当时你要杀我，我只是对你用刑，怎么看，也应该是你欠我的。"

司理理再度轻咬下唇，眸子里柔光一转道："奴……我欠大人的，大人随时能拿回去。"

"怎么拿？像第一夜那般拿法？"范闲睁开双眼，满是戏谑之色。

司理理倔强地睁着双眼与他对视着，不知道沉默了多久，她看着这个模样清秀无比的年轻官员，不知怎的就想到那夜花舫之上的羞人之事，身子竟有些微软无力，缓缓将身子靠了过去，半倚在范闲的肩上，手指不停地按摩着对方，嘴里轻声说道："这世上女子都是苦命人，我可不知道大人准备如何拿。"

那夜花舫之上，范闲用了迷药春药，故而司理理的反应极为强烈，一直铭记至今，后来在大牢里被范闲毫不怜香惜玉地大刑伺候，心恨之余，又多了些极古怪的感觉。

范闲右肩一片弹软，不想而知便是司理理的胸部，以为对方是想要色诱自己，深吸一口气想镇定一下心神，不料却吸进了满腔幽幽的体香，心头微动，问道："那个叫司凌的到哪儿去了？"

"还在京都关着。"司理理神情不变，想来司凌不是她真正的亲人。

范闲愈发好奇，陈萍萍究竟用的什么手段，能够让司理理听监察院的话？他想了想后问道："姑娘不是可怜人，至少北齐那位年轻的皇帝陛下对姑娘还是念念不忘。"

司理理眉头微蹙，叹息说道："以色事人，岂能长久。"

"这也是本官有些疑惑的地方。"范闲微笑着说道，"不知道姑娘可否将与北齐皇帝的过往细细讲来，也好方便我们去上京后，安排姑娘入宫的事宜。"

所谓红袖招计划在范闲看来只不过是西施入吴的一个翻版，由此次秘密协议可以看出，北齐皇帝对于司理理是真有几分情意，不然也不会刻意强调换回她来。只是司理理的出身毕竟有些低下，就算北齐方面敬重司理理为国出力，但那也只是敬而已，与庆国相比北齐更加注重出身血统，断然不能允许一位曾经做过妓女的女子入宫。

司理理似乎不怎么愿意讲那些过往，低头轻声说道："范大人无须担心，只要将我送入上京，后面的事情自然有北齐皇帝操心。"

车厢里再次陷入沉默，范闲坐在女子的身边，闻着淡淡香味，不知怎的，对于先前离开对方的手指头感到有些后悔，他静坐稍许后，缓缓开口道："那姑娘好生休息吧。"

不料便在此时，司理理也同时开口道："大人，还要揉揉吗？"

"也好。"范闲回答得极快。

"好的。"司理理的回答里略有一丝失望。

直到这奇怪的问答结束之后，二人才发现车厢里的气氛有些怪异起来，似乎都隐约察觉到了什么，一股子暧昧开始逐渐发酵，空气渐趋温暖。司理理再度轻咬下唇，跪在了椅上，双手摁着范闲的双肩，暗暗用力，心里想着自己只是不愿意一个人老待在马车里，所以才会如此自甘下贱地服侍这个仇家。

范闲感受着身后女子柔软的身躯，心里想着，这女子非但不记仇，反而刻意讨好自己，究竟是为了什么呢？难道……为什么自己也愿意在司理理的马车里待着呢？他皱了皱眉，想找到一个说服自己的答案，也许是此去北齐心中有些隐隐不安，也许是因为肖恩长得过于难看，也许是……其实什么都不是，自己是一个正常的男人，司理理是一个曾经被自己摸过全身的漂亮女人，想与她待在一起，是非常正常的事情。

范闲并没有在温柔乡里多耽搁，他自认是个好色之徒，但也是心神坚毅之辈，断然不会身陷温柔便无法自拔，只是让司理理揉了揉身子，去了些乏意，便走下了马车。

王启年迎了上去，陪着他向车队后方走去，低声道："大人小心四周的耳目，毕竟司理理是要送给北齐皇帝的，日后大人要在车上待这么久，下属得先清场，免得将来有什么谣言传入上京，给大人后面的计划造成影响。"

范闲知道自己的心腹想歪了，却没有辩解什么，只是笑了笑。

出了京都路，使团的速度马上就变得快了起来，一路再无守备师将领相陪，使团的成员，包括监察院的官员们都显得轻松了许多。

沿途各州郡都知道使团是出使北齐，自然没有哪位官员敢怠慢，更何况此次使团正使乃是赫赫有名的小范大人，各地官员接待起来更是分外用心，虽不敢耽搁使团出行的日程，但每至一地总是盛宴大开，美娇娥来伴，席上更是不停地大拍范闲的马屁。

此时范闲才知道原来自己的名声竟然如此响亮，不免有些飘飘然。只是次数多了，也不免厌烦了起来，每次都要重复一遍自己不再作诗的誓言，实在是麻烦得很。而且那些舞女虽美，却无法吸引他，因为使团里就有一位连北齐皇帝都念念不忘的姑娘。

他不再轻易赴宴，只是拣一些与父亲有些老交情的世伯地方高官稍叙几句，更多的时候还是留在使团驻地，一方面就近看守着肖恩，一方面也是可以多在司理理的马车上待会儿。

使团离开京都已经大半个月，一路上，范闲倒是大半时间都赖在司理理的车上。肖恩那辆马车味道太阴森，捧哏的相声听多了也油腻，哪里有与俏佳人在车上闲聊来得愉快？

司理理小心地剥着橙子皮，又细细剔去上面的筋络，才将橙肉送入范闲的唇里。

使团里范闲最大，监察院的官员也唯他马首是瞻，虎卫更是忠心耿耿，不论他怎么做，自然没有人敢说什么。

但当范闲闭目缓缓咀嚼着橙肉的时候，不知怎的却想到了妹妹。在京都的时候，若若也常常这样服侍自己吃水果，接着自然想到留在家中的妻子婉儿，于是双目微睁，透过眼帘的小缝偷偷看着正专心处理橙子的司理理，心里涌起一丝不安。

在这段旅程中，他与司理理二人并没有做什么，只是闲聊几句，吃些水果，打发一下无聊的时间，就连去北齐国上京之后的安排都极少提及……当然，偶尔揉揉发累的身子是有的，偶尔牵牵小手是有的，偶尔搂着看窗外风景是有的。

"在想什么呢？"看见范闲发呆，司理理甜甜一笑，问道，这些日子的相处，她眼前所见尽是范闲温柔细腻的一面，竟是忘了天牢欺弱女的那恐怖一幕。姑娘家似乎很喜欢这种马车对坐闲聊的感觉，内心深处竟是隐隐希望这段旅程不要结束才好。

"在想啊……最近这些天你养得不错，这一身的丰润渐渐回来了。"范闲调笑道，"刚出京时这身子摸着……手都痛了。"

司理理微红着脸说道："那你别摸啊。"

范闲微笑着牵过她的手，攥着她的手腕，将她搂进怀中，手掌缓缓在她的身体上抚弄着，轻声说道："你不喜欢？"

"我命苦，合着被你欺负，花舫上被你用药迷了，天牢里被你折磨，如今这车上还逃不脱你的魔掌……"司理理就这般说着，整个人却都伏在了范闲的怀抱里，觉着这个年轻人的怀抱真的很温暖，不想离开。感受着范闲的手隔着衣衫在自己臀上挪移着，心跳微微有些乱，朱唇微启，向范闲的耳朵里吹了一口气。

范闲耳上一热一痒，手掌下意识里重了一些。

司理理轻唤一声，媚声如丝，轻声微喘在他耳边幽幽道："要了我吧，反正去上京也没个好结局。"

……

片刻之后，范闲微笑着跳下马车，脸上的笑容里却夹着一丝怪异。

司理理的身体里有毒，慢性毒药，这些天的厮磨范闲早就已经查明白了，看来是监察院事先就种进去的。

这种毒药范闲在费老师留的书上见过，但一直没有看见过实例，这种毒会在女子的身体内缓缓释放，然后通过交合传染给男子。只要北齐皇帝与司理理一度春风，便有可能感染上这种毒素，而发作的症状，却与一般的花柳病极其相似。

难怪陈萍萍如此郑重其事，原来"红袖招"不是西施入吴的翻版，却是个毒人计划。

这种毒并非无药可救，却能有效地削弱对方的身体精神。试想一下，如果北齐皇帝真的宠爱司理理，夜夜索欢，只怕很快就会病重，而以目前北齐后党帝党对峙的情况，一旦年轻皇帝病重，只怕北齐朝政又会重新陷入大乱。

范闲叹了口气，司理理知道自己的身体里有毒，但以为只是监察院控制自己的手段，却不知道是可以传染给与她欢好的男子。

让他有些不舒服的是，这件事情的隐情陈萍萍并没有告诉自己，如果不是自己与司理理亲热时感觉到些许异样，也难以发现。当然就算自己染上这种毒，也能马上治好，但这种被瞒着的感觉依然不好。

"红袖招？"他坐在自己的马车里苦笑着，"原来是白袖招，招魂。"

他知道与陈萍萍、费介以及身后马车里的肖恩相比，自己的手段依然不够毒辣，心神不够冷酷——司理理只是一个随时会被丢弃的棋子。只是不知道陈萍萍许诺了她什么，能够让她心甘情愿地去做。

前方就是庆国北面的最后一座大城——沧州。远远看着那座城郭，范闲微微眯眼，发现天色变得黯淡起来。北风强劲，竟是将春意吹拂得四散离开，天上乌云盖顶，实在是很不吉利的天气。

"到边境线还要多久？"范闲眯着眼，眺望北方的天光。

王启年恭敬地回答道："这次是绕大湖走，所以远些，至少还要二十天。"

"真正的凶险应该就在这二十天里了。"范闲看了眼那辆一直保持着安静的马车，"肖恩目前的状态怎么样？"

"大人每天向他大剂量注射毒剂，估计他是在用功逼毒，所以一直很安静。只是四天前他忽然变得更加沉默，似乎在思考什么。"

"小心一点。"范闲抽了抽鼻子，似乎嗅到那辆马车里的血腥味越来越重。

"是。"王启年请示道，"州军已经退回去了，沧州军不大放心，大人也清楚上次押司理理回京的事情……"

范闲说道："不怕，过了沧州，在护送方面反而最安心。"

随着他的这声话语落下，荒原边际远远的矮丘之上，出现了一队骑兵，人数约在五百左右，骑兵身上都穿着黑色的盔甲，在黯淡的日光下，透着分阴寒清冽的杀气。

王启年笑道："原来黑骑来了。"

说话间，一阵风儿刮了过来，吹得地上的石砾缓缓滚动，王启年与范闲二人准备上车往沧州城的方向驶去。这时范闲的身子忽然一顿，缓缓回头，发现司理理已经下了马车，站在车边，用一种惘然的目光看着自己。

"喊人给司姑娘加件衣裳，越往北越冷了，这春天来得真他妈的晚。"范闲貌似平静地说着，心底却微微颤了一下。

这些天他很少上司理理的马车。

王启年有些古怪地看了范闲一眼，招手让属下去办事。使团里备着三位使女，本来就是用来服侍司理理这个北齐皇帝未来女人的，只是前些天范闲一直待在司理理的车上，所以这三位使女只能拖在使团车队的后面。一会儿工夫，使女们便来到司理理的身边，给她加了件绛色的披风，劝她回马车上歇息。

司理理任由她们将披风系在自己身上，却没有回马车，只是静静地看着范闲，似乎要从范闲的脸上看出些什么东西来。

远处的黑色骑兵，近处身着绛色披风的柔弱女子，天上斜斜挂着的淡白日头，这是一幅很美，却让人心头无力的画面。

出了沧州，使团在黑骑军的遥遥护送下，缓慢而坚定地往北面前进。北齐其实并不在庆国的正北方，而是东北面，两国交界处有一大堆自主无力的小国，在最东面的海边还有这个天下最大的城池，最繁华的海港——东夷城。

此次使团选择的路线并不经过诸侯国，因为路过的城池越多，越难防范。当然，两国间秘密协议的执行更不可能路过东夷城，万一那位曾经痴呆过的四顾剑忽然发起疯来，惹得三国一通乱战，谁能承担这个后果？所以使团选择沿荒原北上，在大湖处绕道向东，虽然路途稍远了一些，但胜在清静，除了那些马贼之外，应该没有什么不怀好意的强大势力。

范闲将细针从肖恩的手上拔了出来，细细端详这张日见委顿的脸庞。肖恩忽然睁眼，眼眸里的两道寒光如有实质般地打在范闲的脸上。范闲微微一笑说道："晚辈脸皮厚，不怕被人看。"

"我有个疑问。"肖恩再次缓缓闭上眼睛，"为什么你要用那个布带系住我的胳膊，我能猜到这种方法可以让我的血管更加突显出来，只是你如此辛苦地将毒液注入我的血管中，有这个必要吗？"

"有。"范闲笑着说道。这位恐怖的肖恩，一般的毒药根本起不了作用，只有用静脉注射的方法才能达到效果。这个世上没有人知道静脉注射的手段，不代表他不会。

肖恩沉默了一会儿，忽然说道："这个手法我有些眼熟，而且我承认确实很有效果……我大概是真的老了，居然忘了是谁。"

范闲一惊，脸上却没有一丝反应，笑着说道："肖先生慢慢想。"

"远方那些骑兵是陈萍萍手下那些黑小鬼？"肖恩问道。

范闲微微一怔。这辆马车两边无窗，间隔铁板夹层，对方竟然还能知道远处黑骑环峙的状况，真有些神奇。

"正是黑骑，当年千里突袭就是现在这队骑兵的先辈。"

这说的是很多年以前，陈萍萍率领黑骑从婚礼上生掳肖恩回国。那件事情是肖恩此生最大的屈辱，也给了他无法磨灭的创伤。

"你准备什么时候动手杀我？"肖恩语气淡然地问道。

这连着几句跳跃性极强的问话，暗含着某种心理上的催眠，如果是寻常人说不定会下意识地堕入圈套之中——但范闲不是寻常人，诧异地反问道："什么？"

肖恩微微一笑，说道："陈萍萍是不会让我回到北方的。"

范闲摇头道："老一辈人的想法，我向来懒得多想，只要做好自己职司就成。"

"你是一个很不错的年轻人。"肖恩睁开眼睛，静静地望着他，缓缓动了动手腕，把沉重的铁链搁在了桌子上。

"肖先生为何这么说？"

"一路同行很多天，范大人虽然时常在那小姑娘车里逗留，却没有因为贪恋春色而忘了职司。关键是你每天晨间与深夜里的两次修行从来没有停止过，这等意志，就算是我当年也远不及你。"

范闲微笑应道："笨鸟先飞，我知道自己的实力不成，天赋不够，自然要多练练。"

肖恩摇摇头："你的天赋很好，你的实力已经很强，只是你从来没有单独挑战过真正的强者，所以无法激发出你身体内真正的力量。"

范闲静静地看着老人苍老的面容，看着那双深如古井的双眼，在心里默默想着，难道你就是我要独立面对的第一位真正强者？

出了沧州城便进了定北军的管辖范围，范闲根本不想与那位九品上强者燕小乙碰面，使团自然绕道而行，反正有黑骑沿途保护，这天下也没有谁敢来如何。前些日子有几拨啸聚山林的山贼派探子前来打探，远远看到黑骑的声势便吓得退回山中，数月不敢轻出。

肖恩依然沉默着，司理理也依然沉默着，而且渐渐显出憔悴出来。

经过这些天的相处，范闲对司理理生出了一抹怜惜之情，一是怜她身世，二是怜她日后遭逢，不知道年轻的北齐皇帝如何知道司理理还是处子，如果当对方发现司理理已经失身，红袖招计划自然也就失败。所以他再也没有上过司理理的马车，反而更多的时候会登上肖恩的马车，从这位老人嘴里获取一些多年前的故识秘辛，一方面他是真的向这位曾经最恐怖的密探头领学习，另一方面也是不想让肖恩有太多的时间安排后手。

两位老少阴暗人物的对话随着车外气温的降低，也逐渐由当年的北魏转向了如今的天下。

"没有谁能够真正地一统天下。"肖恩看着他淡淡地说道。这些天里他逐渐适应了这种对话，范闲确实是个不错的聊天对象。

范闲说道："我国皇帝陛下曾经有过两次机会。一次是在第三次北伐之后。以庆国当时极盛的军力，足以一举北上，消灭北齐。"

肖恩摇摇头："虽然那时候我已经在牢里，没有听到什么消息，但听你这些天的讲解，我想，当初庆国皇帝之所以忽然停步不前，可能只是两个原因，一方面是朝廷内部的问题，另一方面就是遇到了某种强大的阻力，让他在取舍之后，最终做出了放弃。"

范闲想了想，当时叶家的事情还没有爆发，朝政基本上处在皇帝和母亲的控制之内，按道理应该没有什么内患。至于外敌……这世界上难道还有什么力量可以阻吓住强大而好战的庆国君民？

"神庙。"肖恩猜到范闲在想什么，给出了一个参考答案。

范闲摇摇头："一个过于虚无缥缈的对象，不足以抵挡住人类的野心或者说是权力欲望，一统天下，四海归一，对于一位皇帝来说诱惑太过巨大。"

肖恩承认他的这个说法："南北之间，连年征战，就算南庆打垮了齐国，想要稳定住局势，消灭所有的复辟力量，至少也需要十几年的时间。而且你不要忘记了东夷城，那是九品高手最集中的地方，这股力量虽不足以保家卫国，开疆辟土，但如果是纠结成棍，在四顾剑那白痴的率领下，还真有可能做出些疯狂的事情来。"

"三角形最稳定，三国鼎足而立，其实也是最稳定的一种架构。"范闲点了点头，"就算三方势力强弱有所差别，但谁想率先打破这种平衡，都最可能受到反噬。"

肖恩盯着他的眼睛说道："庆国如今的朝廷也是一样。皇帝、臣子，还有你口中那位看似疯狂，实则阴险无比的长公主，构成了你所说的三角，谁想率先打破这种平衡，谁就会吃亏。"

这些天范闲也讲了些庆国朝廷的事情，反正不是什么秘密，如果面前这位老人回北齐后没被杀死，也一定有很多方法知道。

范闲太阳穴有些隐隐发痛，不知怎的开始想念司理理温柔的手指，他轻声说道："如果大家够聪明，先维持着眼下的平衡再说吧。"

"不可能。"肖恩看着他微笑地说道，"因为你先动手了，所以对方一定有反应，我敢打赌，如今的京都早已乱成一锅粥，范大人此次送我回北方，倒恰好错过了这场热闹，不免有些可惜。"

京都远比北疆温暖，春意早上枝头，催开无数花朵。每到夜里，万家灯火闹春桥，十分热闹，十里红烛映花河，万般香艳，正是踏春赏春弄春的好时节。白天的京都却有些安静，似乎无论百姓还是官员都有些难禁春困，懒懒的不欲多动，街上并没有太多行人。

晌午时分，一位面带阴沉之色的书生搀着一位妇人从东城门走了进来。二人的表情动作不似母子，也没有去客栈居住，却直接去了京西一处不起眼的宅子，只有极少的人知道，这宅子的真正主人是都察院的一位御史大夫。

春困不可挡，但可以惊醒，三月中的某日，如同春闱之后的那日般，无来由地几道春雷劈过，一场淅淅沥沥的春雨降了下来，浸湿了京都里的每一座建筑，每一条小巷。

在监察院四处从江南索回相关贪官盐商之后，科场弊案终于审结了，除了一个侍郎被判流三千里，其余一共十七个涉案官员都被判了极刑。这是皇帝陛下的旨意，而且铁证如山，没有哪方势力敢再多嘴，也没有哪个文臣敢提出丝毫意见。

礼部尚书郭攸之也判了斩刑，这是庆国开国以来，获死罪的最高级官员。消息一出，朝野震惊，据说连太后都到陛下宫中求情，陛下沉吟片刻后改成狱中绞刑，为郭尚书留了个体面。

与郭攸之一道赴死的，还有十六个官员。

雨点缓缓从天上坠落，落在京都平日里最热闹的盐市口地面上，却依然没有驱赶走那些冒雨观刑的京都百姓。

十六位身着白色刑衣的官员跪在早已搭好的木台之上，衣上早已是血渍斑斑，想来是受了不少大刑。这些往日光鲜的官员如今面色丧败，头发胡乱纠结，看着凄惨无比，只是不知道监察院用了什么手段，有些精神强悍些的犯官强自睁开无神的双眼，在观刑的人群中找到自己的亲人，嘴唇大张，却始终喊不出话来。

奉旨监刑的三司与监察院一处代办沐铁坐在篷台下，看着眼前的这一幕。沐铁面无表情，其余的文官脸上却有些不自在，那些刑台之下待毙的犯官都曾经是他们的同僚，也曾在花舫上一同快活过，在酒桌上一同醉过，如今却要眼睁睁地看着他们死去。

雨水落到盐市口旁边酒楼的屋檐上，再沿着瓦片边的水道往下汇流，集成一道由天而降的小瀑布。此地的楼房极多，所以小瀑布也有十数条，像白龙一般击打着青石地面，发着啪啪的声音。

有高官站起身来，高声宣旨，只是被这些小瀑布的啪啪声一扰，显得有些听不清楚。围观的人群只看见他的嘴在动着，却不知道是在说些什么，只见最后那位高官面色一肃，厉声高叫道："斩！"

围观的百姓听清楚了这个字，马上兴奋了起来，发声喊便往前挤去，想离木台近些好欣赏这种难得一见的热闹。

木台上的刽子手啐了一口唾沫，抹去脸上的雨水，将大刀背至身后，一脚向前，伸出左手轻轻摁了摁第一个犯官的后颈，确认了骨节的位置，然后大吼一声，刀光一闪！

刀落之时，像是利刀斩入猪肉一般发出一声闷响。

唰的一声，鲜血从那无头腔孔里喷射了出来，溅得老远。那个犯官的头颅颓然落到木台上，似乎还在恐惧着庆国朝廷这把大刀，咕隆咕隆地滚了起来，竟是借着雨水的流势，一直未停，滚到了木台边，落了下去。

看见一个睁眼惘然，满是血污的头颅落到自己脚下，先前还兴致勃勃的京都百姓吓得往后退了一大步。

头颅滚动之处，留下一道血痕，只是被雨水一冲，迅疾淡去无踪。

直到此时，观刑的百姓才发出一声喝彩，但叫好的人并不怎么多，也不怎么整齐，显得有些寥落，监刑的沐铁脸色有些不好看。

紧接着刽子手又是一刀，又是一个头颅落地，又是一道血光上天，又是一阵惊呼，又是一条性命从此不在。刽子手共有三人，不过片刻工夫，十六个犯官便被齐齐斩首，只留下满地污血与尸首。

随着斩首的进行，围观的人群渐渐胆大起来，喝彩的声音也是一声高过一声，当最后那个礼部奉正的头颅终于惨然离开自己身躯的时候，叫好的声音更是震天一响，将这漫天雨丝都吓得飘离起来。

几个京都府的衙役在人群里忙着找先前落下的犯官头颅，却是找了半天也没有找到。片刻后，一条黑狗从人群里跑了出来，嘴里叼着一个头颅，锋利的牙齿咬着那头颅上的耳朵，一双狗眼四处瞥着，狗眼里的光芒无来由地让人感觉一片阴寒。

"汪！"黑狗屁股上挨了京都府衙役一刀鞘，因吃痛而松开嘴里叼着的头颅，哀鸣数声，蹿进了大雨之中。

其后数日，连番动作再出，刑部尚书因贪赃枉法事发，被监察院在他的三姨太别院中搜出金银若干，犯禁物若干，上报朝廷，转大理寺议处，夺职降为夷州州判，竟是直接由从一品降成了从七品。

夷州远在南方，多瘴气热毒，只怕这位刑部尚书韩志维再也没有回到京都的那一日。

都察院御史郭铮表面上似乎没有受什么影响，却被朝廷寻了个由头直接赶去了江南。江南虽然是水美人美之地，但监察院四处在江南早已布满人手，只看什么时候动手整治他。

朝中的文官一方面因为宰相的关系，也是觉着监察院手握实据，下手不是太狠，并没有抱成一团因为此事而对监察院大加攻讦。但所有的官员都知道，这是报复，这是监察院因为那位远在北域的提司范闲，对于刑部大堂一事赤裸裸的报复。

报复与反报复，控制与反控制，直到最后达成一种默契的平衡，是庆国官场这几十年来不变的主题。所以没有人想到，当监察院与宰相的报复很宽容地停留在一定限度时，来自信阳及皇后处的反扑竟是如此快速地到来。

前面的那位年轻书生正是因为父亲去世不能参加此次春闱的贺宗纬。他是大学士曾文祥的学生，一向与郭家走得亲近。没料到在家乡时就听见那个惊天动地的消息，尚书大人在狱中待死，家产被抄，好友郭保坤更不知道流落何方。最让贺宗纬愤怒的是，东宫太子竟然在这件事情上没有伸出援手！

与贺宗纬一道入京的那位妇人则是吴伯安的妻子。那位吴伯安是长公主安插在相府里的一位谋士，去年劝唆着林家二公子与北齐方面联手，想在牛栏街刺杀范闲，不料最后却惨死在葡萄架下。

林若甫身为宰相，对于这个害死了自己唯一正常儿子的吴伯安自然是恨之入骨，虽然吴伯安早死，但吴家在山东一地仍有不少家产。当地的官员是宰相大人的门生，奉着上意对吴家好生折磨，短短半年时间里不知搜刮了多少银两，更将吴伯安的亲生儿子无故索入狱中，大刑致死。这位妇人虽不识文墨，却也知道宰相势大，断不是吴家可以抗衡，但心伤儿子惨死，竟是将心一横，单身一人往京都里闯，准备告御状。

在城外稍歇之时，这位可怜的吴氏很"凑巧"地恰好遇见了回京的贺宗纬。贺宗纬是个聪明人，一听便知道此事大有可为之处，安慰那吴氏妇人说自己一定会想办法替她讨回公道。

入京之后，贺宗纬凭借老师的关系暂将吴氏安顿在一位告老御史的府第内。那些天经常有些神秘的人物出入府第，温言细语询问吴氏关于家乡惨剧的一些细节。

贺宗纬有些漠然地看着这一切，只是当吴氏有些惶恐不安地向自己发问时，他才会堆起满脸微笑，安慰她说，朝廷的正直官员正在着手，宰相大人马上就会垮台。

老御史府的花园有些破败，站在假山之后贺宗纬脸上闪过一丝微微的得意，将怀中信阳方面的密信毁掉，想到宰相垮台之后的京都官场，不由得想到了相爷的亲家范尚书，想到了那位有些冷漠的范家大小姐，心头不禁微热。

没过数日，都察院的御史集体上书参劾宰相林若甫阴夺他人家产，谋害百姓性命，此事一出，朝野震惊，但由于吴伯安本身就顶着个北齐奸细的帽子，一般而言舆论还是倾向于宰相这边。

可就在吴氏入大理寺述供的途中却又遇见了一场无由而至的刺杀，不知道是吴氏的命大，还是宰相的命太差，当时二皇子正与靖王世子游于街中，恰逢其时地救了下来。

如此一来，事情的味道就开始有了变化。

传闻深宫之中，皇帝陛下曾经问过太子与二皇子，此事究竟如何处理。太子沉默片刻后说证据不足，而且宰相大人于国有功，不可轻信人言。二皇子虽当街救了吴氏，也与太子弟弟一般保持着沉默。

宰相乃百官之首，无论如何处理，都将引起轩然大波。

只是当夜靖王从自己儿子口中听闻此事，勃然大怒，难得进宫与皇兄一夜长谈，具体谈的什么没有人清楚。皇帝陛下当夜翻拣着这十几年来的奏章，看着户部的银钱，看着那些宰相大人一手辛苦做出的政绩，默然无语，只得一声叹息。

"山东路刺史彭亭生……是十一年前中举的，那时候我初登相位，觉着这学生很听话。"林若甫今年四十多岁，却显得有些苍老憔悴，"但没有想到他竟会如此听话，你应该清楚我没有让彭亭生做这些事情。吴伯安已经死了，若我真想拿他家人出气，岂会如此简单？"

"或许彭大人暗中揣摩相爷的心思，所以做了这件糊涂事。"林若甫的心腹友人袁宏道微微皱眉。

"哦？"林若甫似笑非笑地望了他一眼，"彭亭生不是糊涂人，如果不是相府出去的命令，他断不会拿自己的官声做赌注。更何况前天在京中当街杀人，这事情又是谁做的？为什么会查到相府来？"

袁宏道的表情有些木然，轻轻捋了捋颌下的长须，说道："贺宗纬是东宫的人，不过是个小棋子，应该没有胆量做这件事情，背后一定有人撑腰，只是不知道是皇后还是长公主。"

"是云睿。"林若甫微笑道，"她在朝中的实力大部分在都察院里，这是她在向老夫报复。"

"报复什么？"

"报复……很多吧。包括晨儿的事情，包括女婿的事情，包括我与她之间的事情。"

袁宏道微微一笑说道："其实，还是看陛下的意思，如果陛下不信，相爷的地位自然稳若大东山。"

"如此拙劣的手段，圣上一定会看得清楚。"林若甫叹道，"但问题就在于，陛下愿不愿意看清楚。"

"相爷何出此言？"

"前些天死了那么多京官，我身为文官之首，本来就要负责任。"他闭目分析道，"最关键的是，陛下不想让我继续当这个宰相了。"

袁宏道恭声应道："其实事情犹有回转之机，请范尚书说话吧，范府与监察院的关系密切，如果陈萍萍大人愿意站在相爷这边，那不论都察院如何折腾，陛下也会坚决地站在你这边。"

林若甫摇摇头："陛下只是想让我让开一条道路罢了。"

"让开道路给谁？"

"给太子，或者说是给将来的陛下……"

林若甫忽然想到一种可能，微微眯眼道："范闲的势头太猛，如果我还在朝中，他一手理着监察院，一手掌着内库，背后还有本相为他撑腰，这种权势只怕连皇子都及不上。前些日子我就对范闲说过，木秀于林，风必摧之……原来如此，陛下想让范闲成为一代良臣，好生辅佐将来坐龙椅的那位皇子，我自然便要让位了。"

袁宏道神情微变，眼角余光却发现林若甫的唇角挂着淡淡的笑意，似乎在嘲笑着什么事情。

窗外传来大宝玩水的声音，林若甫的脸部表情柔和了起来，站起身走到窗边往外望去，看着自己憨憨傻傻的那个大儿子，轻声说道："明天我会让婉儿来把大宝接去范府。"

袁宏道等着他的下一句话。

"我会进宫请辞，相信陛下瞧在这些年的辛苦分上，会让老夫有个比较安稳的晚年。"

袁宏道准备说些什么，林若甫冷冷地挥手止住，回头静静地望着他，隔了很长时间后才问道："给彭亭生的信是你写的？"

书房里顿时安静下来，许久之后，袁宏道低声应道："正是，就连此次京中的刺杀事件都是我安排相府侍卫做的。"

"为什么？"林若甫皱着眉头，似乎很困惑，"本相入朝为官以来，就只有你这一个朋友，自问平日里对你也是极尊敬，为什么你会隐忍多年，忽然出手，而且一出手就不给我留半点退路？"

袁宏道与林若甫相交半生，真可谓是一生之友，他掌握了相府太多的秘密，今次栽赃陷害，就连林若甫也只有退让一途！

看着宰相那张有些苍老的脸，袁宏道略带歉意地说道："每个人的存在都有他的目的。老友，我在你的书房里隐藏了这么多年为的就是今天。我应承过某人，当他需要你下台的时候，我会助他一臂之力。"

林若甫看着面前这位老友，唇角微翘："云睿究竟许了你多少好处，竟能让你卖友求荣？"

袁宏道摇头道："不是卖友，也不是求荣……只是陛下需要您归老，朝廷需要您离开京都。至于求荣……我本以为……如果你没有察觉我所做的事情，我会陪着你去家乡，一道共度晚年。"

林若甫真的吃惊了，愈发瞧不清楚面前这位跟随自己多年的谋士，心里究竟想的是什么。

夜色笼罩京都，袁宏道在书童的陪伴下收拾好了自己的行囊，略带一丝怅然，回头看了眼相府紧闭的大门，轻叹一声，上了一辆马车。马车上一位都察院御史正冷漠地看着他："袁先生，什么时候去大理寺做证？"

袁宏道看都没有看那位中年人一眼，淡淡说道："不用了，宰相大人明日就会入宫请辞，陛下会终止此案的调查。"

那位都察院御史大怒，痛斥道："证据俱在，陛下一定会将奸相索拿入狱！你跟随奸相多年，身上哪会干净？你若不敢当堂指证，当心自己脱不开干系。"

袁宏道冷冷地看了他一眼，这位一向以儒雅著称的谋士，此时的目光却是冷厉无比，像两把利刃一样，让那位御史感到有些害怕。

"我只听从信阳方面的命令。"袁宏道看着面前这可怜的御史，冷漠地说道："什么时候轮到你来安排我做事？"

御史大惊失色，这才明白为什么宰相大人的心腹文士居然会在最关键的时候反水，原来……对方竟然也是长公主的人！

清晨时分，一辆马车赶在城门初开的时候就出了西城门，马不停蹄地上了官道，往信阳的方向驶去。

袁宏道摁了摁伞柄里藏着的利剑，眉头微皱，心里盘算着到了信阳之后，那位有些疯癫的长公主应该会如何安排自己这个潜伏了很多年的棋子。在他的内心深处，不可避免地对于宰相林若甫有一丝歉疚，毕竟他们是数十年的老友，在一起的时间甚至比和家人在一起的时间还要多一些。在宰相下台的过程中，他扮演了最不光彩，也是最重要的角色。

林若甫没有杀他这真是值得他感恩的。

　　他已经遣散了跟着自己的书童，这辆马车上除了他以外，就只有头前那个车夫。袁宏道看着车夫挥鞭，发现对方手腕极其灵活，显然身上有着极为高明的武功。

　　许久之后，车辆过了十八里驿站，进入了荒无人烟的山路，正在此时，马车缓缓停了下来，车夫回头用极不寻常的目光看着袁宏道，说道："院长大人命下属向先生表示感谢。"他稍顿了顿，又沉声说道，"请允许下官私人向先生表示敬佩。"

　　袁宏道略带一丝伤感地说道："我很不敬佩自己……说说信阳方面的计划吧，相信经过此事，长公主应该会相信我了。"

　　是的，他是一枚钉子，一枚在很多年前就被陈萍萍安插在宰相林若甫身边的钉子，不知道今后又会钉死谁人的棺材板。

第二章

海棠朵朵

"一切为了庆国。"

"一切为了庆国？"

袁宏道坐着马车往信阳长公主的封地驶去，对自己内心深处守了许多年的这句话感到一丝荒唐。

很多年前，当长公主刚开始喜欢如今的宰相大人时，当时身为监察院二处第一批暗中成员的袁宏道便接受了陈萍萍的安排，有了一个新的身份，有了一个新的人生，与当时还并不如何显山露水的林若甫成了好友。那时只是两个书生的偶然相遇罢了。

当年的林若甫意气风发，袁宏道沉稳慈厚，又经历了院中安排的种种巧合，终于成了所谓的"挚友"。随着时间一年一年的过去，林若甫在长公主的支持下，在官场上一路顺风顺水，袁宏道却甘心留在林若甫身边当一位清客，甚至当林若甫无数次暗示甚至明示可以让他成为一方父母官时，他都只是淡淡一笑，拒绝了。

也正因为如此，林若甫更加将他视作自己人生中唯一的挚友。只是他无论如何也想不到，这位朋友从一开始就背负着别的使命。

袁宏道其实也渐渐适应了这种人生，因为院子里一直没有什么任务安排给他，唯一知道他身份的几个人也一直保持着距离。这些年里，袁宏道唯一帮助监察院做的事情，只是苍山别院林二公子被杀之后，替监察院圆了一个谎，栽赃给了东夷城。

正因为是他说的，所以林若甫信了。

袁宏道这一生只背叛了林若甫这一次，也就是这一次，就足以让他黯然退出朝廷。

这是陛下的意思，隶属于监察院的他只是个执行者。

也许是老友的背叛真的让宰相大人看清楚了这个人世间，第二日他的入宫变得无法阻拦，就连范建的连番暗示他都视若无睹。他把林家的将来寄在范闲的身上，自然不愿意将亲家扯进这浑水之中。

三月中，礼部尚书郭攸之死，刑部尚书韩志维贬，宰相大人请罪告老，陛下挽留无果，赐银返乡。都察院关于吴伯安一案的所有举措烟消云散，那位吴氏不知去了何处。陛下有旨，贺宗纬才学德行俱佳，入宫受赏，恩旨免试任为都察院御史。

"为什么？"范闲坐在马车里，轻轻弹着手中的那张纸。

这是监察院内部传递朝廷动态的报告，他身为提司，虽然此时远在北疆，也只比别的地方晚了几天就收到了京都里的消息。

他的那位岳父当然不是什么纯粹意义上的好官，奸相这称号不是白来的，但范闲依然觉得很荒谬，堂堂一国宰相，居然就这样无声无息在庆国的官场斗争中败北！

虽然林若甫在这一年里似乎没有怎么帮到自己，但他清楚，包括春闱案在内的很多事情，之所以朝廷中的文官一直对自己保持着忍让的态度，都是看在岳丈的面子上，除了已经倒霉了的那两位尚书大人，自己在庆国官场上从来没有遇见过真正的挑战。

肖恩说道："你动手刚好给庆帝一个削弱文官势力的机会，区区两个尚书怎么能满足一位皇帝的胃口。你是宰相的女婿，如今声名大震，日后如果皇帝真想让你执掌监察院，便是为了安全，宰相也必须下台。至于怎么下台……一位皇帝想让一位臣子下台，可以有无数种方法。更何况你们那位皇帝向来是个喜欢用监察院的怪人。"

之所以说庆帝是怪人，是因为监察院的力量太过强大，他却依然无比信任陈萍萍，这本来就是异数。

范闲说道："就算岳丈心痛二哥之死，想让吴伯安断子绝孙，也有大把法子可用。至于在京中暗杀吴氏，还凑巧让二皇子与李弘成碰见……岳丈大人岂会如此愚蠢？"

"宰相身边有叛徒。"肖恩淡淡地说道，"至于是长公主的人还是你们皇帝陛下的人，其实……并没有什么区别。"

"能够逼岳父下台一定是有很实在的证据。岳父是个小心谨慎的人，怎么可能让那个奸细接触那些重要的事情？"

范闲哪里想到出卖林若甫的就是那位袁宏道袁先生，更是怎样都猜不到这件事情的真正主使者是监察院。

"藏在夜色之中的事情，你们这些年轻人知道多少！"肖恩有资格说这个话。当年庆国朝廷内乱就是这位老人一手谋划，如果不是因为两位亲王突然死去，说不定现在的天下早就没有了庆国。

范闲眼帘微微跳动了两下，在这些天与肖恩的对话中，他发现对方虽然被囚多年，不清楚庆国朝廷的势力分布，但只要自己稍一说明，他便能清晰地发现问题所在，甚至连此次春闱案，那些涉案的京官会受到什么样的刑罚都猜得丝毫不差。

肖恩曾经说过，林若甫一定会因为此事下台。可是此事全无半点预兆，而且春闱案根本没有牵涉到相府，与宰相关系破裂成仇的长公主远在信阳，所以范闲不怎么相信……没想到竟然被他说中了！

范闲这才知道盛名之下无虚士，叹了一口气，说道："我愈发好奇，当初监察院抓到你后为什么不马上杀了你？"

"因为我脑子里有很多有用的东西。"

"那至少可以下手更狠一些。"范闲说道，"比如砍了你的五肢。"

"五肢是什么意思？"肖恩难得地怔了怔，接着说道，"任何事情都是有底线的，当事情超过我能忍受的底线时，我想，至少我还拥有杀死自己的能力，而你们却不愿意付出这样的代价。"

范闲想了想确实是这个道理，遂起身行了一礼便下了马车。他站在车边上，看着远处湖边缓缓飘着的新鲜芦苇，明白了皇帝陛下的真正意思。朝廷是需要新鲜血液的，所谓流水不腐，宰相在那个位置上待得已经太久了。更重要的是皇宫里没有哪位贵人会允许百官之首的宰相大人拥有一个执掌监察院的女婿。如果来年陛下真的打算重用范闲，那就一定要让宰相离开，否则就会将范闲打压下去。但范闲心中清楚，那位陌生的皇帝陛下不会真正打压自己。

长江后浪推前浪，如果自己算是后面的浪头，宰相无疑就是前面无力拍岸的浪花，他必须告别这个历史舞台，腾出足够的空间来。这只是一次官场上十分正常的新陈代谢，看他离去的还算潇洒，想来早就预料到故事的结尾。但范闲想到留在京都的婉儿，又想到与自己无由投契的大宝，依然有些担心，淡淡忧色上了眉头。

"希望父亲与陈萍萍能保住林家其余的人。"他心里忽然咯噔一声，开始思考监察院在此事中所扮演的角色，无来由地感到了一丝愤怒。他身为监察院提司根本不相信院子里会不知道陛下的意图，再联想到司理理身上的毒，更让他感到有些寒冷。

陈萍萍只是在不断除去范闲前进道路上的绊脚石，哪怕对方是范闲的亲人，这种除去的手段显得异常冷漠，异常无情，甚至不会考虑到范闲的感受。

下午的时候，使团历经了许多天的旅程，终于接近了两国边境处的大湖。大湖没有名字，就是叫大湖——因为这湖特别大。

范闲看着面前的万顷碧波，被湖面上拂来的清风一袭，整个人清醒了许多，脸上复又浮现出阳光清美的笑容。虽然使团车队已经到了大湖，但要绕湖向东，真正进入北齐国境还需要好几天。范闲清楚，如果肖恩真的要有动作的话也应该就是在这几天之内。

　　远处有水鸟很自在地贴着湖面飞翔，长长的鸟喙在水中滑行，碰见鱼儿后便灵敏至极地合喙，往湖岸边飞去。然后再用细爪踩住不停弹动的鱼儿，举颈向天咕噜一声吞下肚去，看着无比轻松自在。

　　范闲忽然心头一动，迈步走向很多天没有去过的那辆马车，掀帘而入，看着有些微微愕然的司理理微微一笑。

　　"想好好地活下去吗？"

　　司理理看着多日未见的范闲，心情有些异样，听着这突兀的问话，更是感到莫名其妙，轻声说道："蝼蚁尚且贪生，何况奴家。"

　　范闲不喜欢听她自称奴家，她今日偏要自称奴家，还是少女心性。马车动了起来，微微一颠，他顺势坐到司理理身边。司理理不易察觉地向旁边挪了挪，似是要与他保持距离。范闲挑了挑眉头，直接说道："你的身体里有毒，我相信你自己并不知道这一点。"

　　司理理盯着范闲的双眼说道："是真的吗？"

　　"我看你似乎并不如何吃惊。"

　　"这次能活着从牢里出来，我还能对什么事情吃惊呢？"司理理略带自嘲地叹息了一声，"小范大人精于用毒，既然您说我体中有毒，那就自然是真的，监察院总有控制我的手段，我早猜到了这点。"

　　范闲说道："不是控制你的手段，是用来对付北齐皇帝的手段。"

　　司理理再也无法假装镇定，焦急地问道："什么意思？"

　　范闲看着她的反应，不知为何心里隐隐有些不舒服，强自平静地说道："这种毒会经由你的身体，感染北齐的皇帝。"

　　司理理盯着他的双眼，忽然咬唇恨声说道："你为什么要告诉我这件事情？"

　　"因为我知道你想改变这件事情，在你还没有达成目标之前。所以我希望你能告诉我，陈萍萍究竟用的是什么方法控制住你？"范闲说道。

　　司理理没有回答他的问话，轻笑道："罢罢，既然范大人已经告诉了奴家，奴家去了上京，自然有解毒的法子，真要谢谢您了。"

范闲微嘲道："这毒虽然不烈，但除了我，天下大概只有皇宫里的那些御医有解毒的手段，难道你能告诉北齐皇室自己私处带着这种毒？如果真这样做，不论北齐皇帝到底对你存着几分情意，只怕你这一世都无法进入皇宫了。"

司理理冷笑着说道："不进皇宫又如何？大不了是你们监察院的红袖招计划破产，和奴家又有什么关系。"

范闲终于怒了，呵斥道："我说过，我不喜欢听'奴家'二字！"

不知为何，司理理的眼眶红了起来，看着范闲，咬着牙狠狠地说道："可我在大人心里，难道不是连奴婢都不如吗？"

范闲看着她的清丽脸颊，心情略烦，半响之后才静静地说道："我想司姑娘应该明白现在的情况，您的人生，至少在目前看来，都是没有可能自己完全掌控的……至于将来如何那是将来的事情。而且我想姑娘您也没有想过那些很……无稽的事情。"

"无稽的事情？"司理理带着一丝冷笑看着他，"不错，确实很无稽，大人与我，只是人生路上偶然相逢的一对男女，互相利用，总比互相温暖要来得真实，可靠一些。"

"姑娘能明白这一点，本官很高兴。"范闲面无表情地应道。

"为什么你对于我和陈萍萍之间的协议如此好奇？"司理理偷偷转过身去，悄悄用衣角拭了一下眼角，旋即恢复了平静，微笑如花，轻声地道，"您是监察院的提司大人，应该对红袖招的详情很清楚。"

范闲说道："我对于白袖招的计划很了解，目前只是不清楚，陈院长大人是如何说服你的。既然姑娘知道自己只是陈萍萍用来传毒的可怜棋子，为什么不将这件事情的原委都告诉我？"

"告诉你，对我有什么好处？"司理理强作平静，看着面前这张年轻英俊阳光的面容，心里恨得痒痒的。不知为何，这短短旅程之中她竟是渐渐迷上了这张面庞偶尔露出的天真笑容，一想到先前此子绝情冷漠的话语，她便恨从心头起，冷冷说道："陈萍萍能够给我的东西，难道你能给我？"

"陈萍萍老了，我还年轻。"

说完这句话，范闲与司理理同时觉得不妥，本是很严肃的利益谈判，却似乎无来由地带上了一丝暧昧的调情色彩。

陈萍萍能够给我的，难道你能给我？

陈萍萍老了，我还年轻。

一股子淡淡的栀子花儿味在车厢里弥漫，范闲咳了两声，司理理脸上的红晕一闪即逝。这对男女其实心头有鬼，不然断不会因为这平常的两句对话就尴尬成这般模样。司理理也想明白了这个道理，不由得唇角微绽，露出一丝骄傲羞涩的笑容。

范闲又咳了两声，解释道："其实我能猜到一点，姑娘所谋必大。但是陈萍萍毕竟已经年老，说不定过两年就死了，如果姑娘愿意与我合作，我想成数或许会大一些。"

"范大人还没告诉我，我能有什么好处？"

"我会解了你身上的毒，一旦我将来能够执掌监察院，一定动用北域力量，全力辅佐姑娘在北齐皇宫里向上爬升。"

司理理冷笑道："国境相隔，监察院密探再厉害也无法将手伸到北齐的皇宫里面，而且谁告诉你，我想要的就是北齐皇宫里的位次？"

范闲一时无语。

司理理忽然笑道："大人凑近些，此事不可传入旁人耳中。"

范闲知道这女子是要出出这些天被冷落的怨气，苦笑着凑耳过去，还未闻着声音，便感觉到一股微热的气息，喷打在自己的耳垂上。心头微热，却马上被接下来的内容震骇住了心神。

司理理似笑非笑地望着范闲，轻声说道："我冒着奇险将这协议告诉了范大人，大人您能帮助我完成这个协议吗？"

范闲还未从震惊中摆脱出来，摇头道："我不相信，陈萍萍是何许人，就算他有这个想法也不会告诉你。"

司理理微嘲地说道："连你都不信，他自然不怕我到处说去。反正天底下也没有人会相信，那个老跛子的心里竟然存着那等想法。"

范闲稍一琢磨便明白了事情的原委，微笑地说道："早年京中一直有传言，说司姑娘是开国之初某位皇族的遗孙，本来只是以为这是姑娘自高身价的一种手段，如今看来……倒像是真的了。"

司理理轻声说道："我的真名叫李离思。"

范闲叹息了一声说道："难怪北齐皇帝不会在意你的身份，难怪你会甘心被陈萍萍利用，只是我要劝你一声，你是位姑娘家，和那些阴森的老毒蛇比起来还太嫩，小心一些吧！如果能在北齐皇宫里安定下来，还是先把与陈萍萍的计划放开，不要理他。"

司理理略觉诧异，稍感温暖，甜甜一笑说道："多谢大人关心。只是我已经将协议的内容说了出来，不知大人何时替我解毒？"

范闲微笑着说："从明日开始，我需要准备一些材料，另外就是此次使团事毕，我会想办法从院里接手姑娘的那位弟弟，准确来说，应该是那位世子的安全问题。请姑娘放心，在我的手下，不会再次出现世子从北齐偷偷溜到庆国的事情。"

司理理在狭小的车厢里站起身来，对着范闲福了一福。

前面那辆马车里，肖恩的满头白发像钢刺一样束得紧紧的。他沉默地坐在椅上，双手搭成了一种很奇怪的姿势，像是一朵莲花将要盛开一般，左手尾指微翘，贴着微臭的马桶的边缘。

他体内浑厚无比的真气缓缓运转起来，一股淡淡的腥味遮盖住了车厢里的异味，一滴浓稠黑黏的液体，从他渐渐修复完好的经络里逼了出来，沿着尾指甲前端，缓缓流入马桶之中。

那一滴浓缩精华毒液滑入马桶之后，肖恩眼中光芒渐盛，双手互印又做了一个手势，将体内一直紊乱不息的真气乱流渐渐平服下来。在监察院中他一直受着刑与毒，那位光头七处前任主办十分了解他的身体状况，所以下手的分寸掌握得极好，始终让他游离在边缘地带。出京之后，范闲用的法子更加霸道，直接静脉注射毒药更是让肖恩的身体机能受到了极大的创伤。但就像费介在范闲小时候说过的那句话一样，用毒最关键的，还是在于一个"下"字，不见得毒药越烈，效果就越好。

范闲毕竟缺少面对肖恩这种特殊人物的经验，他似乎没有想到经过二十年的折磨，肖恩的体内早已容纳了数以百计、种类繁多的各种毒素，这些毒素在他的身体内形成了某种平衡，既不会让他死去，也不会让他寻求到真气逼毒的途径。而此次他所用的烈毒，却像是一把开山大斧，生生砍入了错综复杂的绳结之中，虽然绳结断裂之时给肖恩带来了极大的痛苦，却也让这位沉浸毒术阴谋之中数十年的厉害人物，寻到一丝解开绳结的机会。

肖恩微微翘起唇角，干枯的双唇，在如雪般头发的映衬下，显得十分恐怖。忽然间，他敛去眼神寒芒，整个人的身躯颓然下去，马上就显得苍老了许多，身体里散发着一股老人的味道。

车队缓缓停下，开始在湖边寻找合适的地点扎营。远方的黑骑也像阵寒风一般从使团右侧掠过，往前方扫荡，然后归队。

王启年摸出钥匙，打开了密封极好的铁门，走了进来。他服侍着肖恩吃了食物喝了清水，又细心地用湿毛巾帮他整理了一下面容，最后才问道："今天要梳头发吗？"

肖恩摇了摇头，眼中寒芒一射，却又无力地弱去，微哑着声音说道："范大人今天什么时候来？"

这问的是范闲每日一行的灌毒事宜。王启年微笑着回答道："离国境不远了，小范大人的意思是肖先生可以免去每日之苦。"

肖恩的脸上没有露出丝毫喜色，闭目问道："听说这位范大人明年就会执掌庆国的内库？"

王启年以为是范闲告诉他的，也未在意，笑着说道："是啊，那可是全天下最有钱的去处。"

"难道比叶家还有钱？"肖恩唇角露出一丝轻蔑。

王启年一怔，旋即想起了这个陌生的名字，笑着说道："叶家早就散了。"

"什么？"肖恩不知道想到了什么，眼神有些震惊，然后又连忙隐藏了起来。见他没有更多的话要聊，王启年暗松了一口气，将马桶从椅下取出，佝着身子下了马车。掩着鼻子，抱着马桶去了车队另一侧的营地。到了最中间的帐篷里将马桶放下，埋怨道："这么老的家伙了，一天到晚还拉这么多。"

"关了二十年，身体还能恢复得这么快，我也在怀疑，这老家伙究竟是不是人。"范闲微笑着转身，走到王启年的身边，打开马桶的盖子，微微皱眉说道，"真臭。"

"这一手真臭。"

信阳城那座华丽的离宫里，白色帷纱在轻柔的春风里摆动。初春天气，离宫里竟是一片清冷。宫中种的尽是寒梅，与京都皇宫里的广信宫极为相似。白纱之后，半倚在矮榻上那位柔美怯弱的女子一笑嫣然，看着对面正在落子的亲信。

这位亲信姓黄名毅，名字普通，却是极有计谋的。只见他沉稳一笑说道，"在长公主面前，就算是国手也只能下出臭棋来。"

"不见得。"李云睿的眼前浮现出一张清秀的面容来，她微笑着说道，"那孩子是个聪明人，不要以为他如此驯顺全是因为范建与皇帝哥哥的缘由，本宫就始终不明白这陈萍萍怎么就会这么喜欢我的好女婿？"

黄毅伸手在自己的长腿上轻轻一拍说道："无从解释，如果强要解释，只能是因为陛下喜欢范闲。"

"范闲这孩子文能文得，武能武得，也算是给皇帝哥哥争脸。"李云睿轻声说道，"只可惜他自作聪明，终究还是下了一步臭棋。使团绕着那些小国走，看着似乎安全许多，实际上茫茫草原，沧沧大湖，岂不正是逃脱的好去处。"

"据回报，黑骑在那里。"

李云睿微笑道："所以就看肖恩自己能不能逃了。"

"肖恩为什么要逃？"黄毅皱眉苦思道，"依长公主与上杉虎的协议，只要肖恩能够回国，朝廷与他们师徒二人内外联手，完全有四成的把握将如今的北齐皇室掀翻在地。"

"肖恩如果按行程回了北方，会完全处在北齐皇室的控制之下，说不定又是二十年的牢狱之灾，直到老死，对于我们与上杉虎的计划，没有任何帮助……我舍了自己的名声，舍了言冰云那个可怜的年轻人，就为了换得肖恩的自由，如此上杉虎才会履行他的承诺……我不允许有任何人来破坏这件事情。"

"如果上杉虎反悔怎么办？他毕竟是北齐大将。"

"肖恩会甘心为北齐卖命吗？而且本宫若出手，上杉虎即便不反，战家那些蠢货只怕也会逼着他反。"

黄毅微笑着道："长公主算无遗策，无人能敌。"

"不要拍马屁。"李云睿微羞笑道，"我可比皇帝哥哥差远了。"

她忽然叹了一口气，目光穿过重重的白色纱幕，不知道投向了哪里，眉目如画的面容上有些痴痴的模样。

黄毅不由得看呆了，半晌后才醒过神来，说道："上次言纸一事，对于公主清誉有极大影响，只是没有查出来是谁做的。不过据叶家传来的消息，广信宫刺客一事应该与监察院脱不开干系。"

长公主依然支颐痴痴望着天空，似乎没有听见他在说什么，半晌之后才柔唇轻启道："不要理会这些小事，我们现在要做的只是将上杉虎完全拉到我们的船上来。"

黄毅带着些不甘说道："公主殿下为朝廷日夜筹划，去年牛栏街一事，愚民恶吏都以为长公主是想杀死范公子，重夺内库，哪里知道公主殿下是为陛下寻求一个出兵北上的机会……朝廷从此事中获取大量疆土，但又有谁会记得此事与您的关系。"

李云睿眉间渐显厌烦，挥挥手道："不用说了。"

黄毅将心一横说道："就说言冰云一事，本来公主殿下只是暗中安排，不料却被那等小人揭了出来。如今庆国百姓都以为公主殿下里通外国，那些愚蠢的人，难道就不明白，以公主殿下之尊，就算里通外国，又能有什么好处？人们总是只会看到事物的表面，却不知道公主殿下暗中安排的妙策，会给朝廷带来多少好处。"

李云睿冷冷地看了他一眼，说道："袁宏道到了之后，通知我。"

黄毅欲言又止。

她柔声说道："世人笑我太疯癫，我笑世人看不穿。只要皇帝哥哥好，庆国好，我才不会在乎那些。"

黄毅心头一凛，隐约感受到了什么，但不敢多言。

李云睿说道："陈萍萍有他自己的计划。我相信范闲也有他的计划。其实大家对外的目的差不多，只是对内有些差别。如果肖恩这次没能逃走，与使团联系，让范闲在上京配合我们的行动。"

黄毅大感震惊，心想怎么能与敌人联手？

猜到他在想些什么，长公主微嘲说道："有些事情，是不该你考虑的。你今天说这些话，是想感动本宫吗？"

"属下不敢。"黄毅大感震悚，低头问道："燕小乙那边的计划要暂时中止吗？"

长公主微笑着说道："为何要停止？范闲这个孩子……不论死活，都应该是很漂亮的小男生吧。"

这位美丽的女子缓缓抬起脸颊，清美的面容上闪过一抹决然的意味。此时她在心里默然想着，谁说女子就不能在天下这个舞台上发光？以前既然曾经有过一个，自己就一定能成为第二个。

这几天，范闲取出随身携带的药物，又在湖滨的野地里寻到几样合用的植物，沉默地调配着解药。这是他对司理理的承诺。

或许是这个女子的身世可怜，或许是监察院的手段过于毒辣，或许正如那位监察院七处前任主办曾经说过的——范闲这个人手段或许是辣的，心其实还是软的。他愈发提醒自己不要怜香惜玉，但更觉着司理理有些可怜。这种可怜不是装出来的，而是身世遭逢如浮萍所自然带出的感觉，与那位故作柔弱的长公主完全不一样。

经过几天医治之后，司理理的身体没有什么变化，出恭的次数却多了起来。范闲在一旁候着，让姑娘家有些不好意思。好在再过几天就会到雾渡河，北齐军队便会前来接手，她的毒也应该会清掉。

"沧州一带的人都把大湖叫作北海。"

司理理站在湖边，手指头在微微粗糙的芦苇上滑过。

范闲看了她一眼，问道："你什么时候去的北齐？"

"很小的时候。父母带着我与弟弟四处逃命，监察院追缉得厉害，爷爷的亲信都死得差不多了，根本没有人敢接纳我们。"司理理低着头说道，"其实我对爷爷没有什么印象，只知道他当年是最可能继位的亲王。"

范闲想到这件事情是自己那位叫叶轻眉的母亲做的，感觉有些不安，自然不会把这件事情说与司理理听。

司理理将鬓角被湖风吹乱的发丝捋了一捋，忧愁地说道："因为被监察院追得紧，父亲惨死在虎卫的刀下，母亲带着我和弟弟很幸运地逃脱，偌大的天下竟没有一个去处。几番思量之后，只好逃往了异国他乡，在北齐终于安顿了下来。"

家破人亡，父亲惨死，去国离乡，确实是很苦的日子。

司理理看着湖面的薄雾叹道："可惜平稳的日子终究无法长久，不知怎的，北齐的皇室知道了我们的身份，将我们接到了上京。"

范闲说道："对方肯定不怀好意。"

司理理回头望着他说道："难道你就怀了好意？还是说庆国的皇帝，庆国的朝廷会对我们家怀好意？"

范闲一时语塞，自嘲一笑，然后说道："毕竟是敌国。"

"父亲没死之前……也是这般说的。"不知司理理此时想到了什么，她缓缓闭上双眼，长长的睫毛轻轻抖动，"后来母亲病故，只剩下我和弟弟无依无靠。北齐皇室既然要利用我们的身世，自然要掌握我们，所以我们从小都是在北齐的皇宫里长大。"

"就是那个时候你认识了北齐皇帝？"范闲走到她的身边，替她将外面的披风紧了紧，"算起来，你和他倒算是青梅竹马。"

"什么是青梅竹马？"

"嗯，你继续。"

司理理想着小时候的事情，微笑道："那时候哪能瞧出他有点儿帝王相？和我年纪一般大，却像我弟弟一样，天天在宫里玩着。"

"那你后来怎么会甘心充当北齐的密谍，还潜伏回庆国京都？"这是范闲很感兴趣的一个问题。

"他要娶我。"司理理转过身来，似笑非笑地望着范闲，"而我身上有国仇家恨，与庆帝势不两立，所以我要求回国。"

范闲说道："能做皇后，还想什么仇？"

司理理沉默了一会儿，说道："太后不想我嫁给皇帝，才允了我回国，让北齐的密探配合我，在京都的流晶河上建了一个据点。"

范闲想到了那件事，欲言又止。

司理理猜到他在想什么，微羞着解释道："我身边的司凌，还有那些伴当都是北齐方面的高手，也有擅长用迷药的。那些入幕之客，自然无法挨到我的身子，自有人代替。"

范闲眉梢一挑，清秀的面容上露出一丝无谓的神色，笑着说道："何必向我解释这些？"

"你不想听吗？"司理理毕竟是女儿身，有颗晶莹剔透心，早看透了范闲的一些小心思，所以也不生气，反而柔声问道。

范闲笑了笑，静静说道："至少那天夜里，你没有迷倒我。"

"如果早知道你是费介的学生，我一定会躲你远远的，免得……还要着你迷药和那下三烂药物的道儿。"司理理斜了他一眼。

范闲被看得有些不自在，呵呵一笑，反看着姑娘家的双眼反击道："那当日起来，发觉自己被迷昏后，会不会害怕？会不会想着自己的女儿身就这样胡乱丢了，大感不值？"

湖畔的风并没有太多初春的暖意，反而有些清冽，吹动着那些没有半点绿色的芦苇秆轻轻摇摆。风吹到司理理的脸上，她觉得自己面上的热度似乎消退了些，却不知道此时犹有两抹红晕显露着羞怯。

半晌之后，她轻轻咬着下唇说道："那日醒后自然有些幽怨，但想着……"她勇敢地抬起头来，看着范闲那张清俊至极的容颜说道，"想着是与你这样一个漂亮小男生过的初夜，倒也值得。"

范闲断然想不到她此时说话竟然如此大胆泼辣，竟是一时不知如何回话，过了好一阵子才讷讷地说道："这个……这个……"

"那个……什么？"司理理似笑非笑，眼波柔软地看着范闲。

入夜，使团车队沿着湖畔一处高地扎下了营帐，马车排成一个半圆形拱卫在外，中间的几顶帐篷早已熄灭了灯光。

一切都很安静，远处隐隐有黑骑的前哨正在坡上侦视，营地四周，也有虎卫与监察院密探混合编队巡营。

范闲不会准许肖恩下车，他还是坐在那辆密闭极好的马车之中。月光照耀在黑色的马车上，反射出诡异的光芒。

夜深，整个营地都陷入了黑甜梦乡里，一个黑影像阵风一般飘到了肖恩的马车旁边，取出身上的钥匙在沾了油的布巾上蘸了蘸，插入锁孔，没有发出一丝声音，小心谨慎至极。

车门被推开，肖恩缓缓抬起头来，望向门口那个夜行人。本应该捆住他手脚的精铁镣铐，早已解开，平稳地搁在车板上。

肖恩人出了马车，白色的长发披在肩后，与天上的月光争辉。他望向夜色里的营地，知道如此顺利，必然有问题，但来不及多想，整个人像个黑色的影子一般，消失在湖畔的夜色中。

本应该早就睡着的范闲坐在椅子上，手指轻轻拈弄着茶杯，茶杯中有分量极轻的迷药，木槿茶的种子和茶味一混，极难品出来。

感应到外面气息的微微变化，他开始数数。

"一、二、三、四……"

数到三十的时候，他掀开布帘，望向那辆黑色的马车，马车没有异常，就连王启年设置在门前的暗记都没有被移动。

此时营地里忽然出现一些细微的摩擦声与破风声，除了被迷药迷倒的使团成员之外，启年小组的亲信都站到了他的身后，在他身后出现的还有极沉重的呼吸息，刨地的声音——那是三只黑狗，狗嘴上被套着皮套，无法发出声音。

范闲挠了挠有些发痒的发根，挥手说道："开门，放狗。"

王启年将绳子一放，那三只被关了一个月的黑狗，早就按捺不住体内暴戾的兽性，循着鼻中传来的淡淡味道，无声地狂暴着，四只脚尖在泥地上一刨，化作三道黑影，凶狠无比地向营地外扑去。便在此时，数道寒光大作！无数淬毒暗器向着那几只狗的身上射去！

叮叮叮叮一阵碎响，雨点般的暗器遇着一阵疾如飓风的刀光，被震得远远地落入地面，紧接着，那阵刀光又扑向了出手偷袭的刺客。

哧——数声撕裂声响起，几声惨呼之后，两个刺客的身体被斩成三截，头颅被斩飞到了空中，血水到处冲射！一柄长刀自下方撩起，砍入最后一个刺客的腋下。唰唰两声，刺客的两只胳膊已经像蘸了糖浆的白藕节般，离开了自己的身体，摔到了地上，弹了两下。

虎卫首领高达收长刀而回，背至身后，十分潇洒利落。他身后的六名虎卫也同时收刀而回，整齐地站在营地正中的夜色里。

王启年掠到那个双臂被斩的刺客身边，将手中的铁柱扎进刺客的嘴里，一阵搅动，然后伸手进入对方血肉模糊的嘴里将那枚藏着毒的牙齿掏了出来，小心地用布裹好，然后又从怀中取出连着绳子的圆形木球，塞进刺客的嘴里，防止对方咬舌自尽。

刺客双臂被斩，血流如注，早已痛不欲生，被王启年这么一整治，更是眼泪、鼻涕、口水混着流到了嘴里，看着凄惨无比，十分可怖。

"居然混进院子里来了。幸亏藏毒的方法还是院子里的老一套。"

王启年皱眉看着刺客的面貌，发现是个熟人，回头对下属说道："把他治好，切不能让他死了，好好招呼，一定让他供出来。"

营地里闹作一片的时候，范闲已经系好了袖口和裤腿，将后帽翻了过来，遮住了自己的面目，遁入黑夜之中。那七名刀法惊人的虎卫，也随着他的身形，向着三只跟踪犬的方向跟去。一路无声，未惊天上明月，只是带动芦苇轻轻摇晃。

他向肖恩体内灌注的毒药虽然霸道，最关键的却是那种药物即使被肖恩以强悍的真气驱出体外，依然会在他的毛孔处留下淡淡味道。

肖恩自己闻不到，狗能闻到。在某些方面，人确实不如狗。

天边飘来一朵云，月光黯淡下来，只能听见夜风吹拂着大湖水面的声音，还有芦苇摇晃的声音。

范闲全身都在黑衣里，只有一双明亮的眸子露在外面。

发现肖恩逼毒成功之后，他自作主张筹划了此次行动，毕竟整个使团没有人敢反对他的意见。但这也是一次很冒险的行动，如果肖恩真的借机逃了出去，言冰云自然换不回来，更可怕的是那个恐怖的老人一旦真的养好了精神与身体，会给天下带来什么？

前方的芦苇丛里忽然传出几声怪异的响声，范闲隔着口罩依然闻到了淡淡的血腥味。那三只黑犬看来已经死了，肖恩能在一个照面间悄无声息杀死三只凶犬，表明身体机能已经恢复了许多。

范闲静静地站在微湿的泥地上，隔着重重芦苇纱幕，眯眼望着前方，推算着与肖恩之间的距离。忽然他握紧右手举了起来，身后破风而至的七名虎卫马上明白了他的意思，四散遁入芦苇之中。

肖恩很显然没有因为二十年的牢狱生活而忘记所有的逃生技能，凭借着黑夜的掩护，芦苇的遮掩，湖风的吹洗，悄无声息地往东北方向的国境线遁去，在那个地方一定有接应他的人。

范闲体内的霸道真气逐渐运转起来，双脚与微湿泥地一沾即分，整个人像支箭一般往前扑去，将迎面而来的芦苇撞得四散离开。偶尔他会停住脚步，小心地察探着四周，手指轻轻滑过芦苇下方明显是新鲜折断的口子，视线落在泥地上的那对足印上。

肖恩在绕圈子。

范闲在跟着绕圈子。

在夜色里猎人与猎物一前一后，但谁也不知道什么时候双方的角色便会反转。对肖恩来说，他必须脱离使团的控制与他那方的人会合。对于范闲来说，他必须把握住这次自己一手营造出来的机会。

渐渐地，范闲露在黑布之外的眼睛越发明亮，肖恩留下的痕迹越来越明显。看来对方毕竟年老体弱，不复当年之勇，而且这些天灌注的毒药终究还是给他增加了很多伤害。

穿越过湖畔的芦苇丛，来到一方矮杉林边，即使在黑夜中，范闲还是能看出林旁那些脚步有些凌乱。他做了个手势，让一名虎卫悄无声息地潜了进去。就在这时候，黑夜中忽然响起一声凄厉的呼哨，一条黑索从树林下的浅草里弹了起来，捆住了那名虎卫的脚踝！

虎卫还在空中，身体已经极其强悍地弹了起来，他右手一拧，背后长刀铮的一声荡了出来，将黑索割断。随着黑索的荡势往前跌去，眼看着要踏上平实的土地。一支弩箭飞了过来，骇得他长刀一挡，当的一声将弩箭敲飞，被迫退了半步。他脚尖一松，这才发现身前竟是一个坑，坑中有几枝尖枝构成的简易陷阱！

范闲贴着树站着，松开抠住扳机的手指，看着那名虎卫再次遁入夜色之中，他松了一口气。

林子里传来两声夜枭的叫声，很难听，很刺耳。一处树枝上微微一动，四面八方的刀光忽然间从沉默里摆脱出来，化作七道雪一般的美丽，切割了那处所有的空间。

无数血块四溅在林地中央，哧的一声，高达负刀于后，挥燃火折子，在那张死人的脸上照了一照，又摇了摇头。火折子再次熄灭，七位虎卫隐匿身形，继续向矮林深处搜去。

范闲在黑暗中贴着树木缓缓地移动，他没有想到肖恩居然会带着那个打开车门的人一起走，这个认识让他感受有些怪异。

月儿从云中缓缓飘出，林子里一片银光，范闲将手掌轻轻地按在一棵树上，感受着四处传来的轻微颤动，心中充满着杀死对方的自信。

肖恩根本无法躲远，二十年的牢狱之灾让他受到了难以弥补的损害。这些天又要与范闲灌注的毒药拼斗，好不容易重新打通经络，击毙那三条死追不放的恶犬，又费了一些体力。

他攀住树枝，胸膛已经开始起伏不停，呼吸有些急促，不由自嘲地想着，人老了果然就不中用了。

月色入林，他看见那七位背负长刀的厉害角色正用一种很谨慎的方式向自己藏身处逼了过来。他其实也有些吃惊，自出大狱之后，这是他第一次看见使团里的虎卫，他不知道庆国什么时候在监察院六处之外，又拥有了如此强悍的一支武装。

远处东方的天边已经透出淡淡的一抹白，而大湖旁边特有的乳白浓雾也开始在矮杉林里升腾了起来。此时距离他遁出使团营地已经有两个时辰，追踪与反追踪也沉默地进行了两个时辰，翻过林旁的那座山便是雾渡河，接应队伍在国境线那边等着他，他想搏一把。

大雾渐渐弥漫在林间，正是机会，他悄无声息地滑下树枝，身体平伏在满是腐泥的地面上，像泥鳅一般向着七位虎卫勇敢地逆行。在泥地上爬行的他，渐渐找到了那种熟悉的感觉，那种很多年以前，自己还是北魏小密探时，为朝廷出生入死时的感觉。

肖恩将自己沉重的呼吸压抑到了极限，在大雾的掩护下，马上将要与那七位战力强横的虎卫"擦脚而过"。

咄！咄！咄！

三支弩箭像长了眼睛一般，射向肖恩扑在地面的身体。在弩箭及体之前，他向左生生横移了数寸，才躲过了被刺穿的厄运。

这样一来，他的行踪还是暴露了，那七柄嗜血的长刀化作一张恐怖的罗网，罩向了那处的上空。

一代强者的真实战力终于在这一刻爆发，只听得噼噼啪啪一阵碎响，须臾之间他已经飘到了七柄长刀的外侧，身子向前一倾，其势竟将浓雾都震散开来，啪啪两掌拍在了长刀之上！

长刀颓然无力地断开，两名虎卫闷哼一声，被肖恩的一双肉掌震得向外飞去，身体摔打在树木上，将两株小树撞得从中折断。

高达狂喝一声，双手握住长刀柄，对着那个满头白发披散，像鬼魅一样的身影，砍了下去！

这一刀呼啸而至，肖恩却是面无表情，隐藏在白发之中的那双眼睛泛着幽幽的光芒，双掌一合，把这看似挡无可挡的刀夹在了手里。然而另外四名虎卫的长刀又如雪随至，笼住了他的全身。

肖恩双脚蹬地，腐泥乱飞，十指迸出，无数削成尖细针状的木条向四周刺了过去！四名虎卫听着哧哧破空之声，双手握住长刀疾舞护住全身，刀柄处更是贴在面前，生怕这些不知名的暗器刺入自己眼中。饶是如此，依然感觉身上骤然间多出几丝刺痛，双手之上，更是布满了细木丝。高达再劈一刀，强劲的刀风刮走扑面而来的木刺。他双手握刀，抬头向上望去，只见肖恩的身体已经化作了一道淡影，穿透浓雾，将至林梢。

哗啦啦啦，新近生长出来的树叶被一股强大的力量震得四处散飞，范闲笼在黑色衣裳里的身体，像一块天外来石一般，横空砸向虽上升到最高处，却真气将竭，伸手想要抓住树枝的肖恩！

他一直隐身在一侧，先前那三支弩箭就是他发出来的。好不容易觑到如此好的机会，怎肯错过？

电光石火间，他与肖恩已经撞到了一处，倒肘提腕，那柄细长的耀着黑光的匕首，狠狠向肖恩的咽喉处刺了过去！

这个时候，范闲忽然发现肖恩那双隐藏在白色乱发中的眼睛，竟然是一片平静！

肖恩等的也是这一刻。一声厉啸从这位极其渴望自由的老人枯唇里响了起来，他双手极其迅速地一错，锁住范闲持刀的手腕，另一只手像只毒蛇一般吐芯，刺向范闲露在黑布外的眼睛。

二人势道未停，狠狠地撞在树上，而肖恩似乎连这个力量都算计在内，肘弯刻意地停留在后，竟是借着反震的力量，加速了挖向范闲双眼的速度。两只手指瘦且枯干，看上去十分恐怖。

浓雾之中，两只肤色各异的手像拧毛巾一样地拧在了一起，此时肖恩生出一种怪异的感觉，不明白范闲是怎样伸出那只手的。

这是预判，一种对于敌人出手的预判，这是五竹大人棍棒教育的良好结果。范闲右手死死缠着肖恩的手腕，暴烈的真气向对方体内攻了进去，空着的另一只手一横，一道亮光划破了白雾。那是刀锋！

肖恩竖掌挡住范闲的手腕，一膝顶向他的小腹，右手大拇指一摁，指甲里那抹淡到极难看见的黑光微耀，险险从范闲的脖颈上掠了过去。

肖恩大拇指一动时，范闲就抢先拧身，依靠着自己体内那股源源不绝的真力，强行避过了下方的那脚。他身形一侧，感到左肩上一凉，知道被对方藏在指甲里的刀片划破了血肉。

范闲左手的匕首被肖恩摁住，右手与肖恩正比拼着内力，乍看之下，竟是无从施力。但肩痛一寒，范闲闷哼一声，匕首下铮的一声伸出一截锋刀来，倏然间断掉了肖恩的一根手指！

肖恩再强悍，毕竟已年老，指断之痛，让他的右手微松。范闲沉默着暴戾下压，耀着黑光的细长匕首狠狠地扎进肖恩的左肩！

此时二人仍然在下坠的过程之中，肖恩微微张嘴，似乎痛极，不料一支细针从他的嘴里喷了出来，直袭范闲的面门！

范闲左脚在肖恩的膝上狠狠一踩，咔嚓骨碎，身形强自拔高半尺，让那枚针没入了自己的胸口。他感觉胸口一阵闷痛，左手腕一转，上下各有两截刀锋的黑色长匕首，像风车一样割向肖恩的手腕。

啪的一声，肖恩撒手。范闲右手看似无力向后斜去，在自己的发际一抹，然后像道闪电一般，弹了回来！指间夹着的那枚细针轻柔无比地扎进肖恩的脖颈中！

肖恩身体一僵，范闲也是胸口一闷，两人同时砸到了地面上，震起一片陈年落叶腐泥，腥臭难堪。

一把长刀横横割了过来，浓雾再起，双手握刀的高达看着近处衣裳上满是斑驳血渍的范大人，却发现没有了肖恩的踪迹。

范闲与肖恩这一段沉默的厮杀，似乎很久，其实只是从林梢到树下下落的这段过程，短短一霎，两位黑夜里的老少强者，沉默地进行着人世间最凶险的比拼。二人之间那些看似寻常的抬膝转腕，实际上却凝结着当年北魏最精华的杀人技术，范闲从小修行的杀人心得。虽不华丽却富有实效。如果换作任何一位强者与肖恩或者是范闲，在这浓雾夜末之中对战，只怕都会感到一股寒意。这是两位九品的暗杀者在厮杀，在这个世界上，这种场面出现的次数极其罕见。

"老头儿完了。"

范闲咳了两声，用戴着极薄手套的手，从监察院特制的衣服上拔出那枚险些要了自己性命的细针，再次确认了肩上的细微伤口的毒并不如何厉害，然后沉默地重新上弩。

肖恩知道自己完了。落地之后，他凭借着数十年的经验，借着那些腐烂多年的树叶遮掩，勉强掩去自己身上的味道，向林外悄无声息地遁去。范闲能一直跟着自己穿越湖畔芦苇来到林中，那么自己的身上一定有着某种对方能够掌控的线头……

他将手堵在唇边，强行抑住咳嗽的冲动。二十年的牢狱之灾，心脉已经受损，由树上落下的那段距离，他甚至能清晰而悲哀地感觉到，自己的大脑竟是比自己的身体反应更慢一些。

如果是二十年前，他相信自己完全可以在落下的那段过程中，轻松杀死范闲。就算树下有那七位使长刀的高手，只要有这熟悉的北海雾相伴，肖恩仍然有强悍的信心，可以轻松逃脱。

只是……人都有老的那一天。

范闲手中那柄奇怪匕首，两截锋口都有些古怪。血不停地往外流着，肖恩感到身体一阵虚弱，双眼里却闪出一丝似乎看破了什么的笑意。他撕下一截衣服，单手一转将血口压住。

他的膝盖骨也碎成了几大块，剧痛刺激着他的心神，让这位垂垂老矣的密探头子在浓雾之中慢慢穿行。

从树上落下之后，高达的刀割裂了他的腹部。虽然他避得奇快，依然止不住那处的肉渐渐撕裂开来，黑衣渐成血衣。

他身上受的伤虽然多而且重，但真正让他感到恐惧的还是脖颈处的那枚细针。他不敢拔出来，不知道后果是什么，只是觉得浑身血脉渐渐凝了起来，往前行进的速度也缓了下来。

他用苍老的手从树下掏出菌块，生嚼了几下，就吞了下去，这种红杉菌可以补血消毒。这处矮杉林是他数十年前很熟悉的地方，所以他选择从这里逃离，不料仍然没有逃出那个年轻人的掌控。

天渐渐亮了起来，浓雾却依然没有散去，白色的晨光在雾气中弥漫拆散，散发着一股圣洁的味道。

鲜血终于从他身体上滴了下来，落到泥地上的声音虽然细微，但他清楚，那些年轻人正像潜伏的猛虎一样跟随着自己，随时可能冲将出来，只是不知道对方为什么还不动手。

但肖恩知道，自己已经完了。

不知道是什么样的力量，支撑着这位受了二十年折磨，今日又受了几处重创的老人穿越了这片浓雾弥漫的矮杉林，爬过了那座山，踩着极其辽阔、微湿的草甸子，终于看到了属于北齐的那片土地。

那个叫作雾渡河的镇子在远方的阳光下耀着几片光亮，肖恩叹了口气，有些颓然无力地坐了下来，用手将膝盖已经碎了的右腿往左边搬了搬，咳了两声。

那个镇子里反光的是琉璃瓦片。虽然这里是乡下，用不起玻璃，按道理也用不起琉璃。但肖恩清楚，镇子后面十几里地曾经有个琉璃厂，破败后，镇上的人们捡了一些碎片安置在自己家的房顶上。

无论何时何地的人们，总是需要在灰暗的世界里，给自己安排一些光亮。肖恩也是如此，他眯着双眼，看着那些发光的小碎片，心想二十几年过去了，小镇子似乎并没有什么改变。

镇外草原上的那场厮杀已经结束。前来接应肖恩的队伍被屠杀得一干二净，二百多名黑骑像一堵毫无生息的黑墙一般，站立在草原的一侧。有几名黑骑兵穿行在战场的血泊之中，看见还有生息的敌人便补上一刀，战场上不停地发出扑哧的闷响。

"那些倒在草甸血泊中的年轻人，应该是虎儿的属下吧？"
……

肖恩眯着眼睛看着那方的景象，忽然觉得确实有些累了，再次咳了起来。此时他完全明白了范闲的计划，那个漂亮的年轻人依然缺少很多经验，但胜在敢出手的魄力。对方一直追杀自己来到雾渡河，自然是要栽赃到草甸下那些惨死的北齐士兵身上。

一把细长的匕首悄无声息地递了过来，上面附着的寒意，让他后脖上起了一层鸡皮疙瘩。

"你没有我想象的强。"范闲平静的声音从他身后响起。

肖恩舔了舔枯干的唇，自嘲地说道："我也没有自己想象中的强。"

"以您的经验应该不难判断出这是陷阱，为什么还要跳下去？"这是范闲一夜追踪里，最想不明白的一件事情。

肖恩没有告诉这个年轻人自己是因为王启年无意间的那几句话，想起了一个小姑娘，想起了一座庙。

"为什么还不动手？"他看着前方那处安静的镇子说道，"你我都是做这个行当的人，应该知道事情拖得越久就越容易产生变数。"

"我只是忽然觉得自己似乎犯了一个错误。"范闲手中的匕首紧了紧，露在黑布之外的双眼有些不解，"我以为长公主会派人来接应你，没想到只是来了北齐人。"

"我不认识什么长公主。"肖恩此时似乎早已将生死置之度外，只是深深呼吸着草甸上的新鲜空气。他已经有很多年没有嗅过这样自然的味道了，在监察院的大牢里，能够嗅到的只是铁锈和干草的味道，闻了这么多年真的已经腻了，厌了，乏了。

范闲忽然觉得事情有些古怪，双眼像刀子一般盯着他后脑勺纯白的头发。

"我再次提醒你，既然你要杀我，而且选在这边境线上，那么最好马上动手，也好栽赃到下面那些劫囚的队伍上。不然伪齐的接待人员到了，你再想杀我，就要考虑一下你那位同僚的生死。"

范闲微微眯眼，这次在边境线上杀死肖恩的计划本来就是一次冒险，准确地说是在拿言冰云的生命冒险。

既然北齐大将上杉虎派人来接应肖恩逃脱，那么乱战之中肖恩身死，应该是北齐年轻皇帝能够接受也必须接受的理由。

但让范闲失望不解的是，预料中燕小乙的军队并没有出现在战场之上。如果不能阴死长公主，杀死肖恩又有什么意义呢？不知道想到了什么，他握住匕首的手指微微用力，指节略显青白。

肖恩面无表情地说道："为什么你们总以为我还是一头老虎？我只是知道一些别人不知道的事情才能苟延残喘至今。在庆国我是囚犯，回了北方，在伪齐还是个囚犯，自然要搏一把。人活到我这个年纪，其实已经不怎么怕死了……但很怕没有自由。"

"我或许明白了为什么陈院长愿意送你回国又要我杀死你。"范闲似乎不在意肖恩的提醒，依然有些啰嗦地说着话，"这是一次试炼。您也曾经说过，我的天赋很好，实力很强，只是从来没有单独挑战过真正的强者。您算是我这一生单独挑战的第一位真正强者。"

"我早已经算不上强者，这一路只是在唬人罢了。至于陈萍萍……"肖恩忽然极其快意地笑了起来，"他其实什么都不知道，只知道不能杀我，只好将我关着，却不知道为什么不能杀我，更不知道应该从我这里知道什么。自诩算计天下，却是个可怜的小糊涂蛋！"

老人说得很激动，咳了起来，伤口早已挣破，鲜血乱飞，落入鲜草之上。那处草丛，在风中微微抖了一下。

"你有什么秘密？"范闲平静地说着话，脚步却微微移动，身体转动了一下方位，"你到底知道什么事情？"

"连陈萍萍都失去了耐心，将我拎出来做你成年的试炼猎物。"肖恩嘲笑道，"难道我这时候会告诉你这个黄毛小子？"

"你连死都不怕，为什么不敢说出那个秘密来？"

"这个世界上有很多事情是比死还要可怕一些的。"

范闲察觉到身后那七把长刀已经暗中遁到了近处，微微一笑，向右偏头看着远方那整齐列队的黑骑，意甚适然。

忽然间！他毫无先兆地脚尖一踩草甸，身体已经滑向了左侧，一根毒针脱手而出，嗤的一声刺进了草丛中！

他手中的细长匕首也如一条漆黑的毒蛇直刺了过去，笔直无比，嗡嗡作响，凝聚了他体内所有的霸道真气！

先前七名虎卫已经暗中占据了有利地形，范闲突然偷袭，七把长刀极为默契地配合攻向那堆草丛，击起数摊白雪，光寒夺目！

这样的威势，这样突然的行动，不要说是那个埋伏者，就算是庆国皇宫里那位深不可测的洪公公，应付起来只怕也会有些不易！

但事情总是出乎所有人的预料，就在这轮急风暴雨般的攻势开始的时候，一只手从草丛里伸了出来。就像捕捉萤火虫的可爱小女孩儿的手一般，食指与拇指轻轻一合就将范闲射出的那枚毒针捏在了指间。

然后那个人影从草丛里飞了起来，飘然向后，却是周转自如，像阵风一样避开了黑色匕首尖锐处带出的撕裂气流。

七柄长刀至，如风卷雪，无处不盖。那个身影美妙地飞了起来，在如雪花一般的七柄长刀间翩跹起舞，最后脚尖一踩声势最盛的那把刀，身形顿然疾退四丈，静静地站在了草地上。

高达闷哼一声，收刀而回，与其余六名虎卫拦在了范闲与肖恩的身前，生怕那位高手会暴然发难。

这是一个女人，一个头上扎着花布巾，肘里提着个篮子，篮子里放着一些鲜蘑菇的女人。

准确地说，这是一个村姑。但谁都知道，能够破了范闲的毒针，避开他凝聚了全身功力的一刺，还能在七把如雪长刀的包围下，飘然遁去的，绝对不会只是一个村姑这般简单。

范闲的余光发现，肖恩在见到这个村姑之后，眼皮竟然抖动了两下，不由心中微惊。这个潜伏在草丛中的女性高手究竟是谁？他向前走去，七位虎卫让开当中的位置。高达低头退后，双手紧握长刀，守在肖恩的背后，随时可能发出雷霆一击，将他的头颅斩将下来。

"姑娘您是……？"范闲望着那个女子轻声温柔地问道，脸上散发出一股子春风般的味道。

那女子抬起头来，容貌并不如何特异，也算不得美人，只是那双眸子异常明亮，竟似将她眼中所见草甸，所见初晨之蓝天的颜色全映了出来一般，清清亮亮，无比中正。

范闲微一失神，拱手礼道："本人庆国监察院官员，奉旨押重犯渡往齐国，不知姑娘因何在此，先前冒犯，还请不要动怒。"

这个深不可测的村姑明显比他要厉害。而他是个外表温柔，内心无耻阴沉的男子，此时才会满脸微笑，说着一些自己都不怎么相信的话。

他知道对方是来做什么的，对方也知道他知道这个事实，但他偏偏要说得冠冕堂皇，无比纯真。

村姑微微一笑，本不如何美丽的脸无比生动起来，头上那张似乎俗不可耐的花布巾都开始透出一股子亲切的感觉。她低头望向指间那枚细针，说道："第一次知道范公子的武器居然是枚细针。"

对方叫出了自己的姓氏，再惺惺作态的话范闲都难以忍受，他苦笑道："我很好认吗？还是说我的名气已经大到连北齐都知道了？"

"一代诗仙，自然是天下皆闻……这位诗仙忽然变成了庆国监察院的提司大人，如此荒唐却又震惊天下的事情哪里会有人不知道。"

村姑举起手中的细针对着天空细细看着，眼睛眯成一弯月儿。

"啊，居然是一般的缝衣针。"她似乎很惊喜于这种发现，这毒针的后面竟然还有穿线的眼洞。

范闲苦笑，心想妹妹给自己准备的当然是缝衣针，问道："姑娘，我们还要这样闲聊下去？肖先生血流得多，恐怕不是很想听。"

肖恩微微一笑。

村姑笑着说道："你不是要设局杀他吗？"

范闲温和笑道："错，是北齐叛军意图劫囚，破坏两国间的和平协议，在征战之中肖恩先生不幸身中流矢而亡。"

村姑嘻嘻一笑，叉着腰指着范闲的鼻子，像极了田间地头的那些农妇："范大人不只诗作得好，连撒起谎来也是面不改色，果然不愧是传说中的天脉者。"

"岂敢，岂敢？"范闲面不改色，眼神柔和地望着村姑的脸庞，轻声说道，"姑娘才是传说中的天脉者，我只是个很勤奋的幸运儿罢了。"

村姑更感兴趣地看着范闲，场间陷入沉默之中。

一只早起的鸟儿叽叽喳喳飞到草甸上，似乎嗅到了某种危险和血腥味，惊得马上飞开。她微微自嘲一笑，自我介绍道："我叫朵朵。"

"海棠朵朵？"

"正是。"

　　海棠，北齐年轻一代中最出类拔萃的人物，一代宗师苦荷的徒弟，传说中最可能的天脉者。在监察院里听说这个人的时候，范闲就满心期望不要是个女人，没想到对方果然、依然、竟然还是个女人。

　　他面色平静，没有什么反应，依然温和地说道："海棠姑娘难道是要来接肖先生回国的？"

　　这个女子明明是世间最顶尖的人物之一，却偏偏将自己弄成了村姑打扮，只听她微笑着说道："还是叫我朵朵吧，听着比较顺耳一些。"

　　就在这个时候，肖恩忽然哑声嘲笑道："你们都不是天脉者，只是两个喜欢斗嘴的小屁孩儿而已。"

　　范闲暗道惭愧，老人虽然早已不复当年神勇，看事看人倒是不差，自己与这个"村姑"在这里惺惺作态，实在是很多余的一件事情。

　　海棠向着坐在草甸上的肖恩浅浅一福，恭敬说道："奉家师令，前来护送肖大人回京。"

　　范闲双手自然地垂到了身体旁边，柔声说道："还未出国境，海棠……朵朵姑娘，操心得早了些。"

　　说着，他举起右手，身后六名虎卫马上变了阵形，摆成突击之势对准了海棠。高达劲贯双臂，准备用闪电般的一刀将肖恩头颅斩下。

　　海棠手指一松，那枚毒针无声落入草丛之中，粗布衣裳的衣角在晨风里微微颤抖，她轻声说道："难道范公子准备当着我的面杀人？"

范闲笑了笑，心里不知转过了多少念头，再看着对方的双眼，知道对方不是来阻止自己杀人的……只怕是来看自己杀人的。不知道肖恩到底拥有什么样的秘密，竟然能够让苦荷国师一变多年不涉世事的原则，派出了这位明显拥有九品上实力的女弟子充当杀手。

在这个世界上，有些时候需要你在很短的时间内，做出很艰难的判断。范闲花了很多的工夫才将肖恩诱入了死局，营造出眼下这必杀的良机——但在这一瞬间内，他不只要放弃原先的筹划，更要反其道而行之！

无疑这是很荒唐的一种选择，一般的人只怕很难过自己的心障这一关。但范闲是一个很勇于放弃的人，既然此次计划没能成功将燕小乙陷入网中，那杀不杀肖恩本来就不再是很重要的事情，更何况他对于肖恩心中那个秘密也很感兴趣。

他笑了笑，命令七名虎卫掩护肖恩撤向黑骑方向，然后向着那个戴着花头巾，提着一篮子蘑菇的海棠姑娘扑了过去。

哧，哧，哧，哧……七记破空之声极有次序地依次响起，就连清晨的微风都被那柄细长的黑色淬毒匕首割成了无数的片段，真气的碎片像无数个断刃一般，飞舞在海棠花布头巾的四周。

范闲对于自己的这七连击十分满意，连夜追击，身体已经有些疲惫。但面对着这个天下年轻一辈里最出类拔萃的人物，尤其是自己前世看小说时，最有天然反感的角色类型，他终于激发了身体里的所有潜能，斩出了极其炫目的数刀。

七朵黑色的莲花在海棠发边朵朵绽开，然后淡淡隐没。

她手中握着一把式样简朴的短剑，剑旁犹有草屑，那些青碎留汁的草屑，在剑面上很奇妙地构成几个小点。

范闲每记阴毒至极、快速至极的直刺，都被这把短剑应了下来。剑尖微颤，在风中显得柔弱无力，却像是无数道清风束住了范闲的细长匕首，终究让他附在匕首上的霸道真气化作了云淡风轻。

范闲眼中露出微惊之色，赞叹道："果然不愧是苦荷大师的高徒，果然不愧是九品上的强者，竟然如此轻易地便化去我的攻势。"

不待海棠回话，他往后撤了一步，将淬毒的匕首插入靴中，一摊右手，满脸坚毅地请道："兵器上不是姑娘对手，请教姑娘拳脚功夫。"

海棠微微一怔，将剑缓缓收回鞘中，她的剑不是很长，剑鞘藏在那身与她身份完全不符的村姑衣裳里，竟是不容易发现。

范闲微笑拱手一礼，脚尖在地上一蹬，竟是毫不讲理地化作一道灰龙，直直冲向了姑娘家的身体。

海棠圆睁着那对清亮至极的眼睛，她自出师以来不知挑了多少北国高手，却从来没有遇见过范闲这等舍生忘死、豪气干云的打法。

她的老师并没有交代给她别的任务，更专门叮嘱过不要节外生枝。但当她看见那个漂亮年轻人居然如此轻视自己时，仍然忍不住眼睛亮了，心想就此杀了对方似乎也是个不错的选择。

她脚后跟微微一转，重心往后偏了两寸。范闲已经冲到她的身前，毫不花哨的一拳直直击出，目标正是那件花布衣裳下面鼓囊囊的胸脯。海棠的身体像杨柳枝一般，被拳风吹得从中折断，身体向后倒了过去，以脚跟为轴画了一个半圆，整个人如同一道风飘到范闲身后，轻抬右掌拍向他的后脑。

看似简单的一个动作，在范闲的速度与当时极短的时间对比之下，却显得无比精妙。而她的那随意一掌，就像拍苍蝇一样拍得如此随心随性，如此理所当然，给旁人的观感，这一掌既然拍出，下一刻理所当然会落到范闲的后脑，将这位一代诗仙拍成冥间一代诗鬼。

可惜她错估了范闲的反应速度与强悍的肉体控制能力，还有霸道真气的蛮横。范闲闷哼一声，前脚深深踩进松软的草甸泥地中！一般人想在这样高速的前冲中忽然停下，右脚的膝盖会因为承受不住这股力量而碎裂，他却借着强大的反震力猛然间停住了身形，头也未回，拔出靴子里的匕首，自腋下阴毒无比地反手刺了过去！

黑色剑尖所向，正是那虚无缥缈，宛若带着一丝脱尘仙气的手掌！

海棠哪里料到这年轻人竟然如此无耻，却也没有半丝慌乱，屈指一弹，于电光石火间弹到那柄黑色匕首侧面。衣袖哧的一声破了，她躲过了手掌被刺穿的危险，依然无法将范闲凝着霸道真气的这一刺弹开。这时一直挂在她左肘弯里的篮子却异常凑巧地荡了过来。

长匕首入竹篮，嘶嘶啦啦一阵乱声碎响后，化作满天碎竹屑。一道淡淡的香气伴随着一阵白烟在二人间迅疾弥散开来。

海棠闭住气息，脚尖一点，便欲暂退。不料白烟之中毫无声息地射来三支弩箭，待她发现的时候已经到了身前一尺之地！

如果是一般的九品高手，气息微乱之后紧接着又要闭息，再陡然间遇见范闲这样射弩手段，恐怕很难躲过。但她毕竟是传说中的天脉者，只见她一招手，包在头上的花布巾哗的一声打开，平展在自己的脸颊之前，风吹不动，宛若铁块。

当当当三声脆响，那三支弩箭竟似射在了铁板之上，寸寸碎裂，而她手中拿着的花布巾也颓然无力地碎成几片。

至此，范闲的偷袭全告失败。

海棠缓缓拔出短剑来，面无表情地反手一掷，那把剑像道闪电一样，劈开淡淡毒烟，循着一道古怪的轨迹杀到范闲面前。

范闲双手一错，体内霸道真气疾出，啪的一声，将这柄短剑夹在掌中，掌心一片炙痛，知道对方的精纯真气依然附着在这剑身之上。

海棠竟似比这把飞剑不慢一丝，紧跟着来到范闲身前，淡然伸手握住剑柄，轻轻一转，便要割伤他的一双手掌。

范闲闷哼一声，真气运至双掌之上，竟让那把短剑无法扭转。海棠微一凝眉，有些诧异于剑身上传来的真气如此蛮横，却也没有多余的动作，自然而然地抽剑而出，反刺向他的面门。眼看着便要得手，下一刻却是低呼一声，带着怒意飘起！

她的小腹下方，是范闲不知从哪里重新变出来的那柄黑色匕首。

范闲辛辣的一剑，使得海棠浑然天成的一剑无功而返。她疾速转了一个圆圈，身上的花布衣裳像朵花一样开放，有些晃眼。随即花中伸出一只手来，拍向他的胸膛。范闲避也不避，右掌夹着强横的霸蛮真气，再次轰向她柔软的胸膛。

海棠右手执剑，滑回后方。包着头发的布巾早已碎成数片，此时她一头黑发如流瀑一般散开，身上虽然还是穿着那件粗布衣裳，但执剑之势，宛若九天玄女一般清丽，哪里还有半分村姑气质。

范闲盯着她，紧握着匕首的手微微颤抖，心中升起一股挫败的感觉。招式不及对方倒也罢了，居然连自己一向引以为傲的霸道真气，在这个女子淡然圆融的精纯真气面前也是完全处于下风。

海棠的心情更加诧异，她自出师以来不知道会过多少高手，范闲明显不是最强的一个人，实力顶多刚刚迈入九品的门槛。可让自己最狼狈的却是此人，当然很大程度是因为对方过于无耻的缘故。

看着他那清俊的面容，海棠厌恶地说道："年轻一代中范大人也算得上是高手，手法竟然如此无耻，哪有半点武道精神？"

范闲说好较量拳脚功夫却用匕首偷袭，最后更是什么毒烟弩箭、龙爪抓奶手、走街卖艺撩阴剑全部都用上了，确实无耻至极。

他喘了两口气，平复了一下微乱的气息，说道："我从来都不是什么武道高手，自然不会依什么江湖规矩。我是庆国监察院提司，是官员，姑娘是北齐人如今却擅入国境，站在我们庆国的土地之上，我只要擒下你治罪，哪里会管用什么手段？"

海棠默然，似乎认可了他这个解释，然后她闭上双眼，深吸了一口气，那股异常自然清美的气息在身体四周强盛了起来，草甸里的露水似乎都开始欢喜雀跃，挣扎着下了草叶化作了淡淡雾气。

范闲眯着眼，知道自己拍向对方胸脯的那一掌，刺向对方私处的那一刺，让这位一代天骄动了真怒。

就像一道风吹过，又像是一丝光掠过，海棠的剑尖顺着风势，借着光影，轻柔无比，自然无比地再次刺向范闲。这第二次出手比先前显得更加温柔，但范闲知道这也更加凶险。

他双脚有些麻木，一夜激战的后遗症终于发作，而且面对一位九品上的绝世强者，他知道自己根本没有实力和她硬拼。

所以他弃了匕首，收回双掌，微眯着双眼，不再进攻，全凭着身体肌肤与空气的每一丝接触，开始躲避那柄宛若天成的短剑剑势。

很多年前他就这样做过，当时五竹拿着一根木棍。

今日他又这样做了，对手拿着一柄短剑。五竹能够敲中他，但海棠……不是五竹，她就算是九品上的绝世强者，依然不是五竹。

海棠手里的那柄短剑就像是风息一般丝丝缠绕着范闲。

范闲或跳或跃或蹲或躺，摆出各种奇怪而滑稽的姿势，让剑尖刺中他左耳旁边的泥地，刺穿他右手尾指下的草叶，挑落他咽喉旁的那粒露珠，就是无法刺中他的身体。

海棠眼里显出异色，她自幼习武至今，天赋绝伦，自信手中一把短剑早已得了天地自然之道，除了天下四位大宗师外，不曾将任何人看在眼里。眼前这个叫作范闲的年轻人，不论从哪个方面讲都不是自己的对手……但为什么他已经如此狼狈，自己手上的剑却始终与他差一点？每当自己要刺中对方时，对方的身体似乎会预判一般，在最凶险的一刹那，移开数寸！

范闲的汗也已经滴了下来，这把剑虽然不如五竹叔快速准确，但实在有些神妙，他有些后悔，不该躲避，应该像先前一般，去拼个同生共死，用悍勇压倒对方的淡然。但事已如此，没有别的办法。

就在这时，咻的一声破空厉响，一支黑色的羽箭破空而来，直射海棠的面门。海棠淡淡一转身，便让那支羽箭掠颊而过。

紧接着却又是两支羽箭，三支羽箭！一蓬箭雨极其精准地避开了正在像小狗一般打滚的范闲身体，密密麻麻，杀气十足地射向海棠。

海棠心中轻叹一口气，回剑轻挥将这些羽箭一一扫落，却发现手腕有些微麻，不禁有些吃惊这些骑兵的本领。

蹄声如雷鸣般响起，黑骑终于赶到草甸上，一百多匹骏马不安地踩着马蹄，似乎对于草甸上的空气有某种恐惧。而马上蒙着脸的骑兵们举着手中的长弓劲弩，对准了那个穿着村姑衣裳的绝代高手。

"你运气好。"海棠与这支恐怖的骑兵拉开了一长段距离，轻轻捋了捋长发，对着远方困难地爬起来的范闲说道。

范闲苦笑了笑，没有做什么口舌之争，看着远方俏然站立的那个村姑，挥手告别。

草甸上清静下来，黑骑兵纷纷下马，齐声喝道："拜见提司大人。"

范闲看着这些透着阴寒之气的强大骑兵，心里总算安稳了许多，疲惫地说道："此处有毒，马儿会烦躁不安，你们小心一些。"

回到营地，范闲吩咐今日暂歇一天，明天才进驻雾渡河小镇，然后冷冷看了王启年一眼，说道："是谁？"

"开车门的是信阳方面的人，院中的奸细应该和信阳方面也有关系。雾渡河镇外负责接应的军队虽然经过伪装，但已经查实是北齐大将吕静的私兵，吕静十年前曾经在上杉虎的军队里干过。"

范闲点点头，发现自己的肩膀那处细微的伤口开始痛了起来，皱眉道："肖恩和上杉虎的关系我能猜到一点，吕静来此也属正常。这次肖恩能够出狱，本来就是信阳方面的手段，只是不知明明可以安稳到达上京，为什么又要安排这么一次中途劫囚？"

他有些头痛，想不明白长公主究竟与北齐方面有什么协议。

"很明显，长公主与上杉虎都不希望肖恩落到北齐皇室的手里。看来肖恩掌握的秘密是北齐皇室想要的，人却不是北齐皇室想要的。"

"如此说来，肖恩如果安全到达了北齐，只怕也会老死狱中，而不会重掌权力。难怪他会急着逃走。"范闲自言自语道，"看来北齐的年轻皇帝也不是蠢货，知道上杉虎与肖恩之间的关系。不过……到底是什么样的秘密能够让北齐皇室如此看紧？为什么连苦荷都会派出海棠来杀他灭口？陈萍萍当年不杀他的原因又是什么？"

"我觉得自己很愚蠢。"范闲说道："明明是要杀你，辛苦安排了这么久，却在最后的关头变成了你的保镖。"

肖恩苍老的声音响了起来："世事每每如此，如果不荒谬，也就不称其为世事了。"

范闲说道："不过杀死你的诱惑依然很大。"

"海棠是苦荷的学生，苦荷那个光头在北齐说话没有人敢不听。"肖恩淡淡地说道，"她知道我活着，你栽赃给镇外的那些死尸就说不过去。你这时候再杀我，那位言公子也很难活着回去。"

"你究竟心里藏着什么样的秘密呢？"范闲盯着他的眼睛缓声问道，"能够让苦荷都撕下脸面来杀你。"

"一些老故事罢了。"

"当我们在草甸之上，讲到你心头的秘密时，就是那个时候她露出了形迹，现出了杀机。那个秘密看来果然很了不得，可以让一位九品上的强者心绪大乱。"

范闲依然盯着他的眼睛，似乎想从那双不再充斥着血腥味道的眼睛中看到那个隐藏了许久的秘密。

"你说的那位长公主或许是要利用我的生死，与虎儿达成某种协议。他毕竟年纪太小，不知道当年的一些秘密……但苦荷想让我闭嘴，所以他会抢在使团入国境之前来杀我……而你是一个很有好奇心的人，一定会想，究竟是什么样的秘密会惹得他来杀我。既然如此，你只好由一个狙杀我的人变成保护我的人。"

"所以明知道昨夜是我设的局，你依然选择了冒险。"

"不错，你设局，我破局，最后我失败。但是我有最后的凭恃，我只要摆出最后那张牌，就可以让你舍不得杀我。明日入了国境，你更没有下手的机会，所以今次……是你输了。"肖恩看着他微笑着说道。

"你那张牌我确实感兴趣，甚至比其他任何人都感兴趣。我承认这一点就足以让我暂时留你一条性命。"范闲也微笑着说道，"可是你没有逃出去，到了上京上杉虎也无法救你出来，你依然要被北齐皇室关着，折磨着，一直到老死为止，就等你说出那个秘密。"

肖恩的眼中忽然闪过一丝茫然的神情，这位老人今日重伤之后，似乎连心防都弱了许多。范闲忽然伸手如风，从肖恩的脖颈上轻轻拈下那枚毒针。这枚针自从短杉林里扎进肖恩的穴道之后，便一直没有取出来。针尖缓缓离开肖恩的身体，老人闷哼一声，脸上出现很痛苦的神情，身上大大小小的几处伤口竟同时迸出血来！

"这枚针可以阻你的血脉运行，实际上也是在帮你止血，拔出来后只会数到二十几下，你就会因为流血过多而死亡。"范闲轻轻拈动针尖，"这是晚辈唯一自己修行的武器，所以一向极为用心。"

血从肖恩的身上淌了出来，打湿了他的衣裳。他的脸愈发苍白了，身上带着的老人味越来越浓，似乎渐渐要转化成为死亡的味道。

但他依然紧闭着嘴。

滴答，滴答，不知道过了多久，范闲微微皱眉，手指如电般伸出，把那根针重新扎入了肖恩另一处穴道中，帮他止住了血，然后在处于半昏迷的肖恩鼻子处小心抹上一道迷药。

苦味入鼻，肖恩缓缓醒了过来，用一种莫名的神色望着他，很艰难地说道："陈萍萍一定对你很失望，要杀就杀，要放就放，像你这般反复，如何能成大事？"

范闲一脸无所谓地说道："别人都以为我会杀你，我偏不杀。反复怕什么？只要能够最后获得胜利，我很开心做一个反复小人。"

明知道对方心中有一个连北齐皇室、一代宗师都感兴趣的秘密，如果就此杀了他，范闲实在是有些不甘心。半晌之后，他忽然微笑着说道：
"如果我把庄墨韩抓来威胁你，你会不会吐露那个秘密？"

肖恩缓缓抬头，丧失了神采的双眼里略有一丝震惊，似乎没有想到
面前这个年轻人竟然知道自己与庄墨韩是亲兄弟。

"当然，像你这种老毒蛇，一心只为自己死活考虑的人，估计不会理
会庄墨韩，虽然他为你做了很多事情。"

范闲继续用那种压迫感十足的微笑看着对方，忽然间沉声喝道："所
以日后有机会，我希望你能够将这个秘密告诉我，不然待弄清楚了神庙
的秘密后，我会亲手杀死庄墨韩！"

神庙？神庙！接连两次冲击，肖恩的喉咙里发出一丝嘶哑的声音，
抬起虚弱的手臂指着范闲，满眼震惊，似乎想知道对方是如何知道自己
保守的秘密和神庙有关！

范闲满足了肖恩的好奇心，说道："这个推论是建立在对陈萍萍的信
心上。我相信这整个天下，陈萍萍不知道的就只有神庙的事情。"

他想起那个蒙着黑布的叔叔，心想只要将来五竹叔的记忆恢复了，
去神庙不跟回家似的，唇角不由得浮起一丝微笑。但他依然没有杀肖恩
的意思，因为海棠就在附近，很难再用镇外的突袭作借口。另一方面是，
因为母亲的缘故范闲真的很想知道神庙在哪里，而那该死的五竹叔似乎
永远没有找回过去的那一天。

下了马车，范闲有些疲惫地将残余的半支迷香收好，安排使团的医
生上车给肖恩疗伤。而后，他闭目良久，招来高达，做了个手势，半晌
之后，听到马车里传来两声闷响和淡淡的血腥味道。

范闲再次上车，看着满脸怨毒的肖恩说道："既然你敢逃，我又舍不
得杀你，那只好打断你一双腿作为代价。我不是陈萍萍，你的秘密对于
我来说并不是饭菜里的辣椒般不可或缺，如果你想用自杀来威胁我，请
自便。不过近乡情怯，想来你此时再也没有自杀的勇气。"

肖恩看着自己膝盖处渗出的鲜血，眼中露出淡淡忧色，知道这位年

轻的监察院官员将来一定会成长为南方很可怕的角色。

远处不停传来马儿们暴躁不安的嘶鸣声，范闲知道自己布在草甸上的毒开始起作用了，挥手招来一名虎卫，让他去黑骑那边传令。

"有母马的话就好办，如果实在不行，那就弄些清水大量冲洗。"

虎卫领命而去，范闲转身上了司理理的马车，颓然无力地倒在椅子上。说来奇怪，明知道去年对方还是想杀死自己的主谋之一，这时候他依然觉得无比放松，这车厢里的淡淡幽香似乎已经在习惯的作用下成了某种安神宁心的上好药材。

司理理替他将满是血污的衣裳脱了下来，细心地用温水替他擦洗着。毛巾从他赤裸而匀称的身体上滑过，微热微烫。

"你见过海棠吗？"范闲闭着双眼忽然问道。

司理理眉头微蹙，似乎在回忆当年在北齐皇宫里的生活。

"苦荷的女徒弟。"

司理理恍然大悟："你说的是朵朵？"

"我今天遇见她了。"范闲将今天发生的事情说了一遍，"原以为是个仙子一样的人物，谁知道竟像是个村姑。"

"朵朵不是寻常人。"司理理有趣地看了他一眼，"她自幼痴迷武道，至于什么诗词书画根本不感兴趣，倒是在苦荷国师的斋院中开了一片菜地，天天除了练武之外，就是种菜植花。"

范闲微怔，心想这等做派倒和那位靖王爷挺像。苦荷一脉的武道修行走的是天人合一一派，讲究的便是亲近自然。海棠天天躲在菜园子里，看来那身村姑打扮倒不是刻意扮出来的。

"你小心些，她很厉害的。"司理理打趣着范闲，用干毛巾将他身上的水渍擦干，"估计你今天差点儿就回不来了。"

当时的情况的确就是那样，范闲却挑了挑眉头，带着一丝古怪的笑容说道："虽然我武道修为不如她，但真正战起来……我想，她这个时候应该比我难受很多。"

司理理微笑地望着他，说道："进了北齐国境，如果海棠妹妹前来杀你，我可不会替你说话的。"

范闲笑着摇摇头："进了北齐国境，她如果敢来杀我，我就脱了衣服让她杀个干干净净。只要她不怕引起两国之间的战争。"

他看着司理理，想到了花舫上的那一夜自己用过的药，不免又想到那个此时不知在何处的海棠，似乎都能感觉到对方那柄宛如与天地融为一体的短剑，还在自己的脖颈四周寒意逼人，不由得打了一个寒噤。司理理以为是他冷了，赶紧给他披上衣衫。只有范闲清楚，自己是有些害怕了，今天那七位虎卫和黑骑如果没有及时赶到，自己真的有可能就死在了海棠的剑下。

事情确实有些奇怪，范闲在这一夜一晨间的两场战斗里，表现出的勇气远远超过了他能够接受的程度。这是为什么？谁也不知道他在内心里不停地咆哮着——该死的五竹叔，没跟着我，难道也不知道和我说一声？把箱子给我，把箱子给我！

远处国境线上的湖边芦苇丛中，那汪微寒的浅水里忽然浮出一个脑袋，湖水顺着发丝往下流着。此时一代宗师的高徒，被北齐人奉为天脉者的海棠姑娘，露出赤裸的上半身，脸上浮现出一丝怒意。

她已经逼了半个时辰的毒，没有想到竟然还无法逼清，身体内就像有一团火在不停地燃烧着，就连冰冷的湖水都没有办法去除心头的一丝春意。

海棠轻咬下唇，鼻尖微微销魂一嗯，终于明白了是怎么回事。只见她眼中恨意大作，低声咒骂道："无耻的范闲！"

范闲用的不是毒药，是春药，上好的春药对于人类的身体造不成什么伤害。海棠用真气逼毒反而会让药物在自己的体内运行得更快，难怪在这初春寒湖之中，姑娘家犹自心思飞飞，浑身滚烫。

海棠很是生气，心想那个年轻人虽有官员的身份，毕竟也算是武道中人，身为九品高手居然会用如此下三烂的手段，真是无耻至极。而且还有很多不解之处，毒烟出来的时候自己已经屏住了气息，为何还会中毒？她举起右手细细查看，这才发现自己的拇指与食指上有一道小小的灼痕，根本不痛，想来是先前毒针上的毒造成的。

她向来自视极高，从不将天下任何毒物放在眼中，当时才敢用手去拈。却没想到范闲下毒的手法竟是如此繁复，竟是先用针上毒灼开小口，再使药雾沾到她的身体上，通过这道小口潜入其中！

她轻嗯一声，再次潜入冰凉的湖水底部，想要浇熄体内的那团火焰。她的身体翻滚着，平伏着，游动着，从湖面上看去，就像一条白鱼正用优美的姿势不停地游动。远处的鱼儿也跟了过来，小心翼翼地游动在她的身边。许久之后，湖上炸开一道白色的水花，海棠破水而出，掠至湖边，一阵清风荡起，她已经穿好了那件粗布衣裳。

她生得并不如何美丽，眉眼间有一股淡淡的乡野味道，十分可亲。她眸子清亮，映衬着湖面的白鸟沙渚，不过此时却多了两抹怒火。

"范闲，我要杀了你！"

很明显，这次逼毒依然以失败告终。

范闲从冥想的状态中醒了过来，信步走在营地中，北齐方面的伏兵已经被黑骑屠杀殆尽，沙场上那些尸首就是最好的证明。此时已经有使臣越过了雾渡河，向北齐方面表示最强烈的抗议。

"有些遗憾。"王启年跟在范闲的身后，叹道，"好不容易算准了对方出手的地点，可以将肖恩的死亡推到对方劫囚身上。各种证据也已经安排妥当，不料却被那个女人坏了大事。"

范闲走到一株树下，看着远方山谷里缓缓飘过来的雾气，轻声说道："或许我也坏了她的大事。肖恩虽然没有在正确的地点、正确的时间死去，不过也好，至少让我知道了他心里藏的究竟是什么。"

"用刑吧。"王启年开始出馊主意。

范闲盯了他一眼，冷冷道："陈萍萍用了二十年的刑都没有撬出来，你以为这短短两天我们就能有进展？"

"那怎么办？真把肖恩交给北边？"虽然不知道肖恩究竟知道什么，但王启年从监察院官员的立场出发，实在是很不愿意将这个藏着秘密的老人双手送给北方的敌人。

"不想这些了。"范闲摇摇头，"明天就准备过雾渡河，要小心那个叫海棠的女人，如果在国境之内肖恩被杀，责任全部是我们的。"

"要不要派出黑骑去清除目标？"

"你今天净在出馊主意。"范闲咳了两声，"如果是两军对阵，就算是位大宗师，遇见成阵的黑骑也会觉得麻烦。但如果用黑骑去搜人，只怕会被那位姑娘的短剑悄无声息地一个个斩了。"

"你很有自知之明。"前方的山路传来一声有些恚怒的声音，一个长发微湿、身着粗布衣裳的女子，正在盯着范闲。

王启年心头大惊，知道这就是早上险些杀死范提司的那位九品上高手——北齐海棠！

范闲面色平静，一挥手说道："你回去。"

王启年屁都不放一个，闷头闷脑地就往营地跑了回去，心里想着得赶紧把高达那几个高手都喊起来，而黑骑那边的马好像出了些问题，不知道这时候还来不来得及列阵。

范闲微微偏头望着海棠，轻声说道："你不怕他去喊帮手？"

"你不怕我马上出手杀了你？此时不是晨间，我相信能在三招之内，将范公子斩于剑下。"

"你可以试试……如果你身上的毒清了的话。"范闲的语调显得有些轻佻。

海棠轻咬嘴唇，望着范闲半晌后才蹦出两个字来："无耻！"

范闲舔了舔嘴唇，双眼微眯望着海棠，一脸无耻地应道："多谢。"

"把解药给我。"

"凭什么？"

"不给我就杀了你。"海棠恶狠狠说道，范闲却眼尖地发现这位姑娘家的眼神里有些慌张。

"杀了我，你就天天在北海水里泡着吧。"范闲显得有些肆无忌惮。

谈判破裂，谁也不肯先退一步，这对男女大眼瞪小眼，就像两个闹脾气的小孩子一样，在山路树下互望着，看上去有些滑稽。

"你杀了肖恩没有？"海棠忽然转了话题，"如果你是顾忌我的存在，我可以当作不知道这件事情，反正你我有共同的目的。"

范闲摇摇头："我确实很想杀死肖恩，但是既然你想杀他，我就得保住他的性命。"

"为什么？"

"没有原因。"范闲自然不会告诉对方，自己也很想知道肖恩心中那个秘密。

海棠大怒，铮的一声拔出剑来。今日之剑再无自然柔美之意，剑气冲天，竟是将身边一株无花新芽之树从中斩断。

范闲依然平静，内心深处实则骇然，这村姑如果真要杀死自己，此时身边没有黑骑，也没有虎卫，还真不知道该如何办。

忽然间海棠的眉尖微挑，往山路后方走去，头也不回地说道："我不喜欢和这些闲杂人等打交道，你来不来？"

这是怎样的一个邀请？是死亡的深渊，还是甜蜜的糖堆？

范闲微笑着负手于后，跟着走了过去。身为监察院官员像他这般胡闹的人确实没有第二个。看着二人的身影消失在山路尽头，唰唰数声，几个人从草后飞了出来，聚到一处。高达身负长刀，皱眉望着山路那边，说道："王大人，我们应该跟上去。"

王启年脸上现出微微担忧："大人绝世英明，就是过于好色了些。"

范闲自然不是因为贪图海棠的美色，才会色授魂予地跟了过去。他只是知道接下来与这女子的谈话断不能落入外人耳中，不然对方一定会恼羞成怒，不再受自己的任何威胁，死也要将自己杀掉。

"这个毒我可以解。"他望着半倚在树上的女子，看了眼她身上那件微有湿意的花布衣裳，"但我需要你的一个承诺。"

"我不接受你的要挟。"

"不是要挟。"范闲脸上浮现淡淡的忧伤，"我是庆国监察院官员，姑娘你深入国境妄图杀害我押送的重犯，所以我必须用尽所有手段来阻止你。用这种下三烂的手段难道你以为我自己会觉得很光彩？"

说这话时，他的唇角适时地现出一丝自嘲的笑容。

海棠微微一怔，安静半晌后问道："你需要我承诺什么？"

"此处到雾渡河北还有一天的行程，我希望姑娘不要出手。"

海棠说道："你明明知道，一旦进入大齐国境，我就不能再出手。"

"为什么？"范闲表现得很惊讶。

"因为……我是大齐的子民，我必须为这个国家的百姓考虑。我不可能在自己的国家里，破坏此次的协议，一旦惹得庆帝震怒，两国再次开战，死伤的终究还是那些手无寸铁的百姓。"

海棠眼中浮现出淡淡忧色，然后又转为坚定的神色，看着范闲认真地说道："但是师命难违，我不会让肖恩活着回到北齐。"

范闲发现如司理理所说，眼前这位姑娘真是位悲天悯人的女子，她所拥有的品德，也是他所喜欢的。

"不过我不明白的是，你为什么要杀肖恩？"

海棠有些不解甚至是厌憎地看着他问道："难道你不知道如果肖恩死了，你们那个落在朝廷手里的高官也会死掉？"

范闲当然不会告诉对方自己最阴暗的那一面，于是微笑着说道："不是没有杀吗？就算肖恩死了，也是你们北齐的责任。你们出兵潜入国境，难道洗得脱嫌疑？至于言公子，我相信能将他带回庆国。"

顿了顿，他又好奇地问道："姑娘为什么又要杀死肖恩？"

海棠看了他一眼，说道："我不需要向你解释。"

范闲耸耸肩，从怀中取出一枚药丸，轻声说道："姑娘中的……春药是在下自行研制的，用真气逼不出来的。"说完这话，他便将药丸远远扔了过去。

海棠微羞，然后大怒，接住药丸，看着他冷冷地说道："我并没有答应你，为什么你肯将解药给我？"

范闲叹了一口气，将身子转了过去，将自己宽实的后背对着后面那位女子。只见他手轻轻扶着一丫新枝，看着山谷中初绿将染群峰，看着远处山坡上的点点野花，轻声念道："昨夜雨疏风骤，浓睡不消残酒。试问卷帘人，却道海棠依旧。知否，知否，应是绿肥红瘦。"①

这是自殿前那夜后，一代诗仙范闲第一次吟诗作词。

海棠依旧，这是说人还是说花？海棠怔怔地看着那个修长甚至显得有些瘦弱的背影，渐渐松开握着短剑的小手。

"你要战，我便战。"范闲霍然转身，满脸微笑，却是犹带坚毅之色说道，"不过一日辰光，本官倒想看看，就算不使那些手段，能不能在姑娘手下护住肖恩这条老命。"

海棠没想到范闲吟出那首词后，却显现出一个男子所应有的骨气与勇气，越发看不明白眼前这个年轻的庆国官员了。

她更感兴趣的是另外一件事情："听闻范公子不再作诗，为何今日又有雅兴？"

"见松思冬，见菊思秋，见海棠思……"范闲恰到好处地将那个春字吞了回去，笑眯眯地看着她轻声说道，"诗词乃末道，于国于民无用，本官在庆国有些诗词上的名声，却极不耐烦整日说些词句。这首小词乃是年前一阵雨后偶得，今日见着海棠姑娘柔弱模样中的精神，一时忍不住

① 宋代李清照《如梦令·昨夜雨疏风骤》。

念了出来，还望姑娘莫怪本官荒唐。"

海棠微微一笑说道："你是庆国官员，用什么样的手段是你的自由，所以我不为此事记恨你。至于范大人先前这诗或许是好诗，不过本人向来不通此道，自然不解何意，只知道……海棠是不能淋雨的，若盆中积水根会烂掉，休论绿肥红瘦之态，都只能变成一堆泥。"

说完这话，她转身向后，不过数刻便消失在幽静的山林道中，只余下淡淡清香。几声鸟鸣，空留后方一脸窘迫的范闲。

"花姑娘怎么就走了呢？"范闲若有所失，叹息道，"我还准备向您讲一个关于采蘑菇小姑娘的故事。"

海棠走得洒脱，他回得自然也洒脱，拍拍屁股，负手于后，施施然沿着满是湿苔的山路走了回去。不过数步，便看到山路转弯那头如临大敌的七名虎卫，王启年更是领着监察院的一批官员，伏在草丛之中，时刻准备杀将出去。

见提司大人平安返回，众人齐松了一口气，潜伏在草丛中的监察院官员也站了起来，只是脸上身上尽是草渍青绿，看上去十分滑稽。

"大人，就这么完了？"王启年皱眉跟在范闲的身后，"这位海棠在情报中可是九品上的高手……她居然没有对大人下手？"

"下手？"范闲听出了王启年话里的龌龊意思，回道，"她如果对我下手，我还能这么四平八稳地走回来。"

说着，他忽然顿住脚步，满脸狐疑地看着王启年说道："你以往最擅长侦缉跟踪，想来耳力也不错。"

"是啊，大人。"王启年不知道他是什么意思。

"那你刚才是不是听见我与她的对话了？"范闲满脸微笑，却是压迫感十足。

王启年不敢隐瞒："听到了一些。"

"听到了什么？"

王启年满脸愁苦地说道："听到了大人一首绝妙好词，还听到什么药之类的。"

范闲警告他："绝对不准透露出去。"如果一代天骄海棠被自己用春药暗算的事情宣扬出去，自己肯定会得罪北齐所有的百姓，而那位海棠姑娘只怕会羞愧得用花篮遮脸，才敢上街。

"是。"王启年大感敬佩，"大人果然不是凡人，只是淡淡几句话，就将这样一位恐怖的高手打发走了。"

范闲没有理会他的马屁。今日之事看着简单，其实他很动了一番脑筋。首先就是一直用本官自称，先拿稳了官员的身份，让海棠清醒地意识到这不是江湖上的厮杀，以免这位姑娘会因为身中春药恼羞成怒，忘了应该注意的很多事情。而那首李清照的《如梦令》则是无耻的他在京都的时候就准备好了的，自从言若海告诉他北方有一个叫作海棠的奇女子，他就开始准备这种酸麻至极的手段，甚至还准备了一首韩偓的《懒起》："昨夜三更雨，临明一阵寒。海棠花在否，侧卧卷帘看。"

但这诗相比李清照那首显得更亲密，所以今天他没敢用。想到这些细节，他不禁得意地微微一笑，自己刻意说是看着海棠柔弱所以有所感，想来应该让那个女孩子很高兴吧——自小就是一代宗师的女徒弟，被愚痴的百姓们当成天脉者供奉，出师之后暂无敌手，真是一位女中豪杰。可越是这种女孩，越希望在别人的眼中自己是个柔弱的角色——一个女人就算是女王其实还是女人。

范闲不是天下最能看穿他人心思的人，但一定是最了解女孩子心思的男人。因为在这个男尊女卑的世界里，根本没有哪个男人愿意用平等的态度，细腻的精神去分析女孩子们到底想要什么。

他从怀里取出那枚与赠给海棠的一模一样的解药，咕噜一声吞下肚去。王启年好奇地问道："什么药？"范闲扔了一颗给他，"六转陈皮丸，清火去热，常备常服。"

范闲配的春药哪里会有解药，只要用冷水泡泡，过个一天就好了。

海棠中的春药，按道理这时候药力也应该过了，之所以过了半天她都觉得自己没有逼出去，完全是北海湖里的芦苇作祟。

那些芦苇每年春时，那种圆筒形的叶鞘都会长出一种叶舌毛。这种白毛落入水中，会让人痒不堪言……也正因为如此，海棠才会沉默接受了范闲用解药换平安的协议。他想到此节，不由摇头大叹，自己真是一个极好运的人，只是不知道这种好运气什么时候会到头。

当天使团便停驻在湖畔的山谷里，断了腿的肖恩有些无神地躺在马车中，知道迎接自己的必将是被北齐皇室囚禁的下场。那些战家的人一向极其狂热，为了找到神庙肯定不会让自己好过。而苦荷为了防止这种情况的发生应该会动用他的力量杀了自己吧？至于虎儿……老人忽然有些厌倦了钩心斗角，心想若晨间就死在范闲的手里，或许还真是个不错的结局。

越过边境的使臣还没有回来，正在北齐官员的酒桌上发飙，雾渡河镇外的那些尸首已经被庆国方面收集妥当，这些就是北齐军队擅入国境，妄图劫囚的最大罪证，也由不得范闲这一行使团借机生事。不知道折腾了多久，北齐那边的接待官员终于平服了庆国使臣的怒火。秘密协议与明面上的协议进入下一个阶段。

使团的马车拖成了一道长队，缓缓绕过北海湖边，转入另一个山谷。范闲坐在车上看着那面浩瀚无垠的大湖，看着湖上渐渐升腾起来的雾气，面无表情，心情却有些复杂。

马车轧着草甸，留下深深的辙痕，翻出新鲜的泥土，四轮马车运转得极为得力，才没有陷在湿草地里面。

入镇前，范闲最后一次上了司理理的马车，静静互视很久之后，他才轻声说道："入北齐之后，我就不方便多来看望姑娘了。"

司理理也显得平静许多，柔声说道："一路来辛苦大人了。"

雾渡河是庆国与北齐接壤处的一个偏僻小镇，二十年前还属于北魏，后来才并入庆国。镇上的居民对于使团并没有什么亲近的感觉，要想民众真正接受统治者换人的事实，还真需要一些年头。

琉璃瓦向着天空反射着并不明亮的光芒，坐在车上的范闲眯着眼睛，盘算着进入北齐国土之后，自己应该如何处理那些事务。

肖恩的那个秘密他一定要得到，从母亲在箱子里留的片言只语中透露出来，她曾经偷偷溜进神庙，从里面偷了一些东西出来。

范闲从来没有见过那个叫叶轻眉的女子，但奇妙的是，他很爱那个叫叶轻眉的女子。一想到很多年前那个小姑娘偷偷摸摸地跑进虚无缥缈，世人从来不知道所在的神庙，便好生向往。他想知道神庙究竟在哪里，去感受一下母亲当年在那个地方余留下来的气息。

雾渡河镇外有一条小河，这便是北齐与庆国如今的界河，河上早已搭起了一条临时的栈桥，将将能够容纳一辆马车前行。

北齐官员与使团里那位鸿胪寺官员都在桥的那边等候着使团的到来。河那边，那些没精打采的本地驻军也在戒防着，只是看他们拿枪的姿势，真怀疑他们是在展示北齐朝廷的威严，还是在抱着枪杆借力睡觉。

第一辆马车上了桥，车轮与起伏不平的简易木桥面接触，发出咯咯的响声，看上去这桥似乎随时可能垮掉，不免有些吓人。

范闲下车走到桥的那头，与相迎的北齐官员打了个招呼，回头看着后面的马车一辆接一辆缓缓地驶过桥来，桥身似乎愈发承受不住连绵不绝的碾压，吱呀声音更响了。看出他眉间的忧虑，那位姓侯的北齐官员赶紧解释道："试过，没有问题的。"

范闲心神主要放在使团车队上，如果海棠想杀死肖恩灭口，今天这桥上就是她最后的机会。身为一代宗师苦荷的弟子，她必须对自己师傅的清誉负责，必须对北齐子民的安危负责，所以她不可能在国境之内动手。

忽然间他心头一动，缓缓转过身去，只见小河东南方的岸边有一片白杨林，树木瘦削却挺直向着天刺去，看上去就像军队里的长枪一般森严。一位穿着花布衣裳的村姑正提着一个篮子，看着桥上的车队通过，河畔的清风吹起她头上包着的花布巾，露出那张普通的脸与那双清亮的眼。

范闲望着岸边的她轻轻点头。

海棠和他在京都时的想象并不一样，她没有师妃暄美丽，但比师妃暄美丽，这前一个美丽指的是外表，后一个美丽却是指的心境。

过河穿林，使团的车队在北齐军队的保护下来到官道上。范闲闻了闻空气的味道，看了看官道旁边的初青树木，心里有些怪怪的感觉——这就出国了？咋一点儿感觉也没有呢？

官道上的阵势比较吓人，沿左右两侧分列着两个队伍，一个队伍全是女人，有小丫鬟、麻利的中年仆妇、老成的老嬷嬷。另一列队伍全是男人，一身锦衣，腰间佩着弯刀，身上透着股阴寒的味道。

使团里至少有一半是庆国监察院的官员，看见那队佩着弯刀的男人，一股浓烈的敌对气氛便开始弥漫开来，每个人的手都下意识地摸到了腰畔直刀的刀柄上。

庆国监察院，北齐锦衣卫，正是如今这天下两个大国最隐秘凶险的特务机构。这十几年间双方不知明里暗里交过多少次手，间谍与反间谍的斗争总是那般残忍无情，双方手上早已染满了对方的血水。今日骤然间在官道上相遇，双方自然分外眼红。

北齐的官员赶紧解释了几句，范闲也不以为意，挥挥手让下属放松一些，今日是为一衣带水的两国情谊而来，不必紧张——确实是一衣带水的两个邻国，尤其是从雾渡河这边过境，感觉更明显。

不待休息，范闲要求立刻安排交接仪式。王启年有些不解，低声问道："为什么不继续由我们押着肖恩？说不定去上京的路上，我们可以问出些什么来。"

范闲摇头说道："算了，一路与这些北齐探子同行，哪有这么方便。丢给对方，我们也可以少操一些心，如果路上肖恩出什么问题，自然由北齐方面负责，难道还敢不把言冰云还给我们？"

叮叮当当的铁链声响起，范闲看着那位老人被搀扶着从马车上走了下来，他双腿已断，动作特别困难，膝盖处的裤子里面隐隐散发出一股血腥味。

北齐锦衣卫大多是年轻人，根本不知道肖恩长得什么模样，但在民间传说与卫所老人的口口相传中，他们知道如今北齐的特务机构实际上是这位老人一手打造。换句话说，这个满头白发的老者就是自己这一行的祖师爷。

一股怪异的气氛弥漫在交接的现场，北齐锦衣卫根本不知道应该如何对待肖恩，是当作国家的英雄，还是前朝的余孽？是自己这一干人的老祖宗，还是今后要严加看防的重犯？

片刻沉默之后，那股子流淌在每个人血液中的情绪终于占了上风，数百名锦衣卫齐声下马，半跪于地，向那位老人行了下属之礼，齐声道："拜见肖大人！"

随着哄然的行礼声，一股强悍而熟悉的力量似乎回到了肖恩老人的身体之中。他看着官道之上的这些徒子徒孙，微微眯眼，银白的乱发在风中飞舞，枯干的双唇微微一张，却终究没有说什么，只是淡淡地挥了挥手。

这一挥手的感觉，让范闲心头一凛。肖恩站直了身躯，铁一般的双肩，似乎重新拥有了担起天下的力量。

另一边来自上京的那些妇女丫鬟们上了司理理的马车，也不知道她们如何随身携带了这么多的饰物与用具，竟在车上就让司理理沐了个香浴。许久后车门轻启，司理理踩着微软的绣墩从马车上走了下来。众人眼前一亮，范闲却是目光微冷后马上恢复平常。

一双纤纤玉手轻悬在浅青广袖之外，一身丰润曲线被华丽的衣裳极好地衬现出来，黑发轻绾，上着一支简单乌木钗，红唇含朱，眼眸顾盼流波，眉如远黛，艳照四周。这才是司理理，那位艳冠流晶河、轻俘帝王心的绝代佳人。

王启年看了范闲一眼，似乎想从他的脸上看出一些异样来。毕竟司理理此时一去，便会永入深宫，只怕二人再无相见的机会。

范闲忽然向着车前走去，那些嬷嬷与妇人吃了一惊，便要去拦。更吓坏了那些知道他真实身份的北齐官员，他们赶紧喝止。

他理都没有理四周的骚动与那些北齐官员、锦衣卫异样的目光，直接走到司理理身前，轻声说道："此去宫中多珍重。"

司理理有些慌乱的眼神已经被极好地掩饰起来，她淡淡地回道："一路上大人多有照顾，小女子无以为报，实在是有些手足无措。"

范闲说道："手足……自然是不错的，你放心吧。"

简简单单几句话，便说定了司理理那位留在京中兄弟的将来，范闲再次离开，站到使团的车队中间，看着同行了很长一段旅程的老人、女人上了北齐方面的马车，微微眯起了眼睛。

按道理来讲，肖恩与司理理应该秘密送往上京才对。可今天来了这么多锦衣卫，人多嘴杂，是万万瞒不住了。如果上杉虎向北齐皇室要人，那位年轻皇帝应该如何应付？看得出来，那位皇帝是真的很喜欢司理理，不然不会如此用心来接她。司理理就算是南庆亲王的孙女，可这么多年过去了，也早就没有什么利用价值……难道那位年轻的帝王还真的相信爱情这种东西？可是如此郑重其事，皇太后难道不会发怒？司理理应该怎样才能入宫呢？

南庆黑骑自然不可能进入北齐，使团一应安全都全交给了北齐锦衣卫及军队。范闲难得偷闲，觉得好生惬意，反正在他国土地之上，想来给对方八百个胆子，也不敢将使团如何。

使团中大部分都是来过北齐的老人，王启年当年也曾经在两国之间做些不要本钱的生意，唯一有些出国兴奋的，只有范闲还有那七位虎卫。虎卫们依然保持着高手应该保持的冷峻，但看着他们不停地望向窗外的视线，就知道他们对于异国景色很感兴趣。

范闲笑着说道："这北齐景色倒和咱们庆国差不多，就是树种不大一样，也没觉着冷，比大湖西南那片荒原上还要暖和许多。"

王启年解释道："北齐地在东北，气候倒是极好的。"

高达说道："北国风光确实不错，属下此生最大愿望，就是跟随陛下进行第四次北伐，灭了北齐，一统天下。"

马车嘚嘚当当地在官道上疾驶着，窗外那些落叶乔木正悬着大大小小的绿叶子，随着马车带起来的风儿轻晃，似乎在摇头轻叹。

范闲叹息道："值此春光明媚，还是少讲些打打杀杀的事情吧。"

话虽如此说，但他依然轻声将此去上京应该注意的事项交代了一遍。此次不需要谈判，只是落实去年的协议，难度不大，但有些该注意的地方还是要小心一些。这辆马车上面除了范闲、王启年、高达，就是那位使团的副使、出身鸿胪寺的林静大人，说话没有什么避讳。

由雾渡河往上京还有很长一段距离，车队一天一天地向东再向东，范闲的眉头渐渐皱了起来，再也无心去看车外的景色，心想肖恩这个时候应该到哪里了？司理理呢？在入宫之前那位年轻的皇帝会给她安排一个什么样的身份？陈萍萍设计的"白袖招"已经被自己暗中破了，那自己的红袖招计划又真的有实现的那一天吗？

瞧出他的情绪似乎有些不高，副使林静笑着说道："出使虽然安全，就是路途遥远，有些辛苦，大人还请忍耐一些。"

他很清楚此次使团全依范提司的指令行事，自己只不过是个处理杂事的角色，生怕范闲心情不好误了正事，继续开解道："上京也是处世上最繁华之地，那里的女子较诸京都流晶河上的红妆，又别有一番风采，到时候大人可以去看看。"

自从范闲经常赖在司理理的马车里后，在使团众人眼里便与风流好色这个词脱不开干系，他也懒得解释，问道："已经走了这么多天，而且一路官道速度极快，应该已经超过国境到京都的距离，这北齐的疆域很有些大啊。"

马车里顿时陷入诡异的沉默之中。许久之后，林静才笑着说道："去年朝廷从北齐那边抢了大片土地，但如果论起疆域人口，北齐还是天下第一大国，只是常年内乱，才不是咱们的对手。"

范闲微微挑眉，心想如果这北齐能够振兴起来，只怕南庆还真会有些麻烦。正想着这事，便听到高达沉声说道："如此看来，还有极大一片疆土等着咱们这些人去打下来啊。"

高达说话极少，最近这几天不再负责押送肖恩的任务之后，话才渐渐多了些，但说出来的简短话语却极有荒谬之感，笑料十足。范闲不禁失笑，心想这庆国的官员们在二十年胜利的熏陶下果然培养出来了一种极其可怕的自信。另一边的王启年却苦笑着说道："我说高大人，您可别把我捧哏的差使抢走了。"

车队沿途都停留在各个驿站之中，极少到大的城镇驻足，庆国使团有些不乐意，看在对方官员小心接待、殷勤侍奉的分儿上也不好说些什么。大家心里都清楚，此次协议北齐丢了大大的脸，自然不好意思让百姓看见南朝的使团。但是路上总会遇见一些平常百姓，范闲某日说出了一个好奇很久的问题："为什么这些北齐人看上去不怎么恨咱们，反而目光中带着一丝蔑视和鄙夷，甚至还有些同情？"

"在北齐人的眼中我们还是南蛮子，没有开化。"林静微笑着应道，"至于两国之间的胜负自然被北齐皇室瞒得死死的，所以北方民众虽知道咱们庆国如今强盛无比，骨子里依然有些瞧不起咱们。"

范闲摇头叹道："蒙着块黑布，就当自己不怕黑。"

林静说道："北齐自认上承北魏国祚，才是天下唯一正统。"

这是实话，虽然北魏早在二十多年前就已灭国，但当时那个统治整个大陆的庞然大物，那种四夷来朝的威严依然停留在北方百姓的心中，自然瞧不起别国的民众，哪怕是南庆人。

人们都愿意活在过去。当然北齐的官员自然知道这个世界早就变了，这一点从他们对待使团的谦卑态度便能看出来。

林静说道："还有很重要的一点。天下读书人也都将北齐奉为正统，每年春闱之时北齐的科举可比咱们的春闱要热闹得多，不只北齐诸郡才子云集上京，东夷城的读书人都会不远千里跑去上京。"

王启年在一旁插嘴道："不错，甚至连咱们庆国的读书人，前些年还有很多都会跑到上京去参加科举。"

"荒唐。"范闲笑骂道，"难道庆国人还能去北齐做官？"

林静苦笑道："这个自然不能。只不过天下人似乎都认可了这一点，所以只要在北齐春闱中能够入三甲的才子，不论在这世上哪个国家里都算是拥有了做官的资格。连咱们庆国都不例外，大人曾经任过太学奉正，知道那位舒芜大学士吧？"

范闲点了点头。林静叹息道："舒大学士当年就是在北齐考的学，座师就是庄墨韩，所以他这一生才会自称是庄墨韩的学生……大人想想，舒大学士明明中的是北齐的举，却可以回庆国做官，就知道北齐的文风之盛了。"

范闲笑着摇了摇头："难怪陛下这些年大力抓文治，大概也是受不了这等窝囊气。"

"不错，论起武功，这天下没有谁能比得过我国。"林静说道，"就是这文道方面，始终没有出现几个真正的人才。"

"文学乃末道。"范闲说道。

林静想到了什么，哈哈笑道："当然，提司大人横空出世，将那北齐大家庄墨韩激得吐血，想来再也无人敢对我庆国说些什么。"

王启年连声称是，高达也点了点头。范闲在京都的崛起不见得让各方势力都感觉舒服，但在对外这个层面上，能够在沙场之外多出一位打压北齐气焰的才子，想来是所有的庆国人都愿意看见的局面。

这种很无聊且没有美女相伴的枯燥旅途，范闲希望能够早些结束。但那条长长的官道似乎永远没有终结，马车的四个轮子带起的黄尘，在宽阔的道路上腾起，就像是一道黄龙般，只是被道旁的两排树木牢牢地束缚在道路中间，无法跃将出去，看上去就像是在不停地可怜挣扎，不停地绞动着。

官道两侧那些拦灰的树木，叶片或大或小，但整体而言，比起庆国的树叶要显得宽阔许多。范闲将头伸到马车窗外，眯着眼睛，迎着风看着这些树木从自己的眼中一晃而过，不知怎的，此时想起了已经很久没有想起的那个世界。他还记得很多年前坐火车的时候，坐在开往北京的火车上，路过河北时，铁轨两侧也是这种树，也是以这样枯燥的方式向后不停地砸了过去。

车窗旁没有扬灰，范闲身为正使坐的是第一辆马车，吃灰的自然是那些可怜的下属和北齐的接待官员。

毫无征兆，道路的尽头出现了一片黑色的影子，突兀地堆在渐成细尖的树木列队的正上方，看上去有些骇人。

范闲以为是乌云，提醒赶车的车夫把雨披穿上。马车继续前行，众人终于将那片阴暗的影子看清楚了。天上的云层也忽然散开，似乎是为了迎接远来的客人，投下春日暖光，照在那片影子上。

原来……是一座极大的城池。

这座城池比庆国京都还要显得更加高大雄壮，用大块青石砌成，高达三丈的城墙略微倾斜，给每个远道而来的人一种难以言表的压迫感，似乎那个城墙随时可能将你压在下面。城上犹有重檐楼阁，或许是用来充当角楼，有士兵正在高高的城墙上来回巡逻。

城门前早已清场，没有百姓在此逗留，北齐的相关司处官员正在那片广场上等候着南庆使团的到来。

官道上，马车的速度渐渐放缓，范闲眯着眼睛，将头从窗外收了回来。他没有想到这座都城会用这样一种愕然的方式出现在自己眼前，让自己一点儿心理准备都没有。

北齐上京到了。

礼乐起，双方各自见礼，北齐官员衣饰鲜明，十分华贵。庆国使团车马劳顿，不免显得有些委顿。两相比较，十分明显。

范闲平静地等着这些烦琐的程序，只是在介绍到自己的时候，微微颔首示意。他的注意力全部放在北齐上京的建筑上。这座庞大的城池不知道在这片土地上矗立了多少个年头，经历了多少风吹雨打，巨大青石的外缘已经有些风化，却依然顽强地保持着坚硬。

他有些感慨，却与所有的旅人都不同。他只是觉着自己来到这个世界十七八年后，似乎终于可以触摸到这个世界的历史，虽然只是历史的一些余迹。庆国的京都虽然也极为宏大，但一切都似乎有某种新鲜的味道，他知道那种味道是自己的母亲留下来的，所以今日能够看见很久远的建筑，感觉有些莫名的沧桑。

"拜见提司大人。"打断他幽思的是庆国驻北齐会馆同使林文大人。

范闲将目光从那些斑驳的城墙上收了回来，说道："在这里还是称我范正使的好。"

林文微微一怔，他远在异国，不是很清楚京都那些事情的细节，但也知道这位范提司是朝中正当红的人物。没想到第一句见礼，便被对方驳了回来，再看对方神色，不免以为这位年轻官员仗着父荫圣泽是个浮夸之辈，心头不禁有些担忧。

使团副使林静微微一笑，解释道："范大人的意思是，既然是来宣谊的，还是不要用监察院的身份，免得对方心中不快。"

林文这才明白过来，微笑道："一切听范大人的安排。"

范闲回头看了这位官员一眼，有些眼熟，不免有些疑惑。林静在一旁笑着解释道："林文大人，正是下官堂兄。"

范闲笑道："原来如此，所谓上阵父子兵，打虎亲兄弟，有二位在旁，想来此次出使一事定能顺利。"

一位北齐官员走了过来，三人适时地住嘴不语，转而开始研究这上京城墙上的痕迹与蚂蚁爬行的路线。直到这位官员走到三人身后，林文才似忽然发现了对方，惊喜地说道："卫华兄今日也来了？"

范闲转身看着那位叫作卫华的北齐官员，微微一笑。

那位卫华拱手一礼，似乎与林文颇为相熟，笑骂道："要不是为了接你们的使团，我这时候只怕还在丽香院里快活。"

范闲心想看来这位与李弘成一般，都好那口儿。

林文赶紧向范闲介绍道，"这位是北齐鸿胪寺少卿卫华大人。"又向卫华介绍道，"这位是……"

卫华笑着摆手，说道："范大人名满天下，何用林兄介绍？"

范闲拱手道："过誉了。"

"范大人过谦了。"卫华的五官倒算清秀，只是眸子里总带着股散漫的味道，不似官员，倒似位狂生，他大笑着说道，"所谓一代诗仙，竟然做了监察院的提司，来年只怕还要掌管南朝的内库，出使之前，更是揭了春闱弊案，十七位官员人头落地，骨碌骨碌转着……"

他哈哈笑了两声，又说道："也不知道贵国那位皇帝陛下是怎么想的？像范大人这等要紧人物，当然要搁在京中好生养着，怎么能弄到咱大齐国来受罪？万一……途中遇上些风寒，那可怎么办啊？"

范闲听出对方话语里的淡淡威胁味道，却是根本不在乎，一笑说道："哪会这般弱不禁风？"

卫华发现这位极有才名的年轻官员似乎对于上京的城墙极感兴趣，不由自豪地说道："这座城池已经修建三百年，从未有外敌攻入过，范大人是否也觉得极其雄壮？不知较诸南庆京都如何？"

范闲微微一笑说道："雄壮自然是雄壮的，只是似乎旧了些，看来需要找个时候修缮修缮。"

二人暗自互损了一番，众人默然。半晌后卫华轻声说道："范大人远来，本官自然要做东道，待公务办完之后，还请大人赏脸。"

范闲看了他两眼，心想为何此人言语之间总流露出一股淡淡的敌意，而这种敌意却又没有到仇视那种地步，不免有些好奇，自己和此人从未见过面，怎么就得罪对方了？

林文笑道："好教范正使知晓，这位卫华大人便是去年出使本朝的长宁侯大公子。范正使去年在殿上一番拼酒，侯爷不支醉倒，回国后一直念念不忘，说南朝出了位厉害年轻的人物，不仅诗写得好，这酒量也是惊人。卫华大人常常听着，自然想与大人比拼一下了。"

"原来如此。"范闲再看这位卫大人，果然从对方脸上看出些许与长宁侯相似的地方。去年他做副使接待北齐使团，与长宁侯打交道不算少，后来在殿宴之时更是好好拼了通酒，也算是半个酒友，遂苦笑着拱手道："卫兄若想为父报仇，可得等些日子，不然我喝糊涂了倒无所谓，乱了两国间的正事，可不好向陛下交代。"

众人哈哈一笑，将此事留到日后再提。

北齐上京，果然一片繁华，街道虽不宽阔，但沿途尽是酒楼食肆，青瓦淡墙，高树掩映，景致颇美，街道行人面上也是一片温和笑容，满是自信与自矜，哪像是个战败之国。

使团在卫华的接待下往城西行去，安排在鸿胪寺后方的皇室别院居住。由这个安排可以看出，北齐皇帝对于庆国使团算是给足了面子。

一路上范闲与卫华闲聊，发现此子对庆国官场十分了解，不只能说出一些权贵的名字，看他的说话语气似乎还与靖王世子李弘成认识。两国京都相隔颇远，也不知道他们是如何结识的。

谈话中他对北齐目前的朝政也有了一个模糊的认识，当然，北上之前他在监察院里已经看过了无数卷宗，知道北齐朝廷远不像卫华所说这般一团和气，金光灿灿。

北齐太后眼下也才三十多岁，还年轻着，小皇帝亲政不久，根本无法完全控制住朝政，帝党后党在朝上各有势力，进行着无声的抗衡。如果不是去年两国交战北齐完败，暂时将矛盾压制了下来，只怕现在的上京早已经乱作了一团。

上杉虎也是因为这个原因被调回了上京。

范闲状作无意地说道："听闻上杉大将乃是不世之英豪，卫兄几时有闲，带我前去拜访拜访。"

卫华惊异道："范大人对上杉大将感兴趣？"

"我不是文弱书生，对抵抗蛮人的英雄总是佩服的。"范闲笑道。

卫华面色有异，似乎不怎么想说那位上杉虎。范闲将他的神情看在眼里，微微一笑，不再多话。

使团到了别院，自有相关人等负责安排住宿，忙了好一阵子，终于安排妥当。卫华身为鸿胪寺少卿，理所当然地要安排晚宴，席上稍稍试探了一下范闲的酒量，发现这个年轻官员竟是拿酒当水喝，真真完美实践了酒水二字的真正含义，不免心惊，顿时弱了拼酒为父报仇的念头。

席散人去，整座别院里就只剩下使团自己的人，北齐的侍卫很有礼数地只在外门守护，将内院的一应事宜都交给使团自己处理。

房中只有范闲与林文、林静二兄弟，高达以及王启年。

范闲闭目良久，确认房间四周并没有人偷听，才轻声开口说道："我们这是在上京，做事说话都小心一些。"

林文称是，把最近上京的局势说了一番。

"上杉虎任的是闲职？"范闲皱了眉头。

北齐最能打仗的将领，既然从蛮荒冰雪之地南调，肯定是为了应付庆国咄咄逼人的攻势，怎么又变成了闲职？

"怀远大将军，名字虽然好听，但是人在京中，身旁只有一百私兵。这京中有上京守备，有三位大统领，有骠骑将军……怀远大将军虽然多了个大字，奈何手中无兵，上杉虎就算有绝世之勇，也只有老老实实地上朝下朝，抱着姨太太叹息。"接着，林文略带一丝嘲弄地说道，"老虎养于柙中，再有威势，也只能吓吓人而已。"

范闲轻轻敲了敲桌子："搞什么搞嘛。把这么一个家伙调回上京，不放出去打仗，就这么养着，这北齐是不是钱多了没地儿花去？"

林文叹道："北齐帝后相争，谁都想争取上杉虎的支持，但又都怕上杉虎完全倒向另外一边，所以现在只有先放着。不过上杉虎在军方的号召力太强，就算只有一百个亲卫，也没有谁敢轻视他。"

范闲叹道："难怪这次在雾渡河边上，只是来了那么些私兵。我就奇怪，接应肖恩逃离这么大的事情，上杉虎断不至于如此轻忽。"

林文怔住了。林静在一旁低声快速解释了一番。林文心头大惊，看着范闲似乎没有受什么伤，这才放下心来，不解地问道："上杉虎与肖恩究竟是什么关系？"

范闲轻声说道："如果院子里没有判断错，上杉虎应该是肖恩当年收养的孤儿。"

"收养的孤儿？"众人大惊。

范闲应道："这件事的年代有些久远，肖恩被抓之后，北魏覆灭，天下大乱，上杉虎恰巧就是那时候冒出头来的。"

监察院自然还有些别的证据，不然也不会得出这个结论，范闲此次北行的任务之中有一项就是要确认上杉虎的师门。

"难怪上杉虎急着要将肖恩救出来。"

"这是北齐朝廷的一个大问题。"范闲只是说了这句话便不再说了。海棠想肖恩死，皇帝想囚禁肖恩逼出神庙所在，上杉虎则是纯粹地想让老头儿能够有个幸福晚年。北齐势力最大的三方因为肖恩一个人，便化成了三股方向完全不一样的力量，真的热闹可以瞧。

他当然也很想知道神庙的秘密，所以不能只看热闹。

天色已晚，众人旅途劳顿，开始安排休息。明天的安排自然有相关的官员拟好章程，林文拣其中重要的几项事宜向范闲禀报了一下。最紧要的事情便是入宫面圣，然后是在鸿胪寺谈判换俘的事宜。

范闲想了想后说道："入宫是上午，至于下午鸿胪寺那里，"他转向林静说道，"就要麻烦副使大人了。"

"大人您……？"林静疑惑地看着范正使，心想换俘纳贡的重要场合，正使不到，那怎么能行。

范闲微微垂下眼帘，说道："本官还有更重要的事情要做。"换俘的协议有两张纸，一张白的，一张黑的，他更看重黑的那张纸，他已经将肖恩和司理理交了出去，自然要马上确认言冰云的所在。

范闲坐在前往北齐皇宫的马车上，呵欠连天，他本不是个择床的娇贵人物，但昨夜实在是没有睡好。再看跟自己身边的高达和王启年似乎也是一脸倦容，不难想象，昨夜使团的人员集体失眠了。

话说昨夜正要安寝时，那位鸿胪寺少卿卫华又来了，他虽然没有进后院，却有数名歌伎美人携着一阵香风，跑进了诸位南庆大人的房间里，一时间惊得众人大呼。

范闲哪知道北齐居然有这等陪寝的规矩，吓了一大跳，虽然看着床脚下半跪着的姑娘容貌姣好，一双大眼睛水汪汪的极是诱惑，但初来上京第一日就这般荒唐，他哪里做得出来，只好请她出去。

这一闹腾自然没有几个人睡得好，倒是一位歌伎入了林静的房间没有出来。吃早饭的时候，范闲看着他的视线便有些不善，林静苦笑着解释道，北齐使团去京都的时候，鸿胪寺也是这般安排的。

范闲抹了抹眼角，发现眼屎有些多，再看了一眼队伍前面那个精神百倍的卫华，忍不住暗骂了几句，猜到对方是故意折腾已等。

马车平稳地走着，他掀开车窗看着街上的景色，好不容易来上京一趟，街景都没有瞄过就要入宫去叩头，实在是有些大不爽。

待走进皇宫，范闲看着面前的宫殿，就如同初到上京城外那般，又有些失神。北齐皇宫与庆国皇宫果然不一样，不以广大取胜，层层相叠，看上去幽美静谧，似乎每一道乌黑色的梁柱都在讲述着这宫中曾经发生过的故事。每一道长长木质行廊都在告诉来客，有多少远古的伟大人物，曾经轻轻踏行而过。

一行人不知道走了多久，行过长廊，路过廊畔流水，渐向上去，终于来到了北齐皇宫的正殿。

殿前大内侍卫凛然而立，神色坚毅，一看便知至少是七品的高手。

厚重的木门外，有太监头子正半佝着身子等候。

众人放轻脚步来到殿前，太监头子睁开双眼，有气无力地看了这些南蛮子一眼，一抖手上拂尘，用公鸭嗓子喊道："南庆使臣到！"

太监的声音并不响亮，他身后那两扇木门缓缓地应声而开，向来客们展露出了这片大陆北方权力中心的真正面目。

大齐皇宫正殿极为宽宏，内部的空间极大，上方的重檐之间全数是昂贵至极的玻璃所作，所以天光毫无遮掩地透入殿中，将宫殿常有的阴森味道全数吹散，一片清明凉爽。

宫殿的两方是不知道什么材质做成的圆柱以为支撑。圆柱上漆着黑色，有金纹为饰，每条柱上都有蟠龙入云之图，看上去精美无俦。

圆柱之后是层层纱幔，后方隐有人影微晃，不知道是宫女还是太监。

使团在太监的带领下，缓缓沿着直道前行。初次进入这个宫殿的庆国官员，此时与范闲一样，心里都难免震惊——脚下的直道竟是青玉造就，上面铺着华美的毯子，脚掌落在上面的感觉异常温柔。

直道两旁的清水更是让众人意想不到，这样大的一座宫殿里，竟然还修了两座水池！池水清湛无比，水中犹有金色鱼儿自在游动，若眼力够尖，像范闲这样，还能看清水池最深处，有一黑一白两条大鱼，正雍容华贵地轻摆双尾，伏于白沙之上。

林静看着眼前这幕，不禁在心中叹息了一声，心想如此奢华的宫殿，足以看出北齐继承当年第一大国北魏的家产后究竟拥有怎样的国力财力，只可惜也正是由于皇室奢华，养就了北齐的靡靡之风、软弱之气，才会连年败于本国之手。

长道之后便是北齐众臣朝班所在，水波轻泛，殿上无由清风渐起，地上皆是檀木板铺就，一片庄严肃穆。

前方高高在上的乃是龙椅，北齐天子煞有兴趣地看着渐行渐近的异国使臣。

使臣跪于地板之上，以臣子之礼拜过敌国皇帝，口称万岁。

“平身吧。”北齐皇帝微微一笑，似乎能够让南庆的臣子拜伏在自己脚下，确实是件很舒服的事情。

范闲站了起来，发现一双眼睛正投在自己的脸上，回目望去，却发现龙椅之上那位年轻皇帝正用一种有些暧昧的目光看着自己。

这位年轻皇帝亲政不过两年，今年应该才十七岁，和自己同龄，文学方面的老师是庄墨韩，武道方面的老师是苦荷的大徒弟，结果弄到现在文不成，武也不咋的。此人不好女色，与庆国那位皇帝陛下有些相似，有些贪玩，对于太后是又敬又惧又怒，对于群臣多赏少罚。嗯，这位年轻皇帝好像还相信爱情这种东西。

这是范闲看见那张略有些稚嫩的天子面容时，心里第一时间浮现出来的诸多信息。他马上知道自己失礼了，当一国之主望着自己时，身为臣子，断没有与对方对望的道理。于是他赶紧微微低头，沉默地站到一边，心里却疑惑着先前所见到的那种暧昧目光。

身边林静铿锵有力的声音响了起来，身为副使的他，在范正使极其懒惰的情况下，不情愿地一肩担起了所有繁复的礼节与公务——此时他念的，正是庆国皇帝陛下亲拟的国书。

　　范闲在一旁随意地听着，知道不过是些冠冕堂皇的话语，两国情谊永固，世代兄弟，这些谎言连澹州卖豆腐的冬儿都骗不倒，却偏偏还要郑重其事地念出来。

　　果然，那位齐国年轻的皇帝陛下正在不停地微微颔首，表示对南方那位同行的赞同。

　　范闲在心里嘲笑着，脸上却恭谨自持地微笑着，似乎已经陶醉于两国间的友好气氛之中。紧接着，北齐的礼部官员又出列，依例一通咿咿呀呀的美文出口，直到此时，总算是有了个初步的结果。

　　范闲依然感觉很不舒服，因为他发现除了那位年轻的皇帝，又多了很多双眼睛在望着自己，就算他的心神再稳定，也不禁纳闷起来。

　　其实纳闷的倒是北齐群臣，大家都知道此次南朝来使正是那位一代诗仙范闲，所以大家都很感兴趣，能够让本国一代大家庄墨韩郁郁返国的年轻风流人物究竟是什么模样，今日殿上这位年轻人却始终金口不开，连诵读国书这等大事也全部交给副使去做。

　　范闲有些不自在，极不易察觉地往后退了小半步，微低着头，用眼角的余光在殿上快速地扫了一眼。

　　齐国朝廷的这些臣子没有什么出奇的人物，最让他好奇的是高高在上的龙椅旁边正在微微荡漾的珠帘，珠帘上面泛着群臣后方水池子里映来的清光，看着清美无比。

　　那位北齐真正有权的皇太后，就在珠帘之后。

　　许久之后，龙椅上那位天子打了个哈欠，似乎也听厌了。

　　"使臣们远来辛苦，退下歇息吧。"

　　范闲如释重负，满脸微笑地复跪于地，拜了再拜，就准备拍屁股走人，去找北齐那些真正办事的官员，赶紧去把可怜的言公子搞出来。

　　但事情的发展总是出乎人的意料。

"范……公子？"北齐皇帝的唇角带着一丝笑意，看着范闲轻声唤道，"你且留下陪朕说说闲话。"

群臣一阵微讶，心想朝堂之上，陛下竟然称呼对方主使为公子而不是官称，实在是有些不合礼数。范闲却想不到这些，只是心头大惊，难道这位年轻皇帝知道了什么？

他赶紧行礼应道："外臣初至，不知殿前应对，实在惶恐。"

"无碍，无碍。"年轻皇帝似乎很好说话，笑着说道，"此次得知是范公子前来，朕极为欣喜，好教范公子得知，《半闲斋诗集》朕也是时常诵读，就连太傅大人对公子的才华也是赞不绝口。今日国事已毕，范公子且陪朕随意走动走动，看看本朝皇宫里的景致。"

话已经说到这个份儿上，身为外臣的范闲哪里还敢多话，只是心头微微一动，北齐太傅是庄墨韩的儿子，庄墨韩在庆国皇宫中被自己整得狼狈不堪，对方竟然夸奖自己的才华？

使团退出大殿，林静略含担忧地望了范闲一眼，范闲微微颔首，示意对方自己会注意的。

当北齐的臣子们也退出去后，整座大殿显得更加清旷，隐隐可以听见水池里鱼尾击水的哗啦声，幔纱后方宫女们轻柔的脚步声。

年轻皇帝似乎放松了下来，伸了个懒腰，望着范闲呵呵一笑，径直从龙椅上跳下，接过太监递上的毛巾胡乱擦了擦，一拍范闲的肩膀说道："走，我要让南朝的诗仙瞧瞧咱们北国的仙宫。"

范闲暗自叫苦，哪料到这位陛下竟是个孩子习性，正准备跟着他往殿后走去，却听着那层自己一直注意的珠帘后传出一声咳嗽。

北齐皇帝微微一怔，面带苦色转过头来，对着珠帘行了一礼道："母后，孩儿见着范闲心中喜悦，故而失礼，还望母后饶恕。"

有宫女缓缓拉开珠帘，当当珠子碰撞之声清脆响起，一位贵妇从帘中走了出来。

范闲赶紧低头，不敢细看，余光中只看着珠帘下方的那双脚。

那位贵妇穿着一双绣金的绸花鞋，看似随意，却华贵无比。

更让范闲震惊的是，紧随着这双绸花鞋后，有另一双脚也随之踏出——世上有谁敢和北齐太后一起坐在珠帘之后，听着皇帝与外国使团的对话！

那双脚上穿的是一双布鞋，鞋底是千层布密密纳成，是乡村里极常见的手艺，鞋口是黑白二色，只在那细细嫩嫩的脚跟处，露出一丝喜庆的花布。这种布鞋通常会在乡野鄙地的新年时看见，出现在北齐的宫廷之中就显得异常怪异了。

范闲猜出了布鞋的主人是谁，愕然抬首，再也顾不得礼数，望向了那位依然扎着花布巾的海棠姑娘！

没想到她竟然会和太后一道，从珠帘里出来！

范闲与海棠的目光宛如实质一般撞在一处，宫殿里的空气都有些不安起来。不过白驹过隙的一瞬，他已收回目光，向着海棠身边的贵妇跪了下去："外臣范闲，拜见太后。"

太后看了他两眼，微微皱眉，心想这个叫范闲的庆国官员怎么生得如此漂亮？简直是个妖邪，难怪朵朵今日非要偷偷上殿来瞧，难道身边这丫头……她将这些想法挥去，微微颔首，然后对皇帝说道："你师姑回来了，既然你要带范大人去宫中闲逛，那就一路去吧。"

皇帝面有难色，似乎很不情愿和海棠一道同行，但难碍母命，只得苦笑着对海棠说道："师姑什么时候回的京？"

海棠将冷冷的目光从范闲的脸上移开，微微一福道："陛下，民女昨日回京，家师心忧最近京中恶人太多，故遣民女回宫。"

范闲苦笑，上京有恶人？这自然说的是爱用春药的自己。

行走在齐国皇宫之中，范闲想起了一个已经很陌生的成语，这是前世的残留：齐人之福。因为这座皇宫着实配得上年轻皇帝先前说过的"仙宫"二字，生活在这座皇宫里的齐国贵人，确实很有福气。

高高的青树从整体颜色素黑的宫殿群落旁伸展出来，就像是一位冷峻而细心的女子在为谁打扇。那些青青葱葱的树枝或俏皮地探出素黑檐角来偷窥，或无力慵懒地搁在青瓦之上暂歇，或是在宫中地上那些花枝招展的鲜花上方伸着懒腰，像是在蔑视那些娇弱的植物。

整座宫殿与四处可见的大青树交杂着，辉映着，青黑相间，刚柔互济，美不胜收。

宫殿群分作好几层，依青山而建，三人在一大堆太监的服侍下往前走去，绕过山间清溪旁的长廊，已经上到了第二层。直到此时，范闲才稍稍镇定了心神，开始用心观察皇宫里的景致，心生赞叹。皇宫依山而建，从军事或者日常起居的角度来看，是愚蠢的抉择，但看着长廊旁的清水缓缓流淌，四周清爽的颜色风景充盈着眼帘，他终于明白了很多年前选择此处做皇宫的真正理由。

美，真是太美了。

可惜范闲不是齐国人，此时更没有齐人之福，身边并没两个绝色美女相伴，有的只是齐国至高无上的皇帝陛下，还有齐国年轻一代最强的高手、曾经打得自己满地狗爬的海棠姑娘。

皇帝身着黑色外衣，腰间系着金丝玉带，袖口宽广，颇有古意。他当先领路走着，似乎忘记了是他强拉着范闲留了下来。

范闲有些拘谨地跟在他的身后，时不时用余光瞥一眼身旁的海棠，他和这位女子之间有极大过节，虽然相信在皇宫之中，对方不会对自己如何，但总还是有些紧张。

海棠朵朵正眼都没有看他，似乎从来没有见过他，也没有中过他的毒，更没有听过他的那些酸词。

范闲明白了些什么，温和地笑着没有多说话。那位年轻的皇帝陛下似乎终于走累了，指着前方一处平地里的凉亭，轻轻一点手指头。

太监们脚不沾地地"冲"了过去，在极短的时间内将凉亭打扫得干干净净，又点了几炷熏香，备好了清茗壶杯。

走入凉亭，山风夹着清流湿意微微拂来，皇帝站在栏边，双手负于身后，轻声地说道："拍栏杆，林花吹鬓山风寒，浩歌惊得浮云散。"

范闲恰到好处地应道："好词句。"

皇帝转过身来，一双清明眸子极感兴趣地望着范闲，半晌后忽然开口说道："拍朕马屁拍得如此漫不经心，范闲你当是第一人。"

范闲一窘，不知如何言语，拱手道："外臣惶恐。"

"惶恐倒罢了，不要惶恐不安就是。"皇帝坐下端起茶杯饮了一口，忽然看见海棠，不由得笑着说，"小师姑，今日在朕面前怎么这般拘谨，往日是请你也请不动，只肯在园子里种菜，今日既然入宫，且放宽心赏赏景也好。"

他接着叹道："这宫殿太美，美到朕都没有心思出宫行走了。"

这话里似乎有些旁的意思，范闲只当自己听不懂，在皇帝的眼神的示意下坐了下来。太监奉上清茶，他缓缓啜着，不知道这位年轻的皇帝忽然间动心思将自己留在宫里，究竟是什么意思。

海棠也端了杯茶，坐在山亭外侧的栏杆上，目光投向亭畔流水，不知所思何物。

"范闲，你看朕这宫中景色如何？"

范闲心想，您今日这是第几次重复这个话题了？略一斟酌后答道："宫在山中，山上有树，树在宫中，景致清美。最稀奇的倒是这重重宫檐竟似与整座山景浑然一体，不显得山色吞没了皇宫威严，不因宫殿之繁华弱了山色，竟给人天人合一的感觉，实在是令人赞叹。"

"咦？"

皇帝与海棠都用一种很诧异的眼神看着范闲。皇帝本来只是随口一问，不料范闲却答出"天人合一"四字。天下四大宗师中的苦荷一派，讲究的便是天人合一，道法自然，只是此一妙诀向来不传外人，此时竟被范闲通过叙景随口说了出来，实在是令人震惊。

海棠盯着范闲的脸，似乎想瞧清楚这位名噪天下的诗仙，究竟是偶然得之，还是真正通过皇宫之景看出了些什么道理。

所谓"天人合一"，是遥远记忆中哲学课上讲烂了的话题，范闲随口说出，当然没想到会让旁人如此惊骇。看着皇帝和海棠若有所思的表情，他不免疑惑起来，问道："外臣可是哪里说得不对？"

皇帝哈哈笑道："极是极是，哪里有不对的道理。范闲你果然不愧是一代诗仙，随口说的话语，竟是暗合至理，妙极妙极。"

海棠想了想，说道："范公子以景述理，可谓通材。"

三人随口闲聊了数句，便将此事遮掩过去。皇帝忽然说道："此处山亭，我上月也曾经停留颇久。其时树在亭上，月在云上，朕在流水之上，四周清风徐来，感觉无比快意，浑忘了尘世间的烦恼，所以这些日子我时常来此驻足，但再也找不到那种感觉，不知为何？"

海棠正色说道："这尘世间的烦恼本就存在，若强要忘记已属勉强，更何况陛下一身系天下安危，心思左右万民福泽，怎能图一时之快意，而忘却尘世之烦恼？陛下应时刻铭记天下子民多在困厄之中，以万民之烦恼为己身之烦恼，如此才是君王应执之念。"

皇帝受教，起身行礼道："多谢小师姑指点。"

范闲发现这位皇帝是真的流露出受教的神色，不免有些讶异，看来天一道在齐国的地位竟是比想象中还要高。不过他对海棠的说法却有些不以为然，脸上没有流露出来，眼里却闪过了一丝笑意。

这神情怎能逃脱一位九品上强者的眼睛？

"范大人有何不同看法？"有意思的是，海棠的问话里没有敌对和尖酸的味道，只是正常的询问，北齐多好辩论立学济世之术，单从容纳其他意见的角度上看，倒比庆国的风气更好些。

范闲笑着说道："先天下之忧而忧，后天下之乐而乐，自然是身为帝王，身为臣子应秉持的理念。只是若依海棠姑娘所说，日夜不忘黎民疾苦，陛下以此警惕，不懈政事，为万民谋福，但长此以往，不免太累。精神不济，就算有再多愿心也做不好事情。所以外臣以为，能忘忧时须忘得彻底，正所谓天下长忧，天子不可常忧。"

他这番解释毫无说服力，但妙就妙在头两句话，海棠眼睛微亮，根本没有去听他后面说了些什么，只是在慢慢咀嚼其中的滋味。

皇帝更是拍案叫好："好一句先天下之忧而忧，后天下之乐而乐。范卿此言，果然道尽臣子之忠道，天子之应持，好！好！好！"

太监宫女们不是很明白皇帝在说什么，但看见这位南朝使臣能将陛下逗得如此高兴，也不禁面露微笑，向范闲投去感谢的目光。

范闲笑了笑，没有多说什么，在心底里对前世那个本宗喝稀饭的哥们儿竖了竖大拇指。

年轻皇帝开始唤范闲为范卿了，自然能够看出他对范闲极为欣赏。他今日将范闲留在宫中本是另有要事安排，至于赏景不过是因为海棠被太后安排在身后，他不方便与范闲说话所以刻意找的话题，不料范闲的应对倒着实有些味道。他笑着对范闲说道，"范公子文武双全，实在是世间难得的人才。"

范闲连称不敢，海棠忽然开口说道："那依范公子所言，天人之道，该持如何观？"

范闲心想自己最不擅长玄谈，先前那堆话已是勉强，怎么还要继续？此时皇帝微微一笑，挥手止住海棠的发问，转而问道："那范公子以为，为何朕这些日子再也找不到那夜的清旷神思？"

范闲看了看山亭四周，指着那炷香轻声说道："陛下，移了此香，再退却身旁诸人，或可寻回当夜感觉一二。"

皇帝依言让众太监宫女退到远处看不见的地方，又移走了那炷宁神香。片刻后清风再兴，吹散一应香味，只留下淡淡山间宫殿清旷。

他闭上眼睛，良久之后面露喜色，说道："果然有了几分感觉。"

范闲笑着解释道："皇宫中的用香自然是极品，但与这山林间的香味比较起来不免多了几丝俗气。"

海棠轻轻点头，似乎颇赞同这个说法。

复又坐于山亭之间品茶，范闲的疑惑却愈来愈深，初至上京第二日，这位年轻的皇帝便将自己留在皇宫之中，大不合规矩，不论怎么讲自己也是位外臣。

皇帝忽然轻声叹道："范公子，你可知朕为何要将你留下来？"

范闲微微一凛，不知道对方是看出自己心头的疑惑还是凑巧，恭敬说道："请陛下示下。"

"名义是因为朕喜欢《半闲斋诗集》。"年轻皇帝接着对范闲笑道，"当然，朕确实极喜君之诗句，只是那家澹泊书局卖得极贵，故而年前朕曾经从内库里拨出些银两，在大齐境内刊发了不少得范卿诗集，送往各地书院。朕如此看重，不知范卿何以报我？"

此人乃是一国之君，心想自己动用内库银两，为你这年轻诗家印书扬名，对方岂不是会马上感动得无以复加？

范闲起身行了一礼，心里却开始骂起娘来。这个世道果然没有盗版的说法，您这皇家害得澹泊书局行销北方的生意今年差了三成，七叶掌柜天天揪头发，居然还要我这个东家来谢你？

海棠忽然在一旁轻声说道："陛下，澹泊书局是范大人家的生意，您这做法，只怕范大人非但不能领情，腹内更是牢骚无数。"

范闲赶紧解释："绝无此意，绝无此意。"

皇帝微惊道："范卿一代诗家，怎么还做生意？"

范闲苦笑应道："挣些零花钱总是好的。"

海棠说道："这天下最大的书局挣的居然只能算是零花钱？"

皇帝不知道自家小师姑与范闲在雾渡河镇外的那些故事，发现她与范闲之间隐隐有刀剑之风，不由得笑了起来，说道："小师姑，您与范卿家，可谓是当今天下一南一北，名声最为响亮的年轻一代人物，怎么今日见着，却像小孩子一般喜欢斗嘴？"

海棠微微一怔，也发现自己今日说话有些刻薄，与往日的恬淡心性大不一样。范闲笑道："或许海棠姑娘依然认为商贾乃贱业？"

从叶家开始，商业的重要性已经完全体现，天下无人不注意此道，但表面上大多数人还是将行商看成比较低下的职业。不料海棠摇头说道："士农工商，天下人做天下事，哪有贵贱之分。"

范闲很喜欢她的这个说法。

因为太后让海棠跟在身边，少年皇帝内心深处想与范闲说的事情始终无法说出来，天子脸上渐现烦倦之色。范闲看了眼海棠，本以为这个女子会识趣地走开，留给自己与这位皇帝一些清静空间。谁知道海棠竟是面色宁静不变，全不理会皇帝的脸色。

皇帝忽然自嘲一笑，走到山亭旁，看着脚下汩汩流下的山水，叹息道："范闲，这一路北来，你看我大齐风貌如何？"

范闲沉声应道："北齐物华天宝，山清水秀，地大物博，百姓安居乐业，实在令外臣叹服。"

皇帝忽然转身，用平静至极、完全不像十七岁人的目光看着范闲："那你以为，朕这天下，与你南庆相比如何？"

北齐与南庆的比较？这个话题很敏感，既不能弱了自己国家的声势，身为使臣又不能太驳北齐面子。范闲却答得流畅自如，像是从娘胎里就开始思考这个答案，说得理直气壮，铿锵有力，快速无比，让年轻的北齐皇帝与海棠险些气得笑出声来。

他满脸温柔微笑，一抱拳，开口说出四字："外臣不知。"

好一个"外臣不知"，皇帝先是一愣，然后哈哈大笑起来，这话回得无赖，自己却不好如何治他，毕竟是所谓"外臣"，即便知道庆国如何，却不知道齐国如何，又怎能比较？

他看着范闲笑着摇摇头："今日才知道，朕一心念着的一代诗仙居然是个巧舌如簧的辩士，难怪庆帝会派你来做正使。"

范闲笑着说道："外臣为官不过一载，陛下遣臣前来，主要心慕北国文化，臣在这方面有些许薄名，让臣来多受熏陶。"

皇帝笑了笑，说道："诗仙之名在此，朕自然会让那些太学的学生们，来听范卿家讲讲课。"

范闲心想自己在京都太学都是不用上课的假教授，怎么到北边却要成客座教授了？

"朕若南下，范卿看有几成成算？"

年轻皇帝面色宁静，威严却是扑面而来。

这个敏感而狂妄的问题，当今天下只有两个人可以问出。

范闲平静地应道："一丝成算也无。"

"为何？"皇帝站在栏畔冷冷地看着范闲。

"齐人不思战，必危。"范闲说道，"庆人多好战，必殆，好在两位陛下，一者发奋图强，一者老成持国，恰好平衡了此两端。"

皇帝忽然开口问道："你们庆国的皇帝究竟是个什么样的人？朕曾与他通过两封私人书信，却始终有些看不明白他。"

范闲心里又开始骂娘，心想自己终究是庆国之臣，您玩这么一招究竟是什么意思？干脆闭口不言。

皇帝见他这副模样反而笑了起来，说道："你那皇帝终是会老的，朕终是会长大的，日后我纵马南下，还盼范卿能为我殿中词臣。"

范闲不卑不亢地应道："陛下若南下为客，外臣定当作诗以贺。"

同是南下，意思却两端，齐国皇帝的意思自然是领军南下，将庆国收入囊中。范闲的意思却是齐国皇帝南下为阶下囚。

皇帝沉默了一会儿，说道："上京一向太平，不过两国之间向来多有误会，朕担心会有人意图对范卿不利。那些人不敢对你如何，挑衅之举只怕是难免的，范卿看在朕的分上多担待些。"

范闲大惊，倒不是这话里的内容，而是年轻皇帝说话的口气。看在天子的面子上多担待些？他自忖自己怎么也没有资格让一国之君如此看重，更不明白为何对方会对自己如此高看。

"朕有些乏了，范卿先回吧。"皇帝轻轻拍着栏杆，回头望着一直静默着的海棠，"小师姑，您送范大人出宫，免得他迷了路。这段日子，若有人对南庆使团无礼，还烦小师姑说几句话。"

海棠微微一福，道："遵旨。"

范闲眉头微挑，心想那岂不是要经常与这位九品上的女子见面？这还真不知道是好事还是坏事。

皇帝忽然微笑说道："听闻范公子如今不再作诗，朕心实在是有些失望啊。"

范闲苦笑应道："请陛下恕罪，诗乃心语，近日外臣心绪不宁，实在不成，不成。"

皇帝似笑非笑地望了他一眼，说道："只怕是因情而诗，范闲你看着朕这浊物，自然兴不起什么诗兴。"

范闲满头大汗。

皇帝忽然哈哈笑道："昨日太后倒是给朕看了首小令……知否知否，应是绿肥红瘦。范闲果然好才情。"

范闲大窘，海棠更窘。

二人沿着那道清幽的小道，往山前的宫殿乌黑建筑群行去。山亭里，北齐的年轻国君沉默站立着，脸上已经退去了先前谈话时的兴奋神色，唇角带着一抹淡淡的笑。他忽然闭上眼睛，深深嗅了两下，发现似乎真的找回了一丝那夜孤身望月的感觉。身后有脚步声响起，皇帝知道是太监们过来服侍自己，略感厌烦地挥了挥手，阻止众人入亭，依旧孤单地站在山亭之畔，不知道想着什么。

许久之后，他忽然叹了口气，轻声自言自语道："原来范闲长得就是这个模样啊，理理也该到了吧？"

另一边，范闲沉默着跟在海棠身后往宫外走去，一路山景无心去看，清风无心去招，只是堆着满脸虚伪的微笑，保持着距离。

他的视角刚好可以将海棠姑娘行走的姿势看得很清楚。

她一步三摇，却不是那种烟视媚行的女子勾引人的摇法，而是一种极有乡土气息的摇法。

　　她的双手插在身外大粗布衣裳的口袋里，整个人的上半身没有怎么摇晃，下面却是用脚拖着自己的腿，在石板路上往前拖行着，看上去极为懒散，却又不是出浴美人那种性感的慵懒。

　　范闲看了半天也没有看明白这是什么走法，难道对方是通过走路在不断地修行着某种自然功法？

　　想到这一点，他大感佩服。他一向以为自己就是人世间修行武道最勤勉的那类人，一天晨昏二时的修行，从澹州开始便从未中止过，但从来也没有想过，连走路的时候也可以练功！

　　难怪人家小姑娘年纪轻轻的就是九品上，自己拼死拼活也才刚刚迈入九品的门槛。难怪人家小姑娘被北齐人尊为天脉者，自己却只能无耻地靠些诗句赢取"江湖地位"。难怪人家小姑娘轻轻一挥手，自己就要在地上狗爬。难怪自己暗弩飞针春药齐出，别人也不过泡泡湖水，最后极潇洒地一挥袖走了，根本不将自己放在眼里……

　　范闲心情黯然，心想这等天才人物，又如此勤奋，大概只有五竹叔这种天才中的天才才能比拟，自己是没辙了。

　　海棠感觉到身后那两道火辣辣的目光总盯着自己的臀部和腰部，终于受不了了，回首静静地看着范闲的眼睛，似乎要剥下他这身清美的皮囊，露出里面猥琐的真身来。

　　范闲眼神清明，微愕后才知道对方想错了什么，苦笑地说道："只是看姑娘走路姿势奇异，想来是在练功，心生佩服。"

　　他愕然，海棠更是愕然，她这一生大部分时间都在山中与宫中停留，心性稳定，但不知道为什么看见范闲这张可恶漂亮的脸、听着范闲不着调的说话就无由地火起。此时听着他说的话，更是莫名其妙，半晌后才憋出一句话来："不是练功。"

　　说完之后，她觉得有些奇妙，自己为什么要对他解释这个？她顿了顿，继续说道："我从小就这么走路，太后说了我许多年我都改不过来，范大人如果觉得看着碍眼，不妨走前面。"

范闲心想，这是又怎么了？只得跟在转身的海棠的身后继续前行。

海棠依然那般拖着脚掌，揣着双手，懒懒散散地往前走着。

他微微偏头，皱眉看了老久，忽然想明白了这件事情——这哪里是什么功法，这不就是农村里面那些懒婆娘最常见的走路姿势！

一想到世人眼中像仙女般的海棠骨子里真是个村姑，走在皇宫里就像是走在田垄之上，范闲终于忍不住大笑起来。

"范大人因何发笑？"

这是意料之中海棠的发问。范闲咳了两声，满眼笑意地解释道："我很喜欢姑娘你走路的姿势。"

海棠微微一怔，眼中闪过一丝怒意。

范闲赶紧说道："如有欺瞒，天诛地灭。"

这誓发得毒，由不得海棠不信，但她依然不明白，自己被宫里人取笑了许多年的走路姿势，为什么身后这个年轻的家伙会喜欢？一想到范闲在北海边上的那些无耻手段，她更糊涂了。

二人复又沉默，在满山青树乌檐的陪伴下往宫外行去。海棠的地位果然十分尊崇，沿路所见太监宫女，一听着那双布鞋与地面的懒懒摩擦声，就抢先避到道旁树下，恭敬行礼，不敢直视。

"陛下对外臣如此亲近，实在惶恐。"范闲终于试探着说了一句。

"范公子何必自谦。"海棠面无表情地回答道，"陛下最喜诗词，《半闲斋诗集》一出，天下士子人手一卷，陛下自然也不例外。庄墨韩大家自南庆返京后曾在宫中与陛下有一番长谈，从那日起，陛下嘴中便不曾少了范公子大名，时常说道，若北齐能有公子此等诗才，那便大妙，大有遗珠之憾。如今公子押送肖恩返京，两国又在对峙之中，陛下自然担心范公子你的安危。"

范闲才知道原来如此，可那位少年天子眉间有忧愁，想来定还有些事情想要告诉自己，只是宫中耳目众多，他又不愿意当着海棠的面说——不知道究竟是什么事情？

海棠忽然说道："今日范大人见着宫殿山林，便脱口而出'天人合一'四字，实在了得，家师观《半闲斋诗集》后，曾沉默数刻，对公子大加赞叹，我本有些讶异，今日方知盛名之下无虚士。"

"哪里哪里。"对方这话说得很有几分真诚，范闲应得更加诚心诚意，"言冰云一事，还请姑娘大力协助。"

"我向来不干政事。"海棠轻声说道。

范闲眉头微皱说道："那姑娘为何要单身赴北海，杀死肖恩，难道不知道肖恩如果死了，对于此次协议会有极大影响？"

海棠微笑说道："范公子似乎在我出手前，也曾经想过要杀死肖恩，为什么后来忽然改变了主意？"

"因为我对于肖恩的秘密也很感兴趣。"范闲搓了搓有些微湿的手，扭头看了看皇宫里的景致。

海棠说道："我杀肖恩就是因为那个秘密会造成很大的麻烦。"

二人极有默契地同时驻足，停留在一株大树之下。

"这个世界上，并没有永远的秘密。"

"肖恩活着，会让很多人死去。"

范闲觉得对方这种无来由的悲天悯人在很多方面会显得很混账，但自己也不可能仅凭几句话就改变什么。

"陛下似乎有事相求范公子。"海棠说道。

范闲微微一怔，知道对方也看出来了，想了一想之后，诚恳地问道："还请海棠姑娘教我？"

海棠轻声地说道："我也不知，只是如果事情与司理理有关，还请范公子通知我一声。"

范闲没有应允，堂堂一国天子究竟要自己帮什么忙？难道真是司理理？可自己在北齐要人没人，要势没势，能做什么？

"理理是个可怜的姑娘，好姑娘。"海棠双手依然插在大口袋里，说道，"范公子能帮忙就帮一下。"

范闲想到了北行马车上的种种，一时失神，不知该如何回答。于是二人又回复了沉默，缓缓前行，任由头顶的青青树叶与更上方的阳光交舞织成的光影，落在彼此的身上的青色长衫与花布粗衣之上。

范闲忽然抢先几步，与海棠并排走着。

海棠看了他一眼，没有说什么。

范闲渐渐将心事放下，学着身边这女子走路的姿势，微微抬着下颌，目光略带一丝懒散之意地四处扫着。身上青色长衫没有口袋，无法插手，她只好将手像老学究一般负到身后。髋部提前，放松身体的每一丝肌肉，任由着似乎极为沉重的那双脚，拖着像是要散架一般的身体，在石板路上，往前面懒洋洋地走。

海棠再次侧头看了他一眼，不知道为什么他要学自己已经养成习惯的走路姿势，眼神有些复杂。

范闲脸上挂着温和的笑容，像是没有察觉到她的目光一般，与她并排懒洋洋地走着。海棠也懒得再管这个，微微动了动脖颈，似乎十分舒服。范闲也伸了个懒腰，打了个呵欠。

日近中天，两双脚擦地的声音，渐渐合成了一处，让人无来由地犯困。二人就这样拖着步子在皇宫里行走着，看上去倒像极了一对农村里的懒夫妻赶着从田里回家去午睡。

一滴汗从海棠的鼻尖渗了出来，那张普通的容颜生出一种别样的魅力，她轻声道："上次你给的解药，陈皮放得太重，吃着有些苦。"

范闲一笑，知道对方已经看出自己那日用的诈，轻声说道："我是监察院的提司，不是求天道的高人，使些手段是常事，姑娘不要介意，当然若您真的介意，您也可以给我下药。"

这话有些轻佻，海棠却不像一般女子那般红脸作羞意，只听她淡淡说道："若有机会，自然会用的。"

范闲大汗，又听着对方说道："你是监察院里的提司，行走在黑暗中的人，为何从澹州去庆国京都之后，却大肆散发光彩？就像如今你走在阳光之中一般。"

　　"黑夜给了我黑色的眼睛，但我要用它来寻找光明。"

　　范闲继续借用那一世哥们儿的精彩句子，虽然这哥们儿死得挺窝囊，挺王八蛋。果不其然，海棠微微一怔，再次侧头看了他一眼，心里对范闲的看法在不知不觉间又发生了某种变化。

　　范闲笑着继续说道："当然，黑夜给了我黑色的眼睛，我更多的机会，是用它来……对这个世间翻白眼。"

　　海棠姑娘终于笑了，正所谓嫣然一笑竹篱间，海棠满山总粗俗，若视宫墙为竹篱，何惧世人粗俗意？

　　出了皇宫，与面露焦急之色的虎卫与王启年说了两句，在北齐御林军的护送之下，范闲坐着马车回到了别院外。刚下马车，却见着眼前一片嘈乱，不由得微微吃惊。等到他往别院正门口走了两步，看清楚场间的模样时，更是大感震惊。

　　许多北齐的衙役与侍卫正蹲在地上捡东西，每个人的身后都拖着一个大麻袋，不时捡起一物便往里面扔去，看他们拖动的姿势，那些东西颇为沉重。范闲大感好奇，对王启年问道："这是怎么回事？"

　　王启年也大感不解。

　　众人走上前去，这才发现，原来别院门口这一大片空地上，居然扔满了各式各样的小刀，有绿宝石作鞘上装饰的，有古朴的，有新潮的，当然更多的还是北齐人最喜欢随身佩带的小弯刀。

　　范闲倒吸一口凉气说道："赶紧去把那些麻袋抢回来，既然是扔到咱们门前的，就算要当破铜烂铁卖，这笔外快也得咱们自个儿挣。"今儿在皇宫里赏景谈天学村姑走路，他的心情大是舒服，所以此时说起笑话来，倒有了范思辙的几丝风采。

王启年苦笑道："大人真正好心境，这样还能说玩笑话。"

范闲苦笑道："那不然怎么办？难道还真的每把刀都接着？"

在京都险些被京都守备之女叶灵儿一刀砸中鼻梁后，他就清楚这个世界上武道决斗的规矩——扔刀子到对方的脚下，对方如果应战就会捡起刀子来。

惴惴不安的副使林静与林文见到范闲回来了，松了口气，沿着别院墙根溜到众人身前，解释道："不知道是谁将此次两国间的协议露了一部分出去，上京民众知道此次北齐要割让土地，群情激愤，普通百姓不敢做什么，那些年轻的王公贵族们却找上门来了，说要找我们比武，一雪沙场之耻。"

范闲心想换俘割土的协议，北齐朝廷肯定不会昭告天下，又是谁会将这事捅了出去？看来那位年轻皇帝的日子不怎么好过。他此时来不及关心自己的"头号粉丝"，头痛地说道："这些事情你们自己处理，我待会儿要去他们礼部衙门一趟。"

虽然有相关的下属在着手进行换俘与划界、互换国书之类的事情，但言冰云那块儿范闲坚持由自己处理。

"大人，您可不能走啊。"林文、林静二兄弟是典型的文臣，使团中武力最强大的虎卫当然跟在范闲身边，那些用各种身份掩饰的监察院高手也只听范提司的命令。二人看着小刀横飞于院前，早就吓得不轻，听到范闲要走，生怕那些北齐的年轻权贵又来闹事。

范闲皱眉看了二人一眼，说道："身为庆国官员，心神稳些，莫要失了朝廷颜面，那些闹事的人自有北齐朝廷安排的护卫挡着，难道他们还敢放那些人进别院？"

"关键是……"林静在二兄弟中与范闲较熟一些，也不在乎范闲的表情不对，讷讷地说道，"那些人都是来找范大人您的。如果您避而不见，只怕会让这些北人以为咱们庆国懦弱。"

这话有些老辣，范闲笑着骂了他两句，说道："就算来找我麻烦，估计也是些文人，林大人是当初的探花郎，怕他们做甚？"

忽然间，他发现身后不远处那些北齐御林军脸上露出一丝莫名的神情，而高达已经握住了身后长刀的刀柄。

范闲转身发现使团门口又来了一拨队伍，头前走着的是位眼睛望着天上的少年权贵。他既然示意了，自然没有人去拦这拨人，所以那位少年直接走到了范闲的身前，然后一拳头打了过来。

这拳头肥而无劲，十分惹人憎厌。

范闲毫不客气地一巴掌拍了回去，他体内的霸道真气本就是天下无双，在五竹的教育下对于时机的判断更是世间一流。这一出掌，掌风如刀一般，破开空气，狠狠地拍在那拳头上。

别看他在海棠姑娘面前唯唯诺诺，论起打架屁都不敢多放一个，那是因为姑娘太生猛。真要论起武道修为，年轻一代里有几个是他的对手，他不想让对方受伤太重，才收了手。

那个少年一屁股坐到地上，哎哟地唤了一声痛。

他没料到这个看似文弱的书生竟能一下将自己推倒，望着范闲痛骂了起来："你妈的，南蛮子发疯了！"

正准备进院的范闲停住了脚步，走回那处，扶住少年的手腕。那些家丁有些紧张，但看他只是扶住自家少爷，心想这个年轻人大概是南庆使团里的随从，也没放在心上，骂骂咧咧的。

只听得一声关节脆裂的声音，一声呼痛惨叫，无数声愤怒的呼喝声响起！

"如果让五竹叔听见，你就死了。"范闲看着那个痛哭的少年，心想能让北齐御林军都不敢出手阻挠，看来家中一定极有地位的。

那个男孩儿的家丁和伴当拥了过来，看着主子捧着颓然无力的手腕在哇哇大哭，才发现范闲竟是下了毒手，竟将主子的手腕捏断了！众人不由得又惊又怒，纷纷站起身来，准备教训范闲。

眼看着事情要闹大，御林军赶紧上来将两边分开，那些人不停地骂骂咧咧，口出污言秽语，什么南蛮子之类的没个完。

范闲扯过林静问道："那个小屁孩儿是谁家的？"

"长安侯家的小公子。"林文对于上京官场十分清楚，抢先答道。

范闲想到曾经拼过酒的长宁侯，心头一动说道："难道就是去年战败之后，被关到家中静养的那位，长宁侯的弟弟？"

林文点了点头，说道："长安侯去年战败被软禁，但今年太后下旨，重新起用，于是又恢复了往年的嚣张。估计这位小公子是看着上京的人都想来使团闹事，趁机为爷报仇来了。"

"小屁孩儿。"范闲摇了摇头，不看场中一眼，便准备走人。

"打了人就想走吗！"身后有人怒喝道，"敢打我们侯府家的小少爷，你们真是吃了豹子胆了！"

御林军统领已经控制住了局面，没料到范闲竟是连场面话都不说一句便要入府，不免心中有气，心想你们南庆人也太嚣张了。

范闲转身望着场中的这些北齐人说道："诸位，这么多双眼睛看着的，贵公子偷袭本使，本使又不知道他是个小孩子，所以出手重了些，稍后自然会有人去府上送汤药费，吵什么吵？"

打完人赔点儿汤药费，这是典型的纨绔做法，问题是范闲是庆国正使，他打伤的小男孩才是正宗的北齐纨绔，众人哪里肯依。

范闲眉头一挑，那位御林军统领说道："魏统领，莫非你想看着使团与北齐百姓大打出手，两国之间再来一场混战？"

这位魏统领心头大寒，虽然知道事情的发展不至于那般离谱，但如果真让范闲被众人围殴，酿成大祸，自己真是难逃其责，赶紧下去将长安侯府上的人拦在外面。范闲就这样施施然进了别院。

过不多时，院门吱吱一响被人推开。

外面闹事的人忽然安静了下来，待看清楚出来的不是先前那个漂亮的年轻人，遂一声大喊，又往前拥来，让南庆使团把范闲交出来。

出门的官员是王启年，他微微一笑，拱手向四方行了一礼。众人一愣，将手上的砖头什么的放下，准备听这位南朝来人说些什么。片刻之后，只见王启年将手一挥，轻声细语说了一个字："打。"

随即他身后像老虎一般拥出十几个人，手上拿着拖把木棍之类向着场下的人群冲去。御林军那位魏统领知道事情大糟，准备上去说些什么，不料王启年已然亲热无比地挽住了他的胳膊，说道日后有闲，还要请魏统领带路去各处花巷快活快活。

被他这么一扯，魏统领无法发令，那些御林军也傻了，他们的职司就是保护南庆使团的安全，哪里想到这个使团里的人们竟是手执棍棒冲将出来——那自己究竟是该保护哪一边呢？

这么一耽搁，别院前的空地上便开始响起一阵阵杀猪般的嚎叫，棍棒舞于空，恶奴泣于地，好不热闹。

魏统领怒道："王大人，莫非你想把事情闹大不成？"

"废话，这是我想闹大的？"五启年大怒道，"那小孩都准备和提司大人的母亲如何了！我倒要问，使团初入上京第一日，就有这么多人来闹事，你们北齐朝廷究竟想做什么？"

场间的单方面痛殴还在继续着，冲出来的十几人虽然没有拿刀剑，都是监察院里的好手，打这些豪贵之家的家奴很是轻松。

"骂范家列祖列宗没关系。"范闲和高达二人从院子里走了出来，看着眼前的一幕，心里想着，"骂我奶奶和老妈那是绝对不行的。"

谁都不想把事情闹大，稍事惩戒，范闲挥手让下属们退回来，御林军开始重整秩序。那位魏统领往地上吐了两口唾沫，心想这些长安侯的家人也是莫名其妙，来决斗倒也罢了，怎么让那位出了名的小纨绔来偷袭？如今这天下早不是当年北魏大一统的局面，这庆国来使哪里是好惹的？

一个精悍的汉子从外围走过，看见此处热闹场景，不由得皱了皱眉。只见他双脚一踏地面，激起两团烟尘，冲进场中，出拳直打，横腿而踢，出招干净利落，竟是毫不拖泥带水，不过一眨眼的工夫已经出了七八招，分别向还没有住手的监察院官员身上攻去。

这汉子出拳极为简单，胜在快速厉杀，竟是同时间让那些监察院官员没有落到好处，被逼得离开了原地。有几个正依范闲命令后退的人竟是腿上挨了一脚，身形一晃，险些跌倒。

范闲心道这是军中高手？这人的武道水平暂时看不出来，但是天生一股军人威势，竟是将自己的这些属下都给逼退了。

那汉子站在原地，双眼微眯，似乎对于自己先前这一连番凶狠出击，竟是一个敌人也没打倒有些诧异。他一眼便看出站在石阶上的范闲乃是领头的，便沉声说道："好威风的南庆使团，居然随便派出来的都是六品以上的高手！"

范闲看了他一眼，静静地说道："出使异国，首要处乃是不堕国威，先生既是军中人物，难道不明白这个道理？"

那汉子看了一眼地上哎哟不停的众人，皱眉道："不过是些奴才，就算那孩子无礼，难道阁下就靠这孩子与下人立威？"

范闲微笑问道："那依阁下意见，便要由人唾面自干？"

汉子不知想到什么事情，面色微黯。这边厢的魏统领早认出这汉子是谁，面带尊敬之色上前行礼："谭将军，您怎么来了？"

这位谭将军姓谭名武，乃是上杉虎的得力下属，一向在北边的冰天雪地里抵抗蛮人，去年随着上杉虎调回上京，一直闲居无职，只是偶尔去兵部点点卯。虽说京中军队同僚敬上杉虎一系悍猛忠勇，但终究过得还是有些不是滋味。今日偶尔路过此地，没想到却碰上了南齐使团门口的一场闹剧。

他看了魏统领一眼，说道："怎能让这些南人在上京横行？"

魏无忌苦笑着说道："宫中严令护好使团安全，末将不敢怠慢。"

谭武想到大齐连年战败，自己与虎帅却根本没有南下作战的机会，胸中一阵郁闷，再看这满地伤员，更是鄙夷之中夹着愤怒。

他忽然抬起头来，对着石阶上的范闲一拱手道："敢问阁下可是此次南齐正使范闲大人？"

范闲道："正是。"

谭武面色一片肃然，沉声道："北齐谭武，向范大人请教。"说完这话，他将腰间佩刀轻轻地搁在地上。

范闲摇摇头，知道对方不自称官职，这是准备按民间决斗的规矩来做，便轻声说道："谭大人，在您之前，本官已经收了两麻袋匕首，就算要决斗，或许您也只有延后些日子了。"

谭武皱眉道："所谓择日不如撞日，请范大人赐教。"

范闲再摇头。

谭武怒道："本人知道范大人不仅诗才了得，武艺也是极为精湛，去年便曾经单刀战死本国高手程巨树。莫非大人瞧不起在下？"

范闲知道这位将军动了血性，笑了笑说道："本官对沙场上的好男儿向来敬重，先前知道阁下长年在北方雪地里抵抗蛮人，本官敬还来不及，为何非要在拳脚上分个胜负？"

谭武是个直性子人，听着范闲话里的温柔意思，面色稍霁，但依然拧着性子，将双手拱在半空之中。

范闲叹着气摇了摇头，对身后的高达说道："点到即止。"

高达缓缓将身后的长刀放到地上，走到石阶下，对着北齐这位出名悍勇的将领稳稳地伸出右手，做了一个请的姿势。

谭武双眼微眯，从这名侍卫的身上感觉到一丝危险的气氛，知道对方确实是位高手，南齐使团让他出来与自己比武也不算是羞辱自己。只听他轻吐一口气，双掌一错，便向高达攻了过去。

掌影一动，一声闷哼响起，高达右胸中了一掌，唇角立即有一丝鲜血渗出，那双冷厉的右手，却已经扼住了谭武的咽喉！

长年练刀磨就的老趼，刮弄着谭武咽部的皮肤，让这位从来不知道恐惧的北齐将领感到了一丝寒意。

高达缓缓后退一步，垂下右手。

谭武望着这位不知名的高手，心中一阵震惊，对方使团里竟然随便派出一位就能让自己没有丝毫还击之力！

如果不是对方手下留情，自己此时早已喉骨尽碎，而如果是真正厮杀，这位明显是使刀的高手一定不会给自己任何接触到对方身体的机会。他鞠了一躬，认输离开，头也未回。

不过是一招之战，依然惊心动魄。

马车沿着上京街道往礼部驶去，四周有御林军的士兵严加看防，再也不给任何人接近南庆使团的机会。范闲坐在马车上微微闭眼，对身边的高达说道："刚才为什么要挨那一掌？"

高达咳了两声，解释道："对方是军人，属下愿意直接一些，而且属下不想将自己的实力展露得太多。"他看了范闲一眼，低头说道，"而且少爷似乎想结交此人，所以属下心想应该卖他一个好。"

虎卫是陛下暗中的侍卫力量，但毕竟是司南伯范建长年培养的，范闲看待这七名随自己北上的虎卫也像是看待藤子京这些家中下人一般，亲切之余多些严厉。他冷冷看了高达一眼，骂道："我连那个谭武有几条胳膊都不知道，结交个屁？这天下的奇人异士多着去了，别说他谭武除了有几丝军人悍勇之外，根本没有一丝稀奇处，就算他真是奇人异士，难道我就都得结交？那我这辈子岂不是得忙死？你还让不让我吃饭了？你还让不让我玩啦？"

高达一愣，心想结交高人不是每位世家子弟最喜欢做的事情吗？难道自己做错了？就算如此，怎么又和吃饭娱乐扯上了关系？

范闲在怀里摸出了一粒丸药，扔给高达，让他服了下去。

王启年在旁边凑趣说道："难道又是陈皮的？"

范闲没好气地说道："这是伤药。"

高达接了过去，依然有些不明白，说道："不是说点到即止？"

范闲笑骂道："你哪根手指点到那个谭武身上了？"

高达默然。

"不知道长安侯的小公子来闹事是谁出的主意。"王启年的心思还放在先前那一幕上，"北齐皇帝愿意履行此次的协议，而且欣赏提司大人，让御林军来保证使团的安全，这就足以向上京中的各色人等传达明确信息。即便如此，居然还会有人来闹事，这事情有些蹊跷。"

"不要忘了，连两国间的协议都已经泄露了出去。"范闲轻轻敲着马车的车窗棂。他今天晨间入宫，又陪那位年轻皇帝闲聊，与海棠一路走着，在使团门口挨了顿骂。身在北齐第一日竟是忙得不亦乐乎，连饭都没有吃，肚子里面只有北齐皇帝赐的那杯茶水。

不想还好，一想肚子就开始咕咕叫了起来，范闲自嘲一笑，心想自己还真是个劳碌命，不过谁让那位言公子还被关着呢。

——那位北齐锦衣卫副招抚使，竟然躲着不见！

范闲冷冷一挥衣袖，出了礼部大门，理都不理那些齐国官员。林静也从鸿胪寺那边赶了过来，对他摇了摇头。四人重新上了马车，林静说道："卫华少卿出宫之后也消失了，不知道去了哪里。"

范闲叹道："估计别处也是一样，齐国人想多拖几天。"

"多拖几天有什么好处？"王启年皱眉道，"反正他们始终是要把人交出来的，我还不信他能一直拖下去。"

范闲摇摇头说："我们要尽快把言冰云捞出来。"

"怎么捞？"

"去卫华家。"

"长宁侯府？"林静为难地说道，"那可是太后的亲兄弟，我们这些外国使臣贸贸然跑着去，有些犯忌讳。"

范闲冷笑说道："最好能让北齐皇帝手下那帮御史，明儿个上朝参长宁侯一个里通外国，这就更妙了。"

马车离开了礼部衙门，御林军自然跟着，远处还有些看似路人的密探。

王启年人虽坐在车里，但老远就能闻到那些人身上的味道，他轻声说道："提司大人，应该是锦衣卫的人跟着我们。"

"反正有御林军陪着，难道还怕咱们走丢了？"范闲淡然地说道，"不用理会他们。这几天也不要急着联络院里在北齐的人手。"

依照朝廷命令盯着使团一行的北齐密探们也有些奇怪，这些南方来的使臣离开礼部之后，为什么会有兴趣去逛街，而且逛的是上京最豪华，最奢侈的秀水街。这条街上卖的都是像玻璃制品之类的奢侈物件儿，根本不是一般百姓能消费得起的。

一位密探皱眉说道："为什么这些南蛮子要逛秀水街？"

有人回答道："难得出国一趟，当然得买些好东西回去。这些南蛮子现在有钱得很，不买些玻璃杯回去，怎么向家里的人交代？"

"蠢货！"头前那位密探骂道，"这天下的玻璃都是南庆出的，他们哪里用得着来咱们上京买？"

秀水街的人并不多，行走在里面的齐家国人一看便知道极富，腰里的银票一定比家里的书要厚实许多。那些店铺沿街而立，每间之间隔着些许距离，不远不近，恰到好处。那些招牌更是显眼，竖直着搁在店面之外，上面涂着黑漆，描着金字。有的金字已经褪色，那些有钱的东家却似乎不想去换，仔细一看落款才知道原来这招牌很有些年头，题字的人往往也都是百年，甚至数百年前的一代名人。

唯独秀水街最正中的七间铺子与众不同，招牌都是横着的，虽然不是崭新的，与周遭一比就要显得年月浅了许多。这些铺子有的卖玻璃制品，有的卖肥皂之类物事，有的卖香水，有的卖棉布，有的卖酒水，最稀奇的一家居然是专门卖玩具的。

几辆马车在街口停了下来，有御林军的士兵护送，这等架势甚至连一等王侯都比了过去，秀水街上所有的商家依然保持着自矜，没有人出来招客，只是等马车上下来的那四个人逐一走过。

四人一路往秀水街里走去，在卖棉布的那家门口停下。那位清秀的年轻人摸了摸脑袋，有些不明白为什么棉布也能算是奢侈品。

入店后，那位老板向这几位面生的贵客解释道："说到种棉花织棉布，传说数百年前倒是有位姓王的天才人物做过，只是后来法子渐渐失传，也就没人再用。直到二十年前，咱们当年的老东家天纵其才，这才重新拾得了这法子。诸位请看，这棉布比丝绸暖和，价钱又便宜，上好品质，就算比起南庆京都来也差不了多少。"

那位清秀的年轻人似乎极感兴趣，说道："给我来一尺试试。"

店老板脸色一黑，听出对方是南庆口音，恼火地说道："原来是老乡？我说这位官老爷，哪有咱们南庆人来北齐买棉布的道理，更何况别人都是成捆成捆地买，您这倒好，来一尺试试？"

年轻人嘿嘿一笑，拱拳告了声扰，退出店门，仰首看着横招牌上那几个字，挑眉道："这字写得可真是难看。"

店老板大怒，骂道："这是咱们店老东家亲笔所写，你这不识货的家伙，速速退去！"

年轻人还是嘿嘿一笑，又去了旁边一个店铺。这年轻人自然就是范闲，他所说难看的字自然是他母亲多年前留下的墨迹，与箱子里的那封信上的字迹倒是相差不大——一模一样的难看啊！

逛了一会儿，他便知道了这几间铺子都是南庆皇商在北齐的产业，当然，更多年前这应该都是叶家的产业，只看卖的那些东西就知道老妈当年从天下贵人的手中赚了多少银子。

走在秀水街上，走在母亲题字的招牌之中，范闲有些略略恍惚，竟似不愿意再走了。

"大人，我们不去长宁侯府，来这里做什么？"林静在一旁担忧地问道。

范闲略略一怔，醒过神来笑着说道："当然是来买礼物的，哪里有空手上门的道理。"

说着这话，他已经掀起衫角，踏入了那家门脸最阔的玻璃店中。只见店中陈列着各式各样的玻璃制品，以酒具为主，看着华美异常，有扁形大酒觥、双耳樽、透玉壶等。还有各式各样的小用具，包括玻璃制成的虫盒，各式棋具，甚至还有一盏晶莹剔透的小油灯。

店中一片水晶般夺人眼目，范闲心头生起淡淡骄傲，虽然他来这世上似乎总在混日子，没做过什么惊天动地的事情，但看着母亲留下来的这些事物，不由得想着，某人都弄完了，自己还弄什么弄？

店老板先前已经听见这几人在旁边的说话，知道是南方的同乡，就笑吟吟地说道："诸位，不是老夫不愿做诸位生意，只是诸位要是在上京买玻璃，实在是有些亏啊。"

范闲笑眯眯地问道："我知道，在上京肯定比在咱们庆国要卖得贵许多，不过我看北齐皇宫用了好多玻璃，难道他们就不嫌贵？"

店老板眉开眼笑地说道："世上最傻的客户是谁？当然就是皇帝。北齐皇宫那笔生意，听说是咱们老东家当年做的最大一笔买卖，那数额将天底下的富商全都吓傻了。"

一听这话，范闲笑得那个得意，说道："您这话胆子倒大，身在北齐，难道不怕那些官差捉你？"

"不怕不怕，只要咱大庆朝还是天底下最强的国家，咱们这些行商的，走到哪里都不会受欺负。"话虽如此，但店老板还是讷讷地低下了声音，继续说道，"世上最傻的客户那句话……可不是我能说得出来的，听师傅说也是老东家当年说过的。"

范闲笑了笑，忽然开口问道："你的师傅是大叶还是几叶？"

店老板一怔，抬起头来看着范闲，似乎很难相信这个漂亮的年轻人居然会知道这么多事情，一时间竟是忘了答话。

林静在旁边微笑着说道："这位是此次使团正使范闲大人，你虽然远在北方，想来也知道范大人的来历。"

范大人？那可是后几年所有皇商的大掌柜！玻璃店的老板大惊失色，赶紧掀起前襟，对着范闲跪拜了下去。

范闲伸手去扶，店老板却是执意磕了个头才起身，感慨说道："这个头是无论如何要磕的，更何况大人还是此次使团正使，小人身在异国，平日里就是想对家乡的大人们行个礼，都没处行去。"

店老板忽然想到自己先前在这位南边来的大人面前，似乎提到了一些犯忌讳的名字，讷讷地问道："范大人怎么想到来小店看看？"

北齐毕竟是离南庆皇帝远，这里的商人们胆子都要大些，所以才会依然留着老招牌，不停地说着他们引以为傲的老东家。范闲看他的神色，明白对方是害怕这些话语传回京都。他笑了笑将来意说了，要他挑几样式样精巧，不是一般货色的玻璃酒具。

店老板好奇道："这是做什么用的？"他原本以为范大人只是趁着出使的机会，提前查探一下自己将来要打理的生意，哪里知道对方竟真的是准备买玻璃制品。

林静解释了几句，店老板赶紧喊了几个手脚利落的伙计进了里面的库房。原来真正的高档货都没有放在前店里面。

范闲与店老板闲聊起来，店老板知道这位大人想知道什么，不敢有丝毫隐瞒，将这些年来南庆输往北国的玻璃制品数目报了个大概。

虽只是个粗略的数字，范闲依然有些吃惊，上京只有这一家南庆玻璃坊，每年进账就十分可怕。难怪以齐国物产之丰盛，如今在财力上也不过与庆国将将拉个平手。

店老板忽然叹了口气道："这些年里不知道为什么，京都那边送来的货不如往年了，也没有什么新意，所以生意差了些。"

范闲问道："比最盛的时候差多少？"

"差了三成左右。"

范闲略一沉吟，就知道问题出现在哪里。叶家被收归内库之后由长公主李云睿全权掌控，就算那个疯女人极有政治智慧和手腕，但是面对这些玻璃、肥皂之类的全新事物，只怕仍然会不知所以。玻璃的成色既然差了，那一定是配料和工序出了问题，如今庆余堂的几位叶掌柜又不能亲手操作，自然没有办法进行调整。

不过生意只差了三成，看来长公主也是知道这些商号对于庆国经济的重要性，没有太过胡来，只是依循着往年惯例在做。

守成有余，进取不足。

说话间，年轻的伙计们将店里最珍贵的几个玻璃精樽搬了出来，范闲拿起一个对着店外阳光眯眼看着，发现玻璃里面没有一丝杂质，笑了笑，说道："就是这几样了。"

老板面上忽然露出为难之色，范闲开口问道："老板贵姓？"

"小人姓余。"老板赶紧应道。

"庆余堂的学徒姓余？"范闲在心里一笑，问道，"余老板有什么为难处吗？"

老板苦笑着说道："这几样玻璃樽是月底太后大寿的时候备着的。"

范闲微微一惊，说道："难道是北齐的权贵向您订的进宫寿礼？那本官就不能要了，余老板还是给我换几样吧。"

余老板一愣，没想到这位大人物竟然如此好说话，赶紧解释道："订倒是没订，因为北齐权贵向来清楚，我们这店里总会存着几样好货色。话说回来，这玻璃樽如今也不是最昂贵的礼物……只是内库规矩定得死，这月按常例讲是个厚月，大人若是取了这几样去，月底往南边报账的时候，银钱数目会缺一大块……"

话没说完，范闲才明白对方害怕什么，笑着说道："放心，自然是会付你钱的。"

王启年也在一旁笑骂道："怕内库查你的账？你难道不知道眼前这人将来就是内库的爷？"

余老板支支吾吾抹着额头的汗，心里却在想着，就算这位范大人将来是内库的爷，问题是现今儿内库里管着这天下几千家商号的难道不是个爷啊。

忽然间，范闲一拍荷包，苦笑着说道："出使北齐，似乎就忘了带一样东西。"众人心想也不对，范提司身为使团正使，这一趟北齐之行是公费，虽然身上带着些散碎银子，哪里会准备那么多银票。

余老板继续抹汗出主意说："大人如果是公事，自然是应该报公账的，大人就写个单子，我将单子发还京都，也是能抵账的。"

"打白条？这主意好。"范闲心想这位余老板倒是极有眼力，估计是看多了使臣打白条的事情，接过笔唰唰唰唰在纸上写了几行字，余老板又小心写上银钱数目，轮到范闲落款了，他却犹豫了起来，回身问王启年："院里有钱吗？"

王启年苦笑着说道："院里财政三分之一由陛下拨入，三分之二由户部，也就是大人您家那位老爷子拨，最近这些年一直有些吃紧。"

范闲回头望了一眼高达，心想你是跟着父亲混的，自然极有钱。高达脸上一阵尴尬，说道："少爷，老爷管虎卫银钱管得很紧。"

范闲叹口气，望着林静说道："看来还是只有用鸿胪寺的名义了。"

林静心想您这是明摆着吃鸿胪寺，还能说什么？反正都是公账，他也不心疼，还凑趣地说道："内库外库，总是不如国库。"

这话说得极是，不论是长公主理着的内库，还是司南伯范建理着的户部，归根结底总是庆国的银钱。范闲与林静这对正副使，潇潇洒洒地签上自己的大名，便出了玻璃店门。

几人没有长随跟着，余老板吩咐伙计们捧着那几个宝贝玻璃樽跟着几位大人出了门。范闲没有吩咐送回使团，想来还有它用。

走过那家卖着九连环、华容道的玩具店，范闲只是看了一眼，便去了前一家卖酒的铺子。这家店的老板早已得了下人报告，知道来了几位家乡的高官，正站在门口迎着，好生恭敬。

范闲坐在椅子上扫了一眼，发现这家盛放酒水的酒具也是极为名贵，只是比自己"买"的那几样玻璃樽就差得远了，便招招手让店老板上前，问道："最好的酒是什么？"

老板姓盛，像变戏法一样变出一个透明的细长瓶子，瓶中酒水泛着一种极其诱人的红色，色泽浓而不稠。

范闲微微眯眼，讶异地说道："葡萄酒？"

"范大人果然不愧是酒中仙，诗中仙。"盛老板早打听清楚了此次家乡使团的构成，谄媚地笑道，"正是葡萄美酒。"

盛老板取来杯子，倒酒进去，范闲轻轻摇晃着开口杯，凑到鼻下嗅了嗅。看见他这做派，不只王启年这位当年奢华过的大盗，就连林静与盛老板都在心里大加赞叹，心想范大人果然是名门之后。

范闲可不是什么品酒高手，只是摆个样子，将杯子放到身边桌上，说道："这酒要了，再挑烈的拿些出来。"

盛老板不敢怠慢，赶紧一一奉上，范闲依次浅尝一口，微微皱眉，这和自己平日里喝的那种酒没有太大区别，度数太低，远远不如在澹州时，五竹叔给自己整的高粱酒和京中的贡酒。

见他不悦，盛老板小声地说道："烈酒禁止北上，大人多体谅。"

范闲知道对方没有说实话。这世上还没有用钱买不到的东西，北齐权贵多是大富大贵之辈，花银子向来不会手软，这老板还不得备着些高级货色？他也不多说什么，只是摇头表示不满意。

盛老板忽然间看了他一眼，又取出两瓶好酒。

用小瓷杯装着，范闲抿了一口，皱紧眉头，半晌没有说话。

众人以为这酒味道不好，王启年忍不住问道："大人，怎么了？"

范闲咝咝吸了口气，将咽喉处那道烫人的感觉全化作了刺激的快感，大声赞叹道："好酒！好酒！什么名字？"

盛老板微微一笑，说道："五粮液。"

范闲面色宁静不变，再赞道："好名字。"他在心里却苦笑着感叹道："叶轻眉，当年你真的好闲。"

办完这一切，四人便起身出门。出门之时范闲发现这位姓盛的老板向自己使了个眼色。他顿住脚步，让三人先走，自己却回身在盛老板的带领下来到后方的账房之中。

账房里没有一个人，安静得异常蹊跷。

盛老板一入内室，便浑若变了个人一般，整个人的身体都直了起来，面色一片肃穆，对坐在椅上的范闲当头拜了下去，沉声说道："内库盛怀仁，拜见姑爷。"

今天秀水街之行，表面目的在其次，关键是想看看内库在北方经营如何，当听见这位盛老板称呼自己姑爷时，范闲一点都不吃惊。

内库如今还在长公主的打理之下，她总会有些亲信潜伏在北齐。范闲相信她会主动派人来找自己。这不仅是直觉，更基于对于庆国人的判断。庆国人不论贤愚，骨子里都有些偏执般的自信与骄傲。长公主放肖恩走一定另有隐情，如果不是和神庙秘密有关那就一定与那位闲居上京的上杉虎有关。如今肖恩被送到北齐，长公主想救肖恩出来，自然会与自己这个身为使团正使的女婿联络。

盛怀仁既然敢直呼姑爷，那么一定是长公主的心腹之中的心腹。范闲看着他点点头，说道："长辈有什么话要交代？"

盛怀仁没有说什么，只是递了一封信给他。

坐在马车上，范闲捏了捏袖子里的信封，他还没有时间看，但已经开始感觉到这封信的重量。他身边的王启年擅长跟踪，高达武力惊人，却少了一个帮助自己判断时势、分析情报的人。他不由得想起了春闱时候自己收的那几名学生，那几个家伙现在应该已经外放，不过这些人做官或许可以，搞这些阴谋就不是他们的长项了，就算自己想要培养史阐立出来也来不及。他忽然心头一动，心想如果能快些把言冰云捞出来，对朝廷的计划一定会有极大的帮助。

这个时候，王启年恭敬地递了张薄纸过来，范闲微微抬起眼帘瞥了一眼，发现竟是足足五百两的银票，皱眉问："这是什么？"

"玻璃店余老板给的回扣。"

范闲又瞥了一眼，笑着说道："打白条也有回扣拿……你和高达拿去分了。对了，给那几个虎卫也留些。"

五百两白银是极大的数目，范闲眼也不抬就赏了出去。他是范家子，如今连弟弟都是年入万两的富翁，他哪会在乎这个。

林静在旁笑着说道："范大人视金钱如粪土，下官佩服佩服。"

一路无语，马车穿过上京安静幽美的街道，终于来到了达官贵人们聚居的地区，停在了长宁侯府的门口。

上京此处与南庆京都的南城有些相似，春风吹拂各府里伸出的树枝，天光被头顶大树一遮轻轻散开。范闲站在马车旁，看着这条大街，看着那些豪阔门面旁的石狮子，不知怎的就想到了自己从澹州初至京都时的情形。

马车停在长宁侯府门前，又有御林军相随，闹出的动静不小，有些人在远处窥视。侯府的门房下人更是看着府前的马车有些不知所措，不知是该下去迎着，还是该赶紧进府通报老爷。

来者服饰清楚得很，是南庆来的使臣！这世上哪听说过使臣自个儿跑到别国大臣府中来的道理！如果真是两国允许的行程，长宁侯府只怕早就开始准备，哪里会这样安静得没有声音？

门房咽了口唾沫，心想这到底演的是哪一出呀？难道这些使臣们根本不懂规矩？

见范闲准备往侯府里走，魏统领也急了，上前拦道："范大人，这万万不可，使臣不能擅与朝臣交往。如果范大人与长宁侯真的交情极好，那更不能这样进去了，给侯爷带来麻烦怎么办？"

长宁侯乃是卫太后的亲兄弟，能有什么麻烦？范闲心想能给他带去麻烦最好，谁叫他的儿子今天躲了自己一整天，面上却笑着说道："无妨，晨间在宫中与陛下说过，陛下没意见，还怕人多嘴？"

魏统领愣住了，这事儿难道还要去宫里求证？

范闲已经带着三个属下走到了长宁侯的门口，门房赶紧上来请安问礼，礼数周到，话语清晰。范闲暗赞一声，果然不愧是高门大族，说道："烦请通报一声，就说南朝那位酒友来了。"

这等自来熟的本事，范闲在这一年的官场酒场磨炼中，终于学到了几丝精髓。那位门房一愣，心想侯爷去年确实曾经出使过南庆，听说在南边也醉了不少场，难道就是面前这位年轻的使臣？他却不敢马上去通传，毕竟外臣入宅兹事体大。正在为难的时候，忽然角门一晃，一个人出来对着范闲就拜了下去，说道："侯爷有请。"

范闲也没料到这侯府如此好进，看着椅上那位中年人，哈哈一笑，走过去极为热情地来了个拥抱，说道："一年未见，侯爷风采更胜当初啊。"去年他与这位北齐主使也不过见了几次面，最后在殿上倒是痛快喝了一回，依稀记得对方的面容。

长宁侯乃是太后亲兄弟，身份尊贵无比，哪里遇到过如此"热情"的见面礼，咳了两声，有些头痛地说道："一年不见，小范大人名声更胜当初，怎么今日却想着来我府上坐坐？"

"昨日才入京，今日晨间陪陛下聊了会儿天。这上京城里晚辈也没有什么熟人，当然得来拜访侯爷。"

长宁侯面白眼肿，四五十岁的年纪，酒色过度的痕迹怎么也消除不了。范闲闻到对方身上的酒味，心想此人昨夜又喝了个通宵，不由得暗乐，自己买的这礼物算是对了路数。

长宁侯不仅好酒好色，而且实在是个庸碌之辈。太后一共有两个兄弟，长安侯还能领兵上阵，虽是个败军之将，总比他强些。只敢在京里窝着，也就是这等糊涂之人，才敢如此不知轻重地将身为南庆使臣的范闲迎进府来。

范闲今日上门，首要是想与这位太后的亲兄弟拉近一下关系，其次是想把那位卫少卿逼将出来。

果不其然，看着长随们提上来的美酒，长宁侯的眼睛都笑眯了。他是太后的兄弟，范闲就算是南朝监察院的提司，又怎会让他重视。

他只是听着门房通报后，想起来那个年轻漂亮、特能喝酒的家伙。此时一见美酒精樽，他发现自己果然有识人之明，这个小范闲果然是个知情识趣之人啊。

长宁侯是边乡之人，曾求学于庄墨韩，在北齐朝廷里过得极不如意，北齐官员认为他是靠太后的裙带关系才爬了起来，没有多少人瞧得起他，在朝中的名声甚至还不如他的那个儿子卫华。所以这位侯爷才会寄情于酒水之间。这大白天的居然让下人整了一大桌好菜，长宁侯拉着范闲几人就痛饮起来。

范闲微微眯眼饮了一杯，笑着说道："侯爷，先前进门的时候，魏统领说或许会给您带来一些不便。"

"怕个屌！"长宁侯骂咧咧道，"客人上门，难道还要本侯闭门谢客？去年在京都，你和辛其物辛大人，可是将本侯陪得不错，今日本侯陪陪你，谁有胆子多说什么？"

范闲心道这样就好，又喝了几巡，看着长宁侯苍白的脸上渐渐浮现出红晕，眼神有些涣散，知道对方喝得有些多了，才趁机将自己要问的事情说出口。听见他的话，长宁侯微微一愣，说道："范大人，您要见镇抚司指挥使沈大人？"

范闲笑道："听闻当年上京叛乱，侯爷冒险出宫，携太后亲笔书信，调动沈大人所属锦衣卫这才挽回大势。从此沈大人一路官运亨通，与侯爷一向交情极好，所以想请侯爷从中介绍一下。"

这说的是长宁侯一生唯一的光彩事。长宁侯本已早醉，此时满脸红光，醉意更浓，面有自矜之色。但他再如何愚蠢，也能听出事情有些古怪，打着酒嗝，用奇怪的目光盯着范闲问道："小范大人，你是使臣，去见镇抚司的指挥使……这不免有些不合规矩啊。"

范闲苦笑道："侯爷也知道，使团身处异国他乡，总是有许多地方不方便。不瞒侯爷，晚辈也是在京都得罪了大批京官，连陛下都不好保我，才会寻这个出使的由头将晚辈踢到了北齐。"

长宁侯听得连连点头，连打酒嗝，心有戚戚焉。去年北齐战败，与太后有关的权贵都被搁在火炉上烤，所以长安侯被贬职归家，而自己被踢到南边去签那个丧权辱国的协议……范闲在南庆得罪大批文官的事情，早就传到了上京，南朝宰相被撤，礼部尚书被绞，十六位高官被斩，春闱一案闹得沸沸扬扬，谁不知道？

"可你为什么要见老沈呢？"

"我想发财，不知道侯爷想不想？"

听见"发财"二字，长宁侯顿时来了兴趣。

酒席四周早已没有别的人，范闲替他把酒满上，低声说道："侯爷应该知道，最迟后年我便要接手南方内库，而内库的生意至少有四成的量是送到了北边，我不与镇抚司搞好关系，沿途怎么保平安？"

长宁侯心头一片震惊，下意识里喝道："你想走私？"

范闲将食指竖到唇边笑了笑，说道："您看这生意做不做得？"

长宁侯的酒已经醒了许多，一半是吓醒的，一半是乐醒的，南庆这些年如此风生水起靠的是什么？不就是老叶家留下来的那些生意吗？如果说能从中吃一笔，那得是一个多么夸张的数目？

他还是有些不敢相信面前这个年轻南朝官员的胆子难道真有这么大，想来想去，对方如果想走私的话，倒确实是要与镇抚司把关系搞好，至于弊端……竟是半点也没有！

对方贪的是南庆内库里的钱，咱大齐没半点儿损失！走私的话，那些货品的价钱还会下降，宫中还会省一大笔钱，太后和皇帝侄儿只怕会乐醒，这种损人利己的事情自己为什么不做？他喝了一大口酒，说道："成！我安排你和老沈见面，不过……"

"不过什么？"

"范闲，我必须明说，这件事情，我必须得到宫里的同意。"

"不成！"范闲斩钉截铁地说道，"我今日说的足够多了，本来只是你我三人发财的买卖，侯爷玩这么一出，那岂不是我将自己的脑袋拴在了你们北齐朝廷的裤腰带上？"

长宁侯知道对方说得有理，还是苦笑着说道："这么大的事情，我自己是实在不敢担啊。"

"那侯爷再考虑一下。"范闲冷冰冰地说着，"不过此事牵涉着我身家性命，侯爷的嘴还须紧一些。"

长宁侯自然丝毫不惧，冷笑地想着，你这文臣想玩这些伎俩，又哪里是镇抚司的对手，却忘了范闲的监察院提司身份。

范闲看着对方的神色知道今天下的诱饵差不多了，呵呵一笑转了话题，将今天与长安侯府的冲突说了说，请他帮助从中调解一下。

长宁侯此时心中全记着安排范闲与沈指挥使见面，又想着怎样入宫去说服太后做这个有百利而无一害的生意，听着这话自然是大包大揽地应下，骂道："我那兄弟正事不会做，就会闹腾，你放心，这事我就处理了。"

酒足饭未饱，情深意不浓，范闲辞了侯府，上了马车，准备回使团。正此时忽听着前方一阵急促的马蹄声，在车旁停了下来。

范闲掀帘去看，发现果然是长宁侯家的大公子、鸿胪寺少卿卫华赶了回来，不由得露出一丝笑意——今日给长宁侯府送礼，要达成的四个目标，看来都能实现了。

"范大人，您究竟想做什么？"卫华咬着牙齿，压低了声音说道。

范闲打了个酒嗝，那股酸臭让卫华赶紧捂住了鼻子。他笑着用手掌在唇边赶了赶空气，解释道："我与令尊是酒友，既然来了上京，当然要来拜访拜访。"

卫华又气又怒，道："您是一国使臣，言行无不引人注意，若真要访亲问友，也必须在国事结束之后由我鸿胪寺安排，或者通过礼部向宫中请旨。您这突然到访，落在朝臣眼中，叫我父亲明日如何向宫里交代？"

范闲好笑说道："侯爷是个洒脱人，他不在乎这个。少卿大人与令尊的风采却是差了许多。"

卫华强将胸口那团闷气压了下去，忍气吞声地说道："家父好酒，世人皆知……范大人，您究竟想做什么？"

范闲眼中酒色尽去，眸子里的淡漠让卫华感觉有些不自在，只听着他轻声地说道："我想做什么？我想介绍个生意给令尊。"

卫华不知道他说的是什么意思，直觉这事情一定极为凶险，将手攀住使团的马车窗棂，皱眉说道："范大人，有话请直说。"

"我今日是找你的，你躲了。"范闲似笑非笑地望着他，"我想找那位副招抚使，结果他不在礼部。我想请问一下，我究竟应该找谁呢？"

卫华有些尴尬地回答道："一应事宜，不是正有贵国使臣与礼部在磋商办理吗？"

"划界是在办，换俘也在办。"范闲看着他的双眼，冷冷地说道，"但我要办什么事情，你应该很清楚，明天，我必须见到人。"

卫华强自说道："手续烦琐，那位大人岂是要见便一时能见着的？"

"那成，我明天继续来见令尊。"范闲气极反笑，"喝喝酒，谈谈心，再商量商量生意，如此日子，也算是快活。"

马车行了起来，在北齐军队的护卫下十分快活地向驻地驶去。

卫华恼火地将马鞭扔给家丁，一路往府里走，一路问着今天范闲什么时候来的，做了些什么事情。待听到是魏统领陪着一路到的，他才稍微放松了些，心想那些臣子很难借此事发作什么。

入得花厅，看着父亲还在那里津津有味地喝着小酒，卫华气不打一处来，不好发作，只好强抑情绪，恭恭敬敬地行了个礼。

看着自家最出息的儿子回来了，长宁侯口齿不清地笑招道："来来来，今儿家中来客了，就是我时常提的那个范闲。嘿，这小子，居然把秀水街那家珍藏的烈酒都搞了两坛来。"

卫华忍不住劝解道："父亲，对方毕竟是敌国的使臣，如今朝中上下不知道有多少人正看着咱们长宁长安两家，您能不能……"

话还没说完，长宁侯已经是号了起来："怎么了？我是太后的亲兄弟，在家中待个客人，难道也不行？"

"那不是一般的客人，那是庆国的使臣！"卫华的声音也大了起来，"正因为咱们家和别人家不一样，就算为了姑母的脸面着想，您今天也不该让范闲进这个门。"

不知为何，卫华一凶起来，长宁侯就软了下去。他抱着酒杯，脸上一片凄苦，语调里都带着哭腔："什么脸面不脸面的，你姑姑从入宫那天开始，你父亲我就没什么脸面了！我是什么人？我是庄墨韩大家的学生！但在旁人眼里，我是什么东西？你看看在京中这么多年，又有哪个朝中的大臣愿意上门来看看我的？来拜访我的就是那些没脸没皮的东西，看着就生厌。好不容易有个使臣来看看我……"

接着，他哆嗦着声音说道："儿啊，别看父亲是太后的亲兄弟，但那是范闲，一代诗仙范闲啊，老父脸上有光啊！"

卫华也是心中渐生酸楚，知道自己一家虽然锦衣玉食，颇有权势，在极重名声的北齐朝野却向来是风评极差。自己熬到鸿胪寺少卿这个位置上，依然有人认为这是宫中给的恩典。

他叹了口气，知道父亲当年求学于庄墨韩，也是准备做大事的，只不过因为姑母的原因只能做个闲散侯爷，这多年的郁积只能借杯酒浇散，也不便再多说什么。但想到范闲离去前说的那些话，他依然有些隐惧，问道："范闲刚才说要与您做生意？他是南朝监察院的提司，能做什么生意？又有什么生意需要您来出面？"

长宁侯应道："我只是中间人，他真正要打的是沈大人。"

"沈叔叔？"

"不错，范闲的父亲是南朝的户部尚书，他自己又有假郡主驸马的身份，将来南朝长公主的内库生意都是他打理，看他的意思是准备做些手脚。这一路往北，如果没有你沈叔保驾护航，那等见不得光的生意怎么也做不长久。"

卫华就与父亲先前听见这消息时一般震惊，张大了嘴说道："难道他准备……走私？"

"这是圈套！"他的第一反应就是这个。

"他又不用威胁我什么。"长宁侯不赞同地摇摇头。

卫华急了起来："您不知道此次两国间还有条协议，范闲眼下正着急那件事情，陛下的意思是能拖就拖几天，拖到南庆的使团着急再说。您弄这么一出，不说这生意是不是实事，如果真安排他与沈大人见面，咱们再也脱不了身，范闲再找我要人我怎么拖？"

"陛下说拖就要拖吗？"长宁侯看了儿子一眼，"反正那个人是要放的，如果咱们能得些好处，能帮范闲的就帮一帮，怕什么？反正你姑母还在宫中。"

卫华叹了口气，不知道该说些什么，半晌之后才小声问道："您看范闲说的是真事吗？儿子实在不明白，他为什么要冒这么大的险。"

"人为财死，鸟为食亡。"长宁侯酒意未去，自以为看透世人心，嘲笑道，"内库？好大一块馍馍，可惜终究不是他范家的！就算他父亲任着庆国户部尚书，能从国库里得好处，但又能得多少？如果范闲将来真把内库的货物偷贩到北边来卖，这又是多大的一笔数目！"

卫华此人聪慧机灵，微一皱眉，便有了个大概的数字。这十几年间，庆国的一应用度基本上就是靠叶家留下的那些产业在撑着，同时也从天下其他的地方赚足了银子，如果范闲真的有能力做出这种惊天之事，那从中可以获取的利益……太可怕了！

"范闲……昧这种钱？"他还是很难将天下传闻的诗仙与刚听到的这种贪腐之辈联系起来。

长宁侯又灌了一杯烈酒，打了个酒嗝，说道："你以为？要知道诗人也是要吃饭的。"

说完这番话，这位当年北齐的才子，如今北齐的蛀虫伏在桌上沉沉睡去。满身美酒，泛着并不美好的味道。

马车上，王启年看了身旁假睡的林静一眼，对范闲露出不赞同的神色，似乎是觉得提司大人怎么也不应该在朝廷大臣的面前胆大无比地讲什么走私之类的事情。

范闲笑了笑，说道："你不会真信了吧？"

王启年是真信了，高达也信了。试问谁要是能掌控内库，对着那些玻璃罐罐一转手就可以得到无数倍的暴利，真能不动心？长公主不动心，因为对于她来说内库是朝廷的。而对于范闲来说，内库……是叶家的，是自己的，至少总有一天会完全变成自己的。

偷自己家的货贩到北边去卖个低价？只有傻子才会这样做。妙就妙在没有人知道范闲的真正想法，没有人知道他与所谓内库皇商之间的历史渊源，所以每个听到范闲计划的人，都会认为范家子是真的很想从内库这座金山里，挖掘出一个只属于自己的金矿。

范闲根本不想挖矿，只想把整个山都圈下来。

"别装睡了。"

林静有些尴尬地睁开双眼，有些畏惧地看了范闲一眼。自己是副使，面前这位年轻官员不仅是正使，还是监察院那个鬼衙门的提司，对方毫不避讳地当着自己面讲那些违法犯禁、抄家灭族的生意，谁知道对方不会在回国途中给自己安个什么意外。

范闲好笑地看了他一眼，拍拍他的肩膀说道："傻了啊？当着你面说自然是不怕你知道。晚上你回去就写个东西递回京都，放心，朝廷会明白我的意思的。"

就算朝廷不明白，皇帝明白就成。

林静强迫自己相信眼前的年轻大人不会成为庆国有史以来最大的贪官，咽了一口口水，问道："大人，今日为何要来长宁侯府？"

"第一，和北齐太后那边的人搞好关系。目前看来，北齐皇帝对使团还算照顾。同时让长宁侯处理一下先前使团门口那件事情，终究是将人北齐侯爷的宝贝兔崽子打了，总得处理一下……"

听到宝贝兔崽子，王启年和高达同时一笑，觉得大人说得极是。

"……免得影响了此次出使的正事。第三，我要见那个沈大人只有通过长宁侯安排。第四，我要吓吓卫华，不管侯府信不信我丢出去的饵，他也会将流程弄得快一些。"

"为什么要绕这么几个圈去见镇抚司沈指挥使？"林静皱眉问道，"这人是实权高官，与长宁侯不一样，北齐方面不会同意。"

范闲说道："所以要看长宁侯究竟怎么想，就算见不成也没有太多的坏处。至于为什么要见？这是院务，就不方便与林大人说了。"

林静一凛，想起了范闲的真正身份，沉默不语。

"待会儿做什么？"王启年小声地说道，"这毕竟是敌国上京，我们两眼一抹黑，要不要联络一下四处在上京的耳目？"

"说过不要。不要让那些探子冒险，还没到那个时候。待会儿做什么？睡觉就好了，明天等着卫华领我们去见言冰云。"

范闲说着，捏了捏衣服里那个硬硬的信封，面露忧色。

看完那封信后，范闲手掌一错，面无表情地将信纸揉成碎片。这是他从苍山时养成的习惯。那些碎片已经成了粉末状，就算是监察院二处的情报高手收拢后也无法复原。

信是一个叫作黄毅的人写的，范闲听说过这个名字，知道对方是信阳离宫的一位谋士，在监察院的最密级情报中，更是点明了这个文士与长公主之间有些暧昧的关系。

"救救救！我又不是救火的少年。"范闲苦笑无语。

陈萍萍不知道肖恩身上有神庙的秘密，长公主也不清楚，所以他们做事情的出发点都非常简单而明确。

陈萍萍要言冰云回来，肖恩死去，因为他不喜欢北方又多个老对头，而且认为这对范闲的成长来说是一次极好的磨砺机会。

长公主不管言冰云的死活，却要肖恩能够活着重掌锦衣卫大权，因为她很喜欢看着上杉虎与肖恩这一对牛人联手，站在北齐太后与皇帝之间，觑着空儿，将北面这个大国折腾得更难受。

虽然不知道长公主的全盘计划，但范闲笃定远在信阳的丈母娘肯定与上杉虎达成了某种秘密协议，不然不会下这么大的本钱。

长公主不知道言纸的事情，没有查出夜探广信宫的事情。但范闲身为潜藏在暗中的黑衣人自然而然地对长公主要敬而远之，伺机而动，此时远在异国，却接着她的来信，不免觉得有些荒唐。

说到底……这关他何事？

从各方面得到的消息，经由各种途径汇集到上京西南角的别院里。使团确认肖恩已经秘密进入上京，至于关押在什么地方估计只有宫里的那对母子，还有镇抚司的那位沈大人清楚。

这事说来古怪，北齐朝廷轰轰烈烈地在雾渡河迎着，回京却是悄然无声，想来上杉虎与那些想肖恩死的人还在进行着拔河。

对范闲来说肖恩的死活不在他的考虑范围内，准确地说，如果不动用四处在上京的人，他根本没有能力去考虑这件事。

除非五竹来了，或者说他把那个箱子给范闲拿来了。

这又是缠绕着范闲的另一个疑问：为什么五竹叔这次没有来到北方这片土地？难道这块土地上有他不愿意见的人？

另一方面，范闲向长宁侯抛去的那个提议已开始起作用了。那个提议里蕴藏着的巨大利益成功地诱惑了某些人，与镇抚司沈大人的见面被暗中安排了下来。范闲清楚这些事情看似隐秘，但皇宫里的那位太后一定会在暗中观望着这一切。

对方不会完全相信范闲，但会试一试。

范闲完全不相信对方，但抛出去的饵总指望着能钓起来些什么。

卫少卿表面上还在拖，双方都感觉到流程的速度已经渐渐加快，虽然仍然比范闲要求的底线迟了些，总归在一个风和日丽的日子，鸿胪寺与镇抚司隐秘联合发文，使团得到了与言冰云见面的机会。

天空晴朗，瓦蓝的天空上没有一丝云，范闲手搭凉棚，遮着有些炽烈的阳光，唇角绽起一丝笑意，想到那一世小学时候写作文时经常用的开头。他很开心，也有些隐隐的兴奋——虽然在旅途中，在这个交易达成之前，隐藏在他内心最深处的阴暗曾经险些让他做出某些交换。但好在这一切都没有变成现实——就像很久以前说过的那样，范闲很欣赏这个未曾见过面的言公子，很佩服他。

一个高官子弟能够舍去荣华富贵前往遥远的异国，挑起北疆的谍报工作，而且做得异常出色，成功打入了北齐的上层。仅这一点，范闲就知道这位言公子在很多方面比自己要出色得多。

关押言冰云的地方在上京郊外一个戒备森严的庄园，庄园外不远处就是一个兵营，园子内外则是由北齐锦衣卫把守着。庄园的大铁门缓缓拉开，众人没有下车，马车直接驶了进去，沿着那道隐在草坪间的石道前行，不多时便来到了一幢小楼外。

这楼不像上京其他建筑那般古色古香，完全用坚石砌成，没有院落，由角楼望去，对草坪一览无遗，真是个囚禁人的好地方。

今日随范闲前来探视言冰云的只有王启年一个人。高达属于虎卫，林静、林文是鸿胪寺官，和监察院的事务关联不大，也不方便。

卫华满脸平静地对范闲说道："范大人，您看此处鸟语花香，草偃风柔，咱们朝廷对你们的人还算优待吧？"

范闲的表情比他还要更加冷漠，淡淡地回道："就算是琼宫仙境，住久了，还不就是一间牢房。"

二人身边那位锦衣卫的副招抚使说话了："就算是牢房，总比你们监察院的大牢要舒服很多。"

这指的自然是肖恩。

"说这么多废话做什么？我要进去见人。"范闲冷冷地看了那位副招抚使一眼，心想肖恩在南边受了二十年罪，但言冰云被抓之后鬼知道受了多少大刑，能够活到现在已经很不容易了。

在见到言冰云之前，范闲设想过很多场景：比如言公子被吊在刑架之上，皮开肉绽，手指里钉着十枚钢针，脚指甲被全部剥光，露出里面的嫩肉；身上滑嫩的肌肤已经被烙铁烫得焦煳一片，就连年轻的牙床都已经提前进入了老年阶段，光秃秃一片。

当然，这是最惨的可能。

范闲还曾经想象过，也许言公子此时正坐在一张软榻上，身旁尽是流云锦被，四五个赤裸着大腿、酥胸半露的北齐当红美人儿正围着他，拿着葡萄正喂他吃，葡萄汁水流到言公子弹性极佳的胸肌上，身旁的美人儿小心翼翼地用软巾沾去。

当然，这是最坏的可能。

还有一种怪异的想象始终萦绕在范闲的大脑中。也许初见言冰云，对方像头受伤的猛虎一样扑了过来，要将自己撕成碎片，一把鼻涕一把泪地埋怨院子里的人不顾自己死活，埋怨他们来得太晚。

当然，这最不可能。

但不论怎么设想，范闲走进那个房间，依然觉得人类的想象力确实挺贫乏。他看着坐在椅子上的那个年轻人，微微张唇，心里好生吃惊，怎么也想不到言冰云目前的处境是这个样子。

卫少卿与那位副招抚使显然也没有料到，不觉间惊呼了一声。

房间的装饰很淡雅，一张大床，一张书桌，一些日常摆设，不像是刑室，倒像是家居的房间。范闲不清楚这是不是北齐方面知道自己要来临时安排的。他只是看着那张椅子。

椅子上坐着一位表情冷漠的年轻人，这年轻人的面容极为英俊，唇薄眉飞，在相术上来说极为薄情。众人吃惊的是，年轻人的膝上正伏着一位姑娘，姑娘轻声抽泣的声音回荡在安静的房间中。

范闲将双唇紧紧闭了起来，心里却是一片糊涂，苦笑地想着，亏自己这行人如此担心这位庆国的北谍头目，哪里知道这囚室之中演的竟是一出言情戏码，而不是自己想象中的受刑场景。

那年轻人自然就是言冰云，当他发现外面走进来几个人，这些人中有两个人竟是穿着庆国官服时，眉头皱了皱。

这一皱眉，一股子冷漠的气息开始弥漫在房间里，甚至惊醒了那个伏在言冰云膝上不停地抽泣的女子，她愕然回首望向众人。

这姑娘生得眉清目秀，眉眼间全是一股柔顺之意，想来是位大户人家的小姐，却不知道怎么会出现在戒备森严的囚室之中。

"沈小姐？"卫华大感震惊，喝道，"来人啊！将小姐请出去。"

"沈？"范闲觉得这事情越来越好玩了。

门外拥入几名锦衣卫。卫华满脸铁青，骂道："你们怎么做事的？居然让沈小姐来这种凶险的地方！"那位副招抚使也是满脸怒容，直接就是几个耳光扇了过去。啪啪数响之后，那几名负责看守重犯的锦衣卫捂着脸，走到那位沈小姐的身边，却是不敢伸手。

卫华走到她的身边，柔声地劝道："沈妹妹，还是回吧，不然如果让沈叔知道了这件事情，他得活活把你打死。"

范闲的目光没有与言冰云发生接触，只是静静地看着那个趴在他膝上的女子。这位姑娘姓沈，能够进入北齐锦衣卫严加看管的庄园，不用问，一定是那位沈大人家的小姐了。只是不知道这位沈姑娘与言冰云有什么关系。他心想，莫非咱们的言大公子居然玩的是美男计？

沈姑娘缓缓地站起身来，望着一直一言不发的言冰云，那双柔顺的眸子中缓缓浮现出疯狂怨毒的恨意，只听她一字一顿地说道："我只要你一句话，你以前说的究竟哪句是真的？"

言冰云没有一丝感情地回望过去，轻声说道："沈姑娘应该很清楚本官是南庆监察院四处职员，那自然没有一句话是真的。"

卫华生怕这位大小姐再继续说下去，会让这些南朝官员看笑话，赶紧吩咐人将沈小姐拉出门去。

沈小姐冷冷地甩开那些锦衣卫的手，看着椅上依然不动的言冰云，凄声说道："好好好，好一个有情有义的言冰云。"

好一个有情有义的言冰云！

这等殷切话语，却是夹着无数心碎与绝望，饶是心如坚铁的范闲旁听着也忍不住叹了口气，卫华的脸上更是愤怒无比，瞧着安坐于椅的言冰云，恨不得马上将他碎尸万段。

随着渐不可闻的抽泣声，沈大小姐被请出了庄园囚室。

范闲叹道："好一个有情有义的女子。"

就算那位小姐是沈重的女儿，就算言冰云潜伏在北齐的这些年与她有些什么情感上的纠葛……但言冰云是谁？是北齐这十五年来抓获的南庆最高级别间谍。关押看守何其森严，怎么可能让那位沈小姐堂而皇之地走了进来，并且恰到好处地在自己面前演了一出戏？

他忽然间心头一动，明白了北面这些同行的想法。

坐在椅子上的言冰云没有起身，给自己倒了杯茶缓缓饮了。这位潜伏在北齐多年的厉害人物双眉如霜，面有冷漠之意，给人一种什么也不在乎的感觉——似乎连自己的生死也不在话下。

卫华似乎从愤怒中平静了下来，看着言冰云皱了皱眉头，说道："言公子，不管如何讲咱们也曾经是好友……大家各为其国，本也算不得什么事情，但请你记住有些事情是我永远无法原谅的，你此次离开之后，再也不要踏入我大齐一步。陛下已经通过沈大人下了密旨，如果你敢来，我大齐一定会拼将三千铁骑，也要将你的头颅斩下！"

言冰云半低着头，就像没有听见他说话，手指轻轻地把玩着茶杯的小把手。自从去年他的身份被揭穿下狱之后，这位曾经在上京交际场合中长袖善舞的云大才子似乎变成了一个天生的哑巴。

"今天我是来看他的。"范闲面无表情地对卫华说道，"我需要一个确实的日期，我什么时候能够接他回使团。"

"不能回使团，他只能偷偷摸摸离开上京。你要知道上京有多少人……想生撕了他吗？"卫华寒意十足地说道。

范闲摇了摇头，说道："陛下有旨，我必须将言大人接回使团，掩饰功夫我们自然会做，难道你以为我们想招惹不必要的麻烦？"

肖恩与司理理已经入了上京，卫华确实不好再拖，另外就是范闲上次那个看似荒唐的提议真的打动了宫中，还有沈重。

"我马上办手续。"

范闲点了点头，说道："我想单独与言大人聊两句。"

卫华皱眉，心想如果对方要商量什么，等言冰云回使团再说岂不是更隐秘。想来想去不知道这位范大人想做什么，便示意那位副招抚使与自己一道退了出去。房间里就只剩下范闲、王启年……还有那位一直半低着头，冷漠无比的言冰云。

范闲全没有身处敌国大牢的自觉，满脸温和笑容，拖了一把椅子，坐到了言冰云的面前，开口说道："我叫范闲。"

言冰云被捕前他已经进了京都，他相信对方身为监察院在北方最高层人士，一定听说过自己的名字。

果然不出所料，听见"范闲"两个字后，言冰云的手指缓缓离开那个滑溜至极的茶杯把手，抬起头来看了他一眼。

只是那眼中满是讥讽与不屑，这一点让范闲很是意外。

"户部侍郎范建的私生子，从小生长在澹州，喜饮酒，无才，仅此而已。"言冰云又一次开口说话，声音很绵软，很轻柔，与他脸上一直挂着的冷漠神情完全不符，"你来这里做什么？"

范闲笑着说道："言大人您被关了大半年，世道早就变了。首先，家父已经做了户部尚书。其次，无才的在下如今忝为使团正使。今次前来北齐，首要之事便是接您回国。"

言冰云缓缓地抬起头来，他今年不过二十多岁，那对剑眉里却已经夹杂着些许银丝，看上去有种诡异的感觉。

"我凭什么相信你？"

"本人范闲，现为监察院提司。"范闲知道言冰云一定会非常小心，还在猜测自己是不是齐国人的招数，他从腰间取下那块牌子。

言冰云的目光从木牌上扫过，眉头微皱。他知道这块牌子极难伪造，但依然不敢相信面前这个比自己还年轻的人竟然会成为院里的提司大人。要知道提司大人乃是院长之下的超然存在，八大处名义上不归其管辖，实际上都要受其掣肘。

大半年的囚禁生活，他更是早已将自己的心神封闭了起来，不会相信身边任何变化，不敢冒任何危险。因为他吐露的任何信息都有可能让庆国在北齐的谍报系统全部覆灭，不得不慎。

一直沉默在旁的王启年上前，轻声说道："言大人，范大人就是新近上任的提司，此次北来专为营救大人出狱。"

言冰云有些冷漠地看了王启年一眼，说道："你是一处的王大人？"

"不用你确认我的身份。"范闲轻轻拍拍言冰云的肩膀，笑着说道，"这事反正快完了，你可以一直保持沉默随使团回国，等看到陈萍萍或者你父亲之后再开口说话，想来你会放心一些。"

言冰云的眉头微皱，似乎在犹豫。范闲却从对方的皱眉中看出别的异样来。只见他眼色微寒，用两根手指捏住了言冰云的衣领。

言冰云看了他一眼，冷漠外多了丝戏谑，轻声说道："你想看？"

范闲平静地嗯了一声，用手指缓缓拉开他身上那件白色的袍子。袍子如云如雪般素净，布料与身体分离却带出极细微的刺啦声。

言冰云面色不变，眉都没有颤动一丝。

范闲的脸色变得极其难看。

那层白色袍子下面是言冰云的颈部皮肤，上面全是红一道紫一道的伤痕，明显都是新生的嫩肉。仅颈部就有这么多的伤口，可想而知在这件宽大的白袍遮掩下的身体究竟受到过怎样的折磨。

王启年怒骂了几句什么。范闲却是恢复了平静，看着言冰云问道："已经有多久没有受刑了？"

"三个月。"言冰云微笑着应道，似乎这具遭受了半载恐怖折磨的身体并不是自己的。

范闲小心翼翼地将他的衣领整理好，叹道："北齐知道我们来的时间，所以停了三个月。三月后这伤口还这么可怕，你真是受苦了。"

言冰云淡淡地看了他一眼，似乎有些不满意这个提司大人嘴里的话语，冷漠地说道："您关心的事情似乎有些多余。"

范闲无语，心想这是在教育自己不够专业吗？

"确认协议前我不会说什么。"言冰云看着范闲的双眼说道，"我只是很好奇，朝廷是用什么手段从北齐人的手里把我捞出去的？"

不等范王二人答话，言冰云喘了口气，阴狠地说道："不要告诉我，朝廷会愚蠢到用潜龙湾的草地来换我这个无用的家伙。"

"放心吧，就算我愿意，陛下也不会愚蠢到这种地步。"范闲无奈地摇摇头，将此次协议的大体内容讲给这位言公子听了。

室内忽然陷入诡异的沉默之中，言冰云半垂着头很长时间没有说话。范闲正想说什么，言冰云自言自语道："用肖恩换我？"

"蠢货！"言冰云猛地抬起头来，用一种讥讽和愤怒的目光死死地盯着范闲，只是却依然极为冷静地将声音压抑到极低。

一直保持着非人般冷漠平静的言冰云确实是位极其优秀的间谍，这一瞬间所爆发出来的怒火又证明了他身为庆国驻北齐密谍总头目的威势和掌控能力。面对着他眼中的怒焰，范闲都想避开。

言冰云的嘴唇抖了两下，用极低的声音，极快的语速，像爆炸的爆竹一样，凑到范闲的耳边说道："肖恩还在掌控中？"

"雾渡河之后，就交给了北齐的锦衣卫，估计已经入京了。"

"有没有办法杀死他？"

"没有。"

"他嘴里的秘密问出来没有？"

范闲一凛，立即与言冰云的距离拉开一些，双眼盯着对方问道："你……知道他嘴里的秘密？"

言冰云冷笑着说道："我在北齐待了四年，自然知道北齐皇室一直对肖恩念念不忘。虽然不知道那个秘密的具体内容，但是……既然能让北齐皇室如此看重，想来肯定不简单。"

他忽然又说道："你知道肖恩是什么人吗？"

范闲点头说道："我相信我比所有人都要清楚一些。"

言冰云怒道："既然你知道，怎么可能允许这种事情发生？"

范闲缓声说道："陛下与院长大人的意思很清楚，肖恩已经老了，你还年轻，所以这项交易实际上是我们占了便宜。"

言冰云再次陷入沉默，他没有料到朝廷竟然舍得用肖恩来交换自己，他在感激之余更生挫败。自己被北齐锦衣卫生擒本就屈辱，如今又要朝廷付出这么大的代价，毫无疑问更是羞辱。

他很失望，笼在白色袍子里的身体似乎都缩了起来。

范闲望着他说道："你是聪明人。既然事情已经成了定数，你一定要平安回到南方，这样我们才不至于亏得太多。"

言冰云知道这位凭空冒出来的监察院提司说了最正确的一句废话。

"三天后，我在使团等你。"

范闲微笑着与王启年并肩走了出去，在门外守候的卫华及那位副招抚使的陪伴下上了马车，直接回到了使团。

诸人聚在一起将这些天的事情归拢了一下便散了，只留下范闲与王启年两个人。范闲陷入沉思之中，半晌没有说话。

王启年小心地问道："范大人，您在想什么？"

"为什么那位沈小姐会出现在那里？"范闲说道，"这可能是北齐人想乱我们的心思，至少想弱化朝廷对言冰云的信任。"

"怎么会？"王启年不解，"言大人的忠心，朝廷自然清楚。"

范闲揉了揉眼睛，说道："事情总是会变得复杂起来的。如果有心人想做什么，这就可能是个缺口……另外我还一直不明白，为什么言冰云可以回国，我却从他的脸上看不到一丝高兴？"

"因为朝廷为了让他回国付出的代价太大。"王启年是监察院老人，对于院中这些大人的性情知道的比范闲更加清楚，"如果他知道朝廷会用肖恩与他交换，被捕之初他就会自尽，而不是等到现在。"

范闲很难理解这些监察院官员的精神状态，挑着眉头说道："难道……

一位优秀的监察院官员……真的……"他斟酌了许久措辞，才低声问道，"真的如此甘于为国牺牲？"

"是的。"王启年偷偷看了范闲一眼，说道，"身为监察院官员，或者说身为朝廷的密探，入院就应有为国牺牲的思想准备。我们只信奉一句话，什么样的手段，什么样的牺牲都是被允许的。"

"什么话？"

"一切为了庆国。"

王启年以前所未有的认真说道。

范闲的手指下意识地在桌子上写着字。

今天言冰云一直坐在椅子上，而且坐姿有些怪异，除了臀部竟是没有别的部位挨着椅子。离开的时候范闲发现他的双脚都被铁链锁在椅子上，那他的坐姿只能有一个解释——他的全身上下已经没有一处肌肤是好的，全是烂肉。

"一切为了庆国？……原来都是一群理想主义者啊。"

朝廷文书经由官方途径递到了使团，自然没有什么秘密，只是说北齐太后的寿诞将至，朝廷令使团将这件大事办完之后再回国。

这不是什么大事，两国间外交来往碰见太后过生日总是要凑个热闹的。而且范闲还有事情要处理，只是想着家中的妻妹，有些牵挂。

"太后大寿，咱们代表着朝廷颜面，这礼物总不能太寒酸。"林静副使琢磨着，"要不然喊下面哪位大人去秀水街逛逛？"

范闲想到卖酒的盛老板递过来的那封信，连连摇头，上京水深，长公主还想在信阳遥控指挥异国内乱，这种浑水他断然不愿去掺和，遂将手一挥说道："到时候我写首诗，裱好一点就罢了。"

这话听着狂妄，几个下属却是连连点头，诗仙范闲不作诗不作诗是天下皆知的事情，如果为皇太后寿辰破例，这个面子也算给得极大。

不过……范闲的字可拿不出手。

王启年又开始出馊主意："言公子书法师承潘龄大师，年前在北齐这边，一幅中堂可以卖到千两纹银。范大人作诗，言大人手书，庆国两大年轻俊彦出手，还不得让北齐太后笑歪了嘴？"

林静、林文二人自然知道言公子的身份，感觉有些怪异，却一时想不明白这个提议的怪异处在哪里。

范闲笑骂道："言公子是何许人？只怕北齐人人恨不得啖其肉，饮其血，你居然提议让他写幅字送给太后当生日礼物，你也不怕太后打开书卷后被活活气死了，还要给她做冥寿吗？"

王启年一窘，这才发现自己确实荒唐，便舰着脸笑道："若能气死北齐太后，这也算是院里的一次佳话。"

范闲懒得理这中年男人的无趣冷笑话，开始思考别的事。如果言冰云平安回到庆国，凭借他这四年来在北齐打下的基础和这一年来的牢狱生活肯定会立刻上位，监察院的人都清楚，到现在还空着的一处主办位置就是陈院长留给他的。

而如果不出意外，他会逐步接手监察院的一切——等陈萍萍死后——范闲知道，那一天或许遥远，或许很近，很近。

范闲想把监察院控制在手中，八大处是重点，但这却是他最大的弱点，除了三处和八处，他在院里没有亲信。本来以为此次北上可以赢得言冰云的友谊，进而获取一处与四处的支持，但没有料到，言冰云似乎对自己有些隐隐的敌意。这是为什么呢？好在言冰云没有把这种敌意隐藏起来，这让他略微有些放心。

"大人，时辰到了。"王启年在旁小声提醒道。

范闲点了点头，起身离开了别院，身后林静、林文二兄弟面面相觑，不知道正使大人今日又要去哪里。

今天负责守卫工作的不是北齐御林军，而是锦衣卫。马车驶向上京最繁华的太平巷，天上下着细雨，瞬息间吞没了车队的行驶痕迹。

庆国监察院提司范闲，今天要会见齐国锦衣卫镇抚司沈重大人，密探头目的会面，总是会显得神秘无比。

雨点打在车顶上发出扑扑的闷响，不知道行了多久，马车终于停了下来。一双手将马车的车门打开，范闲微微一笑，抬步走入车外的雨中，却发现头顶早有一柄伞遮住了头顶，蔽去了风雨，只有四周雨巷里的春中寒意，往伞下渗了进来。

王启年一身黑衣，撑伞护住范闲的头顶，七位虎卫背负长刀，沉默不语地站在范闲两侧。

范闲今日穿着件深色薄氅，里面一层素色长衫，再里面是离京前准备的那件夜行衣。这身素净里透着厉杀的打扮，再配上他那张英俊无比的面容，看上去精神无比。

"范提司，这面请。"负责领路的锦衣卫面无表情地一伸手，将众人引入一个院子里面。

这院子在侧巷之中。范闲隐隐能听清前方的热闹，笑了笑说道："看来是青楼的后院。"

领路的锦衣卫表情微僵，旋即笑着回答道："提司大人耳力惊人，这处便是畔山林的后院，沈大人一向喜欢在这里招待贵客。"

畔山林是北齐最高级的声色场所，北齐开国皇帝便曾经是这里的常客。范闲笑着点了点头，踏着石板上的积水走进了后院。只见院中竹影重重，假山层层，四处可见没有刻意隐去身形的锦衣卫探子。

王启年撑伞，七名虎卫在后，以范闲为首，沉默而平静地往小院深处行去。看见这些来自南方敌国的同行，锦衣卫们不免有些佩服对方的胆量，讶异于那位范提司的年轻。

第六章　怜子如何不丈夫

　　唰的一声，王启年收了伞，退到范闲身后。范闲负手于后欣赏庭院，一个大花圆桌摆在当中，四周空了出来，圆桌极阔，足以坐下十五六个人，此时却只坐了两个人。其中一人的穿着像极一般的富翁，头戴绸帽，手指间戴着个玉扳指。那人看见范闲，平常至极的眼眸中绽出两道不同寻常的寒光，开口说道："范提司，久仰大名，今日一见，果然不同凡响。"

　　范闲心想一路上北齐锦衣卫都是以提司的官名称呼自己，看来今次谈话是监察院对锦衣卫，而不是朝廷之间的外交谈判。

　　他抬起右手，用两根手指轻巧地解开颈间的带扣，身上的薄氅沿着后背滑了下去。王启年早在他身后接着。

　　他坐到大圆桌的另一边，看着对面的富家翁，发现此人眉毛极粗，粗得像是画出来的一样，不由微笑着说道："沈大人横眉冷对天下人，何以对在下如此客气？"

　　这位便是北齐锦衣卫镇抚司指挥使沈重。沈重手控北方无数锦衣卫，实是天下数得出来的厉害人物，料不到却是如此平常的一个富翁模样。若不是在监察院的档案中对于此人的记载实在是详尽至极，范闲都无法确认对方的身份。

　　"不是客气啊。"沈重望着范闲那张清秀的面容，忍不住摇了摇头，"范大人以诗文名扬天下，我这个大老粗本就极为佩服。没想到上两个月忽然得了消息，你居然成了南朝监察院的提司大人……这……这本官就实在弄不明白了，陈老先生究竟是想什么？似范大人这等人物，怎么能像咱们这些地沟里的老鼠一般过活？"

范闲笑着应道："沈大人自谦了，千里为官只为财，不论做什么，一是求于朝廷有利，二嘛……不外乎就是为自家求个安身立命之所。"

这话说得有些白，沈重对这位初次见面的南朝同行不免看低了几分——毕竟年轻人说话做事有些毛糙，真不知道陈萍萍究竟是怎样想的，也不知道庆帝怎么会同意这么荒唐的事情。

沈重身为北齐锦衣卫指挥使，一向对于南方的同行们有种说不出来的艳羡之意，对于那位坐在轮椅上的跛子，更是敬中带畏。

他不明白陈萍萍为何能获得庆帝完全的信任，而不像自己在朝廷中站着，不知道哪一天就会被宫里的人像双破鞋一样扔掉。

他看着范闲微笑着说道："对于黄金白银这种东西，没有人会嫌多。只是本官看不清楚，我们镇抚司在这件事情里能够得什么好处？"

范闲挥挥手，王启年与那七位虎卫都退了下去。沈重也点了点头，其余的闲杂人等也都退开，只有一人还在他身边坐着。

范闲有些诧异地看了一眼，那人衣着华贵，却没有他熟悉的味道，想来不是北齐皇宫派来旁听的人物，为什么有资格继续坐在这里？

"这位是崔公子。"沈重介绍道。

崔公子站起身来，对范闲行了一礼，面上却有些自矜之色。

范闲神情微冷，问道："庆国人？"

沈重哈哈大笑道："原来二位并不认识？好教范提司知晓，这位崔公子便是南庆崔氏大族的二公子，也是京都人士。"

范闲皱了皱眉，说道："沈大人，您这是什么意思？"

沈重的眼里闪过一丝狠厉的神色，说道："范大人不是要谈买卖吗？好教大人知晓，其实……这买卖，本官已经做了许多年了，所以想知道，范大人有没有更多的好处给我。"

范闲微微偏头看着那位崔公子，想从对方的脸上看出些什么东西来。他忽然开口问道："崔公子，今日这宴是你自己要来的，还是你家中长辈要你来的？"

"如此盛会，在下岂可错过？"崔公子微笑说道，似乎并不怎么害怕范闲。

事情到这里已经很清楚了，这位崔公子明显是代表崔族的利益，而崔族的背后自然是那位远在信阳的长公主。范闲不是没有想过长公主能从内库里攫取大量的利益靠的就是走私，但他没料到沈重这个北齐的锦衣卫指挥使竟然会将长公主的代言人拉到了桌旁！

更让范闲怒火大作的是，这个姓崔的小混球居然还敢真的坐到桌上充作对方谈判的筹码。长公主目前有求于自己，怎么也不可能出手破坏自己的事情，肯定是这个家伙自作主张。

他主动与沈重联络，一方面是想搭条路子，另一方面也是想打击一下信阳方面的金钱来源。没有想到北齐朝廷竟然玩了这么一手，将本应是暗中出价的游戏摆到了明面上。

看出他的不高兴，沈重微笑着说道："范提司，这事不妨明说，大家是发财，崔公子与您打算做的买卖有些重，我总不能两边都吃。"

范闲恢复了平静，望着那位崔公子淡淡地说道："没想到崔公子竟然有胆量做这么大的买卖。"

"哪里有范大人的胆量大。"崔公子微微一笑，回答道。

沈重见场面有些尴尬，笑了笑说道："崔家在南庆朝里也有好几位大人，都是世家子弟，今天你们可要好好亲近一番。"

范闲一声冷笑，看着沈重说道："沈大人，您或许忘了我的身份，什么世家之类，还真放不到我的眼里。"

说完这话他长身而起，竟是招呼也不打一个直接出了庭院，早有王启年撑伞接着，七名虎卫手握刀柄，护持着他往院外行去。气息肃杀，那些锦衣卫竟是无人敢拦。

院外马车轻响，他就这般毫不客气地走了。

料不到范闲竟会有如此激烈的反应，沈重有些吃惊。他浸淫官场数十年，各式各样的谈判见过不少，却从来没遇见过此等情况，这位年轻提司的行事风格出乎了所有人的意料。

他眼珠一转，转过头温和地笑着说道："崔公子，这位范大人倒真是个性情中人。"

崔公子脸色难看至极，范闲说的话真是极大地刺伤了他的自尊，什么世家之类的……什么叫世家之类？而且他居然说不放在眼里！那你范家又算什么？这般想着，他却总觉得哪里不对。

沈重看着他，不发言语。

忽然间，崔公子想到范闲的监察院身份，想到对方毕竟是长公主的女婿，吓得脸都白了，再望向沈重的眼神变得无比怨毒，咬牙道："沈大人，您骗我来这里，难道是想我死？"

夜雨落在异国的土地上，发出的却是熟悉的滴滴答答声。范闲啜了一口茶，对身边的王启年说道："马上去写封密信，让院里查一查崔氏与信阳方面的关系。"

王启年看了他一眼，轻声说道："长公主那边不能动。"

"我当然知道不能动。"范闲清楚长公主做的那些事情其实都得到了皇帝陛下的默许，但是今天的不欢而散更坚定了他心中的某个念头，"但我想查清楚信阳方面在朝中究竟有多少力量。"

"是。"王启年应下之后，又接着说道，"那位崔公子还在外面跪着，大人……您看是不是让他起来？毕竟崔氏在京中也是大族……"

范闲盯着院里发来的情报，没有理会。在言冰云回来之前，北齐方面的情报系统他不敢动用，所以情报来源有些缩水，让他很是烦恼。过了一会儿，他似乎才听见王启年说了什么，便轻声说道："让他跪着吧，身为庆国人却被北齐人当枪使，算我替岳母教育他一下。"

雨水渐渐小了，从屋檐上往下滴着，这幢别院是老建筑，雨水砸中的地面都有了些微的陷落。范闲披着件衣裳走到屋外，看着跪在石阶前的那位崔公子，很长时间没有说话。

使团里其他的人早就避开了小院，此间显得格外安静。

"你应该很清楚，你们家如果还想做北边的生意应该怎么做。"范闲面无表情地看着浑身湿透的崔公子，"今天的事情，我先饶你一命，自己写封信去信阳交代。长公主怎么罚你是她的事，但我在上京的时候不希望再看见你和北齐的那些人坐在一起。"

崔公子重重地叩了个头，将自己的上半身全埋在地上的积水之中，战栗着不敢言语。

"再次提醒你一次，我是监察院的提司，就算长公主护着你们，但如果我真想让你们崔氏倒霉，一样会有很多种法子。"范闲说道，"虽然这是很粗俗的威胁，但我想对你这种愚蠢的人，不说清楚，你下次还是会被北齐人拿来当刀子使，那就很不好了。"

崔公子在畔山林后院里醒过神，才知道自己犯了多大的错误。姑且不论范闲那人人畏惧的监察院身份，只说对方是长公主的女婿，自己在对方的眼里顶多只是一只蝼蚁。今日自己自作主张想瞧瞧监察院要和北齐做些什么买卖，本是站在长公主立场上考虑问题，但如果范闲真要对付自己，长公主会回护自己吗？

"话说白了吧？"范闲说道，"你是为长公主做事的，我自然不会来难为你。但我眼下也想做些事情，希望你看清楚如今的情况。"

"是，范大人。"崔公子哆嗦着声音说道，"小人知错。"

经历了这次小插曲后，信阳方面很小心地保持了对使团的尊敬，北齐方面才真正感受到了范闲的力量，准确地说是感受到了南朝监察院的力量。沈重向来只与信阳方面打交道，当范闲通过长宁侯提出交易时他并不怎么看重，但看如今的局势才想到那个传言竟似是真的——如果范闲来年真将内库握在手里，长公主失了权势，沈重的镇抚司得罪范闲，那就要断一大笔财路了。

北齐宫中也知道了这件事情，太后责问了一番沈重，沈重满心惴惴，暗想谁能料到对方竟是连讨价还价的机会都不给自己。崔公子当夜就去使团跪了一夜的消息也传到了锦衣卫的耳朵中，沈重知道自己必须重新看待范闲这个人了。

然而谁都料不到，范闲根本不想和对方谈。连着几次沈重派人来请范闲，他都是极其冷淡地避而不见，摆出了不想再谈的架势。

“大人，您究竟想做什么？”王启年是范闲心腹之中的心腹，有许多连监察院都不知道的事情他都十分清楚，知道自家这位大人暗地里做了许多准备——对付信阳那位长公主的准备。眼下范闲却摆出了一副要与长公主和解的模样，这让他很是不解。

“我都不知道我想做什么。”范闲整理了一下身上的衣服，“但长公主目前有求于我，我自然要趁这个机会获取一些利益。”

王启年依然不解，范闲也不再多做解释。

当天下午，一辆马车直接从角门里驶进了使团驻地，马车看着普通寻常，不论车厢的装饰还是车夫的模样都没有任何异样之处，但使团所有官员与护卫都感觉到了紧张的气氛。范闲看着那辆马车，却说了句毫无关联的话：“看来司理理也到上京了。”

一个穿着白色长衫的年轻人推开车门落在地上。他站在那里，看着头顶的天空微微眯眼，旋即又低头扫视了一圈望向自己的众人，很轻易地从这些人的身上感觉到了院子里的味道，不由微微一笑。

范闲走上前去，降尊纡贵扶住言冰云完好的右手，小心翼翼地将他扶下车来，轻声说道：“欢迎回家。”

使团所在，便是故土。言冰云被囚一载，早存了必死之念。虽然时至今日仍然不能接受用肖恩换取自己的协议，但此时站在这里，听到范大人这句欢迎回家，心神依然有些激荡。

小院里没有文官，除了七名虎卫，全都是使团里的监察院官员，众人看着这个走路都有些困难的年轻人，齐声拜倒："参见言大人！"

声音并不激昂，也并不大，但能感觉得到众人的诚心诚意。言冰云笑了笑，轻声说了句："能够活着出来，我感到很意外。"

范闲扶着他的手，也笑了起来："你的手指甲居然没有全被拔掉，我也很意外。"

这两位监察院将来的正副手，此时说话的声音极为轻柔，只有彼此才能听见。

言冰云回到使团，此次出使北齐的任务就完成了一半，范闲心头大定，对王启年说了几句，便扶着言冰云进了内室，说道："把衣服脱了，我下手没有轻重。"

很明显，言冰云这种人不会误会什么，缓缓扯开自己身上的白色衣服，露出精悍匀称的赤裸身体。范闲挑挑眉头，想到在京都三处换装时自己的感觉，发现对方确实比自己还要冷静许多。

他从箱子里取出药盒，用手指挑了些，开始均匀地抹在言冰云的身上。手指经过之处全是一片起伏，伤痕之恐怖实在难以形容。

"我一直以为你只是个运气很好的人。"言冰云漠然道，"不过范提司看见下官身上伤口，还能如此镇定，看来比我想象的要强不少。"

范闲的手指停在言冰云的左胸下，那处的骨头明显是断后重续的，鼓起了极大的一块，外面是浅红色的新生肌肤，看着很丑陋。

"那是因为你不了解我的成长经历。"

"我以前以为自己很了解。"言冰云冷漠地看着他的那双眼，"范大人，您从出生到十二岁的人生，我非常了解。"

范闲看着对方，没有说什么。

言冰云似乎不想就那个话题继续下去，说道："谢谢大人替下官疗伤，不过我想配制伤药下官应该比大人更在行一些。稍后请允许下官写个方子，让使团的人帮忙去抓几服药。"

范闲没有理他，继续涂伤药，同时辅以自幼学习的治伤手段。

"吃了他。"

待做完这些事情后，他毫不客气地塞了颗丸药到言冰云的嘴里，说道："说到治伤解毒，天底下除了老费没有谁敢在我面前叫嚣。"

"老费是谁？"

"院子里还有哪个姓费的？"

"大人说的是费老？"

"说的就是那个老怪物。"范闲喊人端了盆温水进来净手，对言冰云说道，"你受刑太久，心脉已经受伤，武道修为大有折损。"

他用余光注意对方，发现言冰云一脸平静，似没有听到一般，不由心生赞叹，拿定主意一定要将这个高傲至极的年轻人收至麾下。

"回国之后，好生调养调养，也不是治不好，指甲被拔了，总会重新长出来。骨头错位了，让七处那个光头再给你重新打断。我再治一治，怎么也不能变成陈萍萍那种老跛子。"

听到他的玩笑话，言冰云感觉很怪异，整个监察院、遍布天下的密探，没有任何一个人敢称呼陈院长为老跛子！

言冰云眯起眼睛，似乎想看透这件事情背后的真相，比如为什么范闲如此年轻，却已经是监察院的提司？突然一股火辣的感觉从胸腹之间升腾了起来，饶是性情无比坚毅，他也忍不住发出一声闷哼。

"无妨，只是逼毒的手段，因为不清楚你的体内有什么陈毒，所以用的药霸道了些。不过有我在旁边看着，你死不了。"范闲毫不在乎地替他将衣服披好，说道，"忍一忍就好。"

言冰云的额头开始冒出黄豆大小的汗珠，显然极为痛苦，下一刻感觉身体外面抹了伤药的部分也开始灼痛起来，寒声问道："你这解毒的法子是跟谁学的？我不信任你。"

"先前就说过。"范闲微笑地望着他。

言冰云惊得将体内体外的剧痛都忘了，嘶声说道："你是费介的徒弟？不，费介没有你这样一个学生。"

"亏你还自夸对我十二岁以前了若指掌。"范闲开始收拾床边的瓶瓶罐罐，嘲讽道，"其实连我的老师是谁都不知道。"

言冰云看着他半晌没有说话。范闲回望过去，轻声说道："我说言兄，为什么总感觉您看着我便是满脸怒气？"

这是他心头的一根刺。既然要收服言冰云，那就一定要知道对方为什么对自己会有如此强烈的抵触情绪，不然以后肯定要出事。

言冰云沉默不语，似乎不想谈及这个话题。但不知道为什么，随着那道灼痛感渐渐消失，他的头却有些昏沉，看着范闲那张漂亮的脸蛋便心生恨意，想到这些年在北齐提着脑袋过日子的刺激人生，言语像是控制不住一般，逃离了微干双唇的束缚："不知道你还记不记得，四年前澹州曾经有起凶案，一直没有侦破。"

范闲正在关箱子的手没有停顿，心里却有些吃惊。他当然记得那起凶案。那是他两世为人第一次杀人，直到今日今时，那个刺客咽喉上暴起的冰冷瘆人，似乎还在刺激着他的掌心。

他挑眉说道："这件事情和你我有什么关系吗？"

言冰云古怪地笑了笑："那个刺客是四处的，也正是因为这件事情，我才会被赶到北边来做只老鼠。"

"所以你恨我？"范闲忽然笑了起来，"我以为，你应该感谢我。"

"为什么？"头部的晕眩好了些，言冰云又恢复了冷漠。

范闲盯着他的眼睛说道："因为我看得出来，你天生就是个间谍，你从骨子里喜欢这种生活……我想这四年潜伏北齐，日夜紧张不安，对于你来说应该是段很刺激很充实的人生。"

言冰云冷笑着说道："如果大人喜欢，您也可以尝试一下。"

范闲笑了笑，背起药箱，像个郎中一样走出了厢房，反手关上门，不易察觉地耸耸肩，将指甲里的那抹迷药剔进箱子的边角。他心想，言冰云果然厉害，在哥罗芳的作用下竟然马上就能醒了过来，如果让他知道自己动用了手段，这件事情还真不知道如何收场。

从言冰云嘴中听到的这个故事，让他有些感触，同时知道了对方看自己不顺眼的真正理由，这让他觉得很安慰。

四年前因为澹州的谋杀事件，言冰云被赶到了北边，最后成了监察院在北齐的密谍头目。而四年后，竟然是自己来亲自接他回国。没有想到自己与言冰云竟然会有这样古怪的渊源，范闲不由笑了起来，这世界上的事，还真说不准哪天就轮回来了。

"大人，盛老板送酒来了。"有下属请示道。

"你们接着，我不想见他。"范闲挥了挥手，心想才教育了一顿崔公子，信阳方面就有信来，那位长公主还真是追得紧啊。

正想着，王启年从外面进来，手里拿着一封信，说道："盛怀仁带来的信。"

范闲撕开封口，细细读了一遍，眉间现出一丝忧色，自言自语道："这些人到底在玩什么？"

他转身便进了后院。言冰云十分警觉，当范闲推开门的时候，手已经摸到了身边的佩刀上。

"放松一些。"范闲看着仍然闭着双眼的他，说道，"在这里没有人会想来暗杀你。"

言冰云缓缓地睁开双眼，看着范闲的脸，眼中闪过一抹冷色，说道："你给我用的什么药？为什么我的头一直有些昏？"

"用了些宁神的药剂。"范闲很耐心地解释道，"你的心神损耗太大，想尽快复原，需要良好的睡眠。只是没有想到你的身体机能已经足以抵抗药物，没有太大的用处，可惜了。"

淡淡一句话便将先前的迷药尽数遮掩过去，还绝了后患——范闲那张纤净无尘的脸实在是阴谋诡计最好的伪装。

言冰云知道对方有事情要问，目光落在他的手上，问道："谁的？"

范闲将手上的信摇了摇，笑着说道："长公主的信。"

言冰云有些诧异，却没有表现出来："这和下官有什么关系？"

"回京之前您依然是庆国监察院驻北齐密谍统领。"范闲微笑着说道，"朝廷要做事情，我自然要征询一下您的意见。"

"大人请讲。"言冰云不动声色。

等范闲将信阳方面连续两封信的内容讲清楚之后，言冰云的眉头挑了起来，问道："长公主为什么要管这些事情？"

范闲说道："我想听听你的意见，这件事情院子要不要插手？"

言冰云摇了摇头："院子想肖恩死掉，长公主却要我们配合上杉虎把肖恩救出来，目的相反，如何配合？"

范闲问道："目前北齐的朝局究竟是怎么个模样？"

言冰云说道："一面是太后，一面是皇帝，还有一面是上杉虎……上杉虎被调回上京，实力受损，必须在太后与皇帝之间选择一个。"

很简单的话语，却是信心十足的判断——范闲示意他继续。言冰云继续说道："按大人的说法，如果肖恩是上杉虎的义父，而苦荷国师却想肖恩死，那么上杉虎最后必然会倒向皇帝那边。"

"为什么？"

"因为太后一定会听苦荷的话。"

范闲下意识地抖了抖眉毛，迟疑地问道："太后确实挺年轻的……但是苦荷国师还有这种心思吗？"

言冰云怔住半晌才明白这位年轻大人误会了自己的意思，鄙夷地看了他一眼说道："事情不是你想象的那个样子。"

通过言冰云的叙述，范闲知道了事情的本来面目。

庆国三次北伐打垮了北魏，战家趁势而起建立了齐国。但那位开国皇帝在十二年前就不幸身亡，只留下太后与当时才几岁大的皇帝在空旷的皇宫之中。庆国虽停止了北上的步伐，陈萍萍自然不肯放过这个机会，暗中资助挑唆上京里的一些前朝王公与贵族，最终形成逼宫之势。眼看着太后与皇帝这对孤儿寡母就要被赶出宫去，此时苦荷以战清风大帅朋友的身份住进了皇宫里。

其时三千兵马围宫而待，苦荷坐于大殿之前，后方是那对可怜兮兮的母子，还有一大批颤颤巍巍、拿着烛台扫帚的太监宫女。面对着无数的枪支箭矢，他一人坐在殿前，便没有人再敢动手。

然后卫太后的亲哥哥，如今的长宁侯从宫城一角的下水洞里爬了出去，联络上锦衣卫沈重，纠集了一批忠于皇室的力量，重新杀回宫城，如此才在险之又险的情形下稳住了局势。事后苦荷并未追究此事，太后也保持着沉默，那些妄图逼宫的王公贵族们当时无事，日后自然没有落个好下场。不论从哪个角度上看来，太后如今还能安稳地坐在宫里，凭借的便是苦荷的声望与深不可测的实力。

"苦荷很屌啊。"范闲拍腿赞叹道，"一个人堵着千军万马，虽千万人吾往矣，壮哉壮哉。"

言冰云看了他一眼，觉得对方说话实在有些粗俗，对深受世人敬仰的四大宗师太不尊敬，便回道："苦荷大师超然世外，但如果他表了态，不论是谁都要忌惮一二。"

范闲说道："那些逼宫的真是没用。我就不信万箭齐发，苦荷还能如何？"

"苦荷当时发誓，谁要是敢坐那龙椅，他就会杀了谁。"言冰云忽然觉得院里这位提司大人有些幼稚，"以他的实力，在这北方天下当然是想杀谁就能杀谁。前一刻屁股刚坐到龙椅上，下一刻脑袋与身体就分了家，这种皇帝有谁愿意做？"

"大宗师？"范闲沉默不语，第一次感觉到这种已经超出了凡人范畴的存在确实挺麻烦。

"范大人年轻有为，连大宗师都不放在眼里？"言冰云看了他一眼。

范闲笑了笑。天下四大宗师他只见过叶流云一人，当时只觉得对方唱的散曲儿蛮好听，至于寂寂无名却与这四位大宗师同等的五竹叔……范闲从小和他一起长大，自然生不起敬畏的感觉，说道："继续说上京的事情吧。如果太后听苦荷的，而苦荷要肖恩死……"

言冰云插话道："大人为什么如此确定苦荷希望肖恩死？"

"我有我的情报来源。"范闲没有说海棠的事情，也没有说神庙的秘密，"上杉虎必然倒向皇帝，才能将肖恩的老命保下来……言大人，我们能不能从这件事情当中谋取些好处？"

范闲的话，让言冰云想到了一件事情，他微笑着说道："论实力北齐一向不弱……但是我相信，他们永远无法获胜。只看朝廷将肖恩送回北齐，这一年多时间北方太后与皇帝勉力维持的平衡就要被迫打破，下官实在佩服朝廷里谋划这件事情的人物。"

谋划肖恩归国的人物是长公主。范闲声音微冷地说道："没有什么好佩服的，要知道这笔买卖是以你为代价。"

"什么意思？"

"是长公主一手将你卖给了北齐朝廷，然后与上杉虎安排将肖恩换回北齐……你不过是贵人们手里的棋子，棋子便应该有棋子的自觉，你居然对捏在自己脑袋上的手还能佩服，我对你也是佩服极了。"

范闲刻意嘲弄，就想在言冰云的心里种下仇恨长公主的种子。不料言冰云的表情平静，就像没有听见一般，反而继续筹划道："这件事情我们不能插手，肖恩的死活既然让苦荷都动了心，使团身在异国断然没有能力插手，也没有必要插手。"

"我同意你的看法。不过我还有一件事情需要听你的意见。"

范闲将前些天崔公子的事情讲给言冰云听了。不料，言冰云却面色不变，问道："大人想怎么做？"

范闲沉默了一会儿，但他既然已经开了头，自然会继续说下去："依照院子的意思，我们会逐渐缩减信阳方面在北方所获取的利益。"

"院子的意思？"言冰云看着范闲的双眼说道，"听说提司大人来年有可能掌管内库。"

范闲就当没有听见这句话，微笑着道："言大人被关了大半年，消息还很灵通。"

长久沉默后，言冰云说道："这些事情和我说做什么？"

"因为北方你最熟悉，如果将来需要收网，从现在开始我就必须开始盯紧这里，而离开你，我在北方根本没有任何力量。"

言冰云平静地说道："范大人很看得起下官。"

"我从来不以为你只是一个单纯的病人。"范闲冷静地回道，"我相信言大人如果有这个意愿的话，依然是能够在北方呼风唤雨的人物。"

"我为什么要帮你？"

"因为我是你的上司。"范闲的面色渐渐寒冷了起来，"我不是请求你的帮助，是要求你的配合。"

言冰云却根本不吃这一套，冷笑着说道，"等提司大人真正接管监察院的那一天，我们再来说这个也不迟。"

范闲顿了顿，然后说道："其实道理很简单，长公主是我们共同的敌人，不仅仅是我需要你，想来你也需要我。"

言冰云淡然地点点头，然后很直接地说道："既然如此，那我必须说清楚，你的计划从一开始就完全错了。"

"为什么？"

"想要压缩长公主从走私中获取的利益，你不应该找沈重。"

"沈重是锦衣卫镇抚司的指挥使，一路北上，我不找他还能找谁？"

"沈重、长宁侯都是太后的亲信，他们与长公主的交易已经做了很多年。如果你想另起炉灶，为什么不去找那个年轻的皇帝。"

范闲叹了口气，说道："因为我看不清楚那个皇帝的心思。"

"北齐皇帝是个很纯洁、很容易激动的人。"言冰云竖起一根手指，"纯洁的激进派，是需要银子的。"

范闲看着他，半晌后才说："我信任你。"

"目前我值得你信任。"言冰云很自信。

范闲心里松了一口气，拍着他的肩膀又说："放心吧，虽然如今的世界是他们的，但终究是我们的。"说完这句话后，他就离开了房间，留下身后在回味这句古怪话语的言冰云。

随后几天，使团方面在处理与北齐的外交事宜，正使范闲却与言冰云在房中密谋着那件事。言冰云也不再遮掩，将自己掌握的情报加以分析，为范闲今后的行动明确了思路。

信阳那方面用拖字诀，太后那方面也要用拖字诀，唯独宫中需要想办法接触一下。范闲曾经动过念头是不是应该去拜访一下那位上杉大将，却被言冰云坚定地阻止了。在他看来，如果对方需要，自然会主动找上门，范闲进入上京后做的事情实在是一塌糊涂。

范闲沉默受教，知道这方面自己确实不如言冰云。他谈过重新整合北方谍网的事情，言冰云明显不放心他的能力，一直没有松口。

"那位沈大小姐很有能力，居然知道你藏在使团里，又上门来了。"

范闲带着一些恶趣味看了他一眼。

言冰云面无表情地道："通知沈重，他会处理自己女儿的事情。"

范闲真的很不理解这位年轻的官员怎么磨砺出如此冷漠的心志。

庆国的使团安静下来，就轮到别的势力着急了。盛掌柜常常来送酒，卑微地传达信阳方面的致意。沈重也重新邀请了范闲几次，范闲随意找了借口推托掉，对方也没办法发脾气。反倒是长宁侯心疼到嘴边的肥肉溜掉，在沈重面前哭丧着脸催了好几次。

长公主与上杉虎之间有协议，但信阳方面在北齐没有根基，需要监察院的力量帮助。在范闲的劝说下，言冰云终于同意了他的计划，准备动用这四年来铺织的网络。

南方的消息说庆国朝野平静如常，只是监察院的报告里提到山东路那边最近出了几宗极蹊跷的命案，死者都是普通百姓，凶手行事的手法却极其凶残。这本应是刑部的案子，只是这些命案在当地引发了太多惊慌，所以现在被监察院四处接手了。

范闲没有将这些命案放在心上，言冰云也没有注意到这里，上京的事情已经够他们头痛了。

范闲推托宴请的理由很充分，这两天他经常陪一位村姑聊天，以那位村姑的身份，不论沈重还是长宁侯都没有胆量来抢客。

北齐上京一条幽静的街巷之中，一男一女正在散步闲聊，话语轻轻飘了起来，扰了那些正栖在花丛里贪蜜的蝶儿。

"自然乃一天地，一人乃一天地，所谓天人合一，便是人事必须依循天地自然之道，二者方可和谐。"

"和谐只是表象，大人以为，天人合一，与天人相通又有何差异？"

"噢，这一点本官就不清楚了，只是觉着人法地，地法天，天法道，道法自然，如此方能和谐啊。"

"还是和谐？"

"和谐最高。"

"范大人所论别出机杼，朵朵实在是佩服。"

海棠把双手插在大口袋里，拖着步子，面色宁静，在大街上像个懒婆娘一般走着，哪有半分佩服的感觉。

范闲自嘲地摸了摸鼻子，如在宫中那天一般，学她的模样走着"扫地步法"，心想幸亏这条大街比较清静，不然自己二人这般走路只怕会被旁观的行人笑死。似乎猜到他在想什么，海棠说道："我只是觉着这样走路舒服，至于旁人怎么看，我还真不在乎。"

范闲略一思忖，发现这话倒也挺正确，这样走路确实比昂首挺胸要来得舒服些，问题是——如果真是懒，为啥不去床上躺着？他心里这般想着，嘴里就自然而然地说了出来："我还是觉得躺床上舒服，海棠姑娘要愿意，咱们可以躺在床上说说文学，聊聊人生……"

海棠看了他一眼。

范闲有些窘迫地笑了笑，他对海棠这个奇妙的姑娘确实没有太多男女方面的想法，只是不知道为什么，她总能让自己很放松。

重生后，他一直想经历许多有趣的事，认识许多有趣的人，此次出访北齐，很大程度上也是为了满足这个精神需要。虽然一路上夹着暗杀阴谋，经受的事并不如何有趣，但认识了言冰云和海棠这两个有趣的人，他觉着已是比较划算。

"听说范大人前些天与沈重大人见过一面？"

海棠伸手拔开街畔垂下的青枝，如今天时已渐入夏，只是前些天雨下得密，没有暑气烘烤，树木花丛春意犹存。

范闲点点头："不欢而散。"

苦荷超然朝政，依然偏向太后方面，他猜到海棠为什么要问这个。

"不欢而散？"海棠温柔地笑了笑，"我只是好奇，范大人如此急忙抛出那提议，难道不怕传回南方对你造成影响？"

范闲笑着回她："我不是很明白姑娘说的是什么？"

海棠说道："太后对大人的提议很是动心。"

范闲面色微沉地说："海棠姑娘应该知道这些天本官一直闭关拒客，之所以您一说话我便出来陪您散步，全是因为本官心里觉着姑娘虽在雾渡河畔出手过，毕竟是世外高人，不会谈论这些世上蝇营狗苟的事……海棠姑娘，您令本官失望了。"

"我如果不说这些，只怕范大人会更失望才对。"海棠心神清明，根本不会被范闲的花言巧语骗了去，"太后请您入宫。"

范闲呵呵一笑，拱手行礼道："劳烦海棠姑娘传话，辛苦。"

"范大人先前说诚者天之道也，诚之者，人之道也。"海棠的眼睛明亮得就像宝石，"既知其道，何不行之？事人以诚，岂不轻松？"

范闲缓缓运转霸道真气，抵抗住对方的压力，微笑着说："诚有大小之说，诚于人，小道也，诚于天下，大道也……海棠姑娘若以诚待人，何不告诉在下，肖恩究竟有什么秘密，竟连令师这样的世外高人也动了心念。"

海棠叹道："家师诚于天下，故不能多言，只是肖恩心头那秘密保住了他二十年性命，若那秘密传入民间，只怕天下会乱上二十年。"

范闲一怔，他知道一些旁人都不知道的事情——依海棠这般说法，难道神庙那处有什么危险？

二人不再谈此事，重新开始清谈，不外乎是在哲学、神学这些玄之又玄的门道上打转，反正范闲有前世的中哲史打底，从董陆王的理论里随意拈几条出来虚应着，便让海棠大感吃惊。

不知道为什么，春末夏初的北齐上京城，雨水竟会如此充沛，先前还是淡淡暖阳耀春光，一阵微寒小风吹过，便有雨点穿过二人头顶的树枝泼洒了下来。

砰的一声，范闲撑开身边的雨伞挡在海棠的头顶。一般情况下，以他的身份出门遇雨自然有下属打伞，但此时就他们两个人，不管从何论，他给海棠打伞是理所应当之事。

雨水湿了街道，范闲看着四处躲雨的人们，暗自观察着海棠。此时街上全是积水，他早已撤了村姑步，心想难道你还能这么走吗？

海棠依然那般走。

范闲耸耸肩，然后才发现海棠的双脚虽然在积水上拖行，但鞋下似乎有一种看不清楚的力量正托着她的全身，鞋底与水面竟是没有接触。范闲自忖自己绝对做不到，不由自嘲地笑道："海棠水上漂。"

海棠不理他，依然那般走。

范闲叹了口气道："我就不信你这么走路能舒服。"

"我不喜欢那个叫言冰云的人。"海棠忽然开口说。

"海棠姑娘一向深居山中宫中，应该与咱们大庆朝的云大才子没有什么交往才对。"

"用欺骗女子的手段获取自己的利益，无耻。"

"我们是官员，不是一般的民众。"范闲可不愿意小言公子这辈子都被一位九品上的强者惦记，替他开解道，"有些不得已的事情，我们必须去做。"

"无耻便是无耻，与官身无关。"

"虽说无情未必真豪杰，若心太柔软，在这乱世上如何生存下去？"

"范大人以为如今的天下乃是乱世？"

"人心思乱。"

"范大人以为乱世方能出英雄？"

"不求以英雄之名立世，只求做个无愧此生的大丈夫罢了。"

二人说说停停，来到一处小庙外。恰在此时，天上的落雨凑巧地停了下来。此地远在京郊，十分幽静，四周没有一丝人息。

一片树叶落在庙前的石阶下。

庙门被缓缓推开，范闲看着庙里坐在香案旁的那位女子，微微失神，行礼道："司姑娘，好久不见。"

海棠笑道："范大人要做大丈夫，却如我所料是个怜香惜玉之人。"

唰的一声，范闲收拢湿漉漉的雨伞，望着起身相迎的司理理微笑地回道："无情未必真豪杰，怜子如何不丈夫？"

"无情未必真豪杰，怜子如何不丈夫？"海棠缓缓重复了一遍，脸上又恢复了那种平常的笑容，领着范闲踏入了小庙。

"范大人。"司理理裣衽一礼，范闲面上带着温和而疏远的笑容，拱手回礼，"司姑娘什么时候入的上京？"

"托大人福，三天前就入京了，一路平安，多谢大人记挂。"司理理还穿着那件旅途中的湖绿色薄衫，天时已热，自然不怕着凉。

范闲又与她轻声说了几句话。

海棠在一旁静静地看着，眸子里闪过一抹笑意，这二人故意扮出的陌生又怎能瞒得过她的眼睛。范闲也有些奇怪，为什么海棠会将自己带到司理理寄住的庙中，服侍司理理的那些宫中嬷嬷又到了哪里？难道她不知道自己身为外臣，与北齐皇帝想要的女人应该保持着三千里距离才合适？

"这是我住的地方。"海棠解释了范闲心头的疑惑，"理理如今不方便入宫，所以陛下请我代为照顾。"

范闲苦笑了一声，这才想起司理理曾经说过，她与海棠当初在北齐皇宫里是手帕交。庙虽偏远，他依然有些忌讳，对海棠说道："我在外间等姑娘。"不等海棠回话他便出了门，在外面等着。

等他出门之后，海棠深深看了司理理一眼，说道："我将他带来与你看一眼，你没有什么话要与他说？"

司理理抬起头来，脸上闪过一丝惆然，轻声道："我说过我不想见他，估摸他也不想见我，此时他在门外还不知怎么埋怨你。你太胡闹了，就算你是苦荷的徒儿，这种犯忌讳的事情还是少做一些。"

海棠笑道："只是看看怕什么，陛下可不是个小心眼的人。"

另一处雅致干净的小房内，缕缕清香渐弥禅房，几上清茶与家什的琥珀色一混，让人看着感觉十分宁静。

"你带我见司理理究竟是为什么？"范闲盘膝坐在茶几另一面，皱着眉头，那张清逸脱尘的脸上终于多了些烦恼。

"先前我说过言冰云。"海棠微笑着说道，"我想看看范大人是不是和世间一般浊物相同。"

"浊物这个说法倒新奇荒唐。"

"范大人莫非没有看过《石头记》？"海棠有些诧异。

范闲心里咯噔一下，没有应这句话，而是苦笑着说："海棠姑娘，您是不是误会了什么？司理理姑娘只是我一路押送的要犯，只是协议中的一款，我与她之间并无什么瓜葛。"

"大人也误会我的意思了。"海棠轻声说道，"今日请大人来寒舍稍坐，实在是有件事情需要大人帮忙。"

"什么事情？"范闲问得很直接。

海棠笑着说道："就是上次陛下将范大人留在宫中苦恼的事情。"

范闲立即回道："很明显，那个时候，陛下不想让你知道他的苦恼。"

海棠用左手轻挽起右手的袖子，两根手指端着一个小茶杯送到唇边，缓缓喝了一口，说道："陛下确实不想让我知道，但他的苦恼与我却是多年好友，而且大齐朝中愿意帮他解决这个苦恼的人只有我。"

"我一直不明白。"范闲此时当然猜到北齐那位少年天子在苦恼什么，"既然朝野上下对司理理入宫有这么大的反对意见，贵国皇帝为什么还要一意孤行？看目前这局面，司理理只能暂时寄住在海棠姑娘居所，想来太后也不允许她入宫？"

"范大人怀疑这件事情后面还有隐情？"

"不错，我从来不相信帝王家还有所谓感情这种东西。"不知为何，范闲有些隐隐的不愉快，说话便刻薄了许多。

海棠一怔，双眼静静地盯着他，半晌后说道："帝王也是人，男女之事，怎么能说得准？"

范闲摇了摇头，想到以前那个世界的皇帝们，或许唐玄宗算是一个另类，可最后杨贵妃不还是在马嵬坡化作了一缕香魂。

"范大人已经成亲了。"海棠装作无意地说道。

范闲微微一愣，旋即想起了家中的妻子，想起了庆庙香案前的那次初遇，不由得唇角浮起充满了幸福感的微笑。

海棠注意着他的面部表情，在心里叹了一声，说道："听闻范大人夫妻感情极好，若有人阻止你们二人在一起，您会如何做？"

范闲挑挑眉毛，没有回答，如果这世上真有人敢夹在自己与婉儿之间，那一定是自寻死路。他似乎有些明白了那位年轻皇帝的情绪——但想到对方倾慕的对象是司理理，他的心情还是有些异样。

海棠所请其实也是范闲所愿，司理理不能入宫，损失最大的就是他与监察院，他只是猜不到对方为什么会想到找自己。

海棠说道："没有人愿意帮陛下将司理理迎进宫来——理理在南方的身份有些问题。而我则囿于身份，在这件事情上不便说话。"

范闲冷笑着说："她那是在为你们北齐卖命。难道我一个外臣就方便说话？这件事情在雾渡河之后，就与我没有任何关系了。"

海棠微笑着说道："陛下与我只是想借助范大人您的智慧。"

范闲一听哑然失笑："海棠姑娘真是抬爱。"

"范大人不过一载工夫，便成为天下瞩目的一代诗仙，南朝实权大人物。若说范大人没有智慧，这世上没有人会相信。"

"我会想个法子，但不知道能不能成。"范闲取了残茶一口饮了，"关键还是太后，太后如果不愿意，什么法子也甭想成功。"

海棠站起身来，微微欠身："先行谢过。"

"看来姑娘与司理理的情分果然不浅。"范闲躬身还礼，"若在下将来有求于姑娘处，还望姑娘记得今日你我之间的情分。"

海棠应道："只要不涉本国朝政，无不允诺。"

范闲说道："放心，我要托您办的事情也许永远不会发生。如果发生了，也只是我们庆国内部的问题，与北方无关。"

"如此便好。"海棠心里轻松了一些。

范闲身为南朝正使，在上京所有的行动都处在北齐朝廷的监视之中，极难有自由行动的机会。不过今天例外，因为他是在与海棠姑娘散步，海棠明显很不喜欢锦衣卫跟着。一路雨伞同行，看似闲庭信步，却将那些暗梢全甩了。

从小庙里出来后，范闲伸了个懒腰，发现街角并没有熟悉的锦衣卫，笑了笑，抬步向街角的一条小巷里走了进去。

清风吹拂着枝头偶尔坠下的露珠，擦着他的脸颊滑过。

想到司理理与皇帝，他还是有些不明白，不过海棠刚才提及的话题却让年轻的他满腔心思都回到了京都，回到了妻子与妹妹的身边。思乡的情绪开始泛起，温暖的感觉开始盈满胸间。

巷口偶有行人经过，有些苦力正推着板车抄着近路，赶往做工的店铺。范闲脸上带着阳光般美好的温柔笑容，缓步走向巷口。

一辆板车从他的身后推了过来，将将擦身而过的时候，范闲手腕一翻，一直捏在掌心里的黑色匕首横着刺了过去！扑哧一声闷响，匕首插入苦力打扮的密探咽喉，寒刃入肉，那人立毙于地。

下一刻他踩着将翻的推车，像道影子样飘到巷尾，手指夹着毒针扎入另一人的胸间大穴。紧接着，他左手诡异地从右腋下穿出，三支弩箭齐发，将满脸愕然的又一人活活钉死。

一掌将被毒针麻住的那人颈椎砍碎，范闲脱下衣服翻了过来，用雨帽遮住了头脸与阳光的笑容，从死人身上拔出弩箭，走出了巷口。

从小庙出来后，范闲的身后一直有三个人跟着，不知道是锦衣卫的密探还是宫里的人手，今天他不会允许任何人跟着自己。

出了巷口，湿漉的街道上行人渐渐多了起来，他低着头沉默地行走在异国的百姓之中。他没有坐马车，因为任何一次与人接触的机会都可能留下蛛丝马迹。依照监察院的反跟踪守则，他应该寻找一间布店之类的所在，通过后门再经历几次转折才能去往自己的目的地。但他没有采取这个方法，一来是他自信没有人跟着自己，二来他认为转折过多接触的人过多，反而容易被人发现。途中他很小心地偷偷进了一处官宦府第，不知去做了些什么。很凑巧，上京的天空又开始下起雨来，雨丝无声却有形，有效地掩去了他的行踪。

上京南城教坊附近有一个平民聚居区，叫作张家店。此处龙蛇混杂，但这些年治安还算不错，加上生活便宜，渐渐热闹了起来。那些没有多大资本的小商贩们，也开始鼓起余勇，存起余钱，在这条街上置些店面，做起了坐地生意。

此地不比秀水街，卖的都是日常用物。打东面走过去的第三间铺子就是这样寻常的一个地方。这间铺子是卖油的，油是从东夷城那边运过来的海外棕油，价钱便宜，口感也不错，但色泽不大好，尤其是每到冬天，总会有层白色的絮状物，所以稍有些钱的人家还是愿意用齐东那边出产的菜籽油。好在没闲钱的人总是大多数，所以这家连招牌都没有一个的油铺还能生存下去。不过他们也不敢多请人，除了一位老掌柜之外只有一个帮工兼伙计。

　　今儿个反反复复下了好几场雨，张家店这里的行人本就不多，更显冷清。油铺的买卖与天时没有什么关系，谁家没油吃了自然会前来，所以油铺的老掌柜并不怎么着急，搬了条长凳子坐在自家门口看着铺外的雨丝发呆。也许是掌柜真的老了，店里的年轻伙计觉着这一年里掌柜发呆的次数，要比以前多了许多。

　　"掌柜的，我要买油。"一个人站在了油铺的门口，挡住了铺外黯淡的天光。

　　老掌柜摆摆手，示意他自己进去。

　　那人掀开雨帽，露出一张平实无比的面孔，走进铺子里，对着那个正在打呵欠的伙计说道："小伙子，我要买油。"

　　伙计堆着笑说道："您要什么油？本店除了棕油，还新进了一批齐东来的菜籽油。"伙计态度恭敬，心里却在嘀咕，来咱店的人当然是买油，这不说了句废话吗？

　　那人说道："给我来半斤棕油。"

　　伙计脆生生地应道："好嘞。"他利索无比地灌油上秤，然后发现那人的双手竟是空的，不由摸了摸脑袋："这位客人您拿什么装？"

　　"您这儿有壶吗？"

　　"有，木壶三文钱一个。"伙计很高兴多做了一笔生意。

　　那人接过油壶后却没有说话，似乎还在考虑什么。

　　伙计好奇地问道："您还要点儿什么？"

"有香油吗？"

"有香油吗？"这句话很轻柔，并不怎么大声，坐在铺子外面的老掌柜撑着长凳的枯干右手却微微颤抖了一下。

店中伙计没好气地说："咱们这店没有这么好的货，这整个张家店，谁家吃得起香油？"正说着，老掌柜已经慢条斯理地走回了柜台，挥手示意伙计离开，满脸微笑地望着这个客人，解释道："香油太贵，除了祭天的时候用，一般没有人买，这祭天的日子还有大半年，所以小店还没有进货。"

那人笑了笑，说道："除了祭天，祭人也是可以的。"

老掌柜笑得愈发恭敬，说道："那您说说数量，本店可以代客订购。"

对话到了关键的地方，二人说话的声音都小了起来。不过那人的记忆力一定很好，所以才会将下面那一溜儿斤两说得清清楚楚、毫不含糊："我要买七斤三两九钱四毫……棕油。"

老掌柜噼里啪啦打着算盘，忽然面露难色，说道："这价钱有些问题，这位客官，咱们入内室再谈吧。"

"如此也好。"

老掌柜吩咐了伙计几句，便领着这位客人进了后室。伙计此时才知道，原来这人不是来买油，竟是来卖油的，不由得伸了伸舌头，心想刚才幸亏没有得罪这个做香油生意的老板。

这位香油商人就是范闲，他随着老掌柜入了后室，才发现这和自己想象中的接头地点完全不一样，竟是天光清透，一片光明。

没有茶水，没有寒暄，老掌柜盯着范闲的双眼，苍老浑浊的眼中带着一丝审慎，说道："客人从南边来？"

范闲点了点头。老掌柜做了个请的手势。范闲叹了一口气，心想言冰云弄的这套程序实在是有些烦琐，但还是将另一个数字报了出来。老掌柜确认了他的身份，整个人放松下来，从袖子里哆哆嗦嗦地掏了半天，将一把淬了毒的小刀子搁到了手边。

如果来的人是齐国的探子，老掌柜必须在第一时间了断自己。这也是言冰云被生擒之后，一直觉得很屈辱的原因。

老掌柜看着他问道："大人在监察院里任什么职司？"

范闲摇摇头说道："我想眼下的状况不允许我们啰唆。"

老掌柜苦笑一声："整整一年没有收到上面的消息。头目出事后，朝廷一直没有派人来接手，我还以为准备让我们开始长睡哪。"

所谓长睡，就是潜伏在敌国的密探系统出现缺口后马上停止一切运作以免暴露，期限有可能只是一个月，也有可能是……十年。

言冰云这个大头目被擒，本来是两国谍战里最不可能发生的事情，因为他并不需要承担运送情报回国、亲身打探这些危险的事情。长公主玩的这一手，让整个监察院北方的网络都陷入了瘫痪。

言冰云在北齐人手上，朝廷及监察院方面自然不敢冒险与这些下线联系，才会造成这一年的空窗。

"我希望一年的停顿，大家的身体没有生锈。"

"请大人放心。"老掌柜知道面前这人既然能够前来接替言大人的职司，那一定是院中了不起的大人物，回答得格外小意。

"三件事情，有急有缓。"范闲知道在这一年里，这位老人以及那些不知数目的院中密探一定过得非常艰难，就像是漂泊在外，无处可归的孤儿一般。他将话语放柔了一些，"最急的事情是，马上查出肖恩被关在哪里。然后查一下太后与皇帝之间生出嫌隙的真正理由。"

这是范闲一直想不明白的地方，那位年轻皇帝怎么看也不像个蠢货，为何亲政之后却与自己的母亲搞得势成水火？

他接着说道："查肖恩的事情要快，宫中的事情可以缓缓。至于第三项命令，我想你应该清楚，内库这些年一直在向北面走私。"

老掌柜眯起了双眼，眼睛中头一次出现异样的光彩："那是信阳方面的问题。大人，院中终于决定动手了？"

范闲摇摇头说道："查……给我查得实实在在，不过一根毫毛也不要动他们。先把能控制住的关节都控制住,如果院里动手的时候,你要保证手中有的东西,足够将这条线路打捞得一干二净。"

"明白。"老掌柜懂了,这是长线任务,可以慢慢来。

范闲心里在想别的事情,崔公子那件事情不知道是不是丈母娘故意在试自己,还是对方目前有求于己所以暂时忍让。

"我应该如何回复大人?"

范闲说道:"两个月之内,应该没有具体的执行人来上京,我会暂时派一个人与你联络。"

老掌柜担忧地说道:"大人请谨慎,虽然自肖恩被抓之后,这二十年里,北齐的锦衣卫远远不能和当年北魏的缇骑相提并论,但身在敌国,下属总要为下面那些孩儿们考虑。"

这正是为什么迟迟一年监察院都不敢冒险联络这些"孩儿"的原因,范闲说道:"放心,那个人是院子里最不可能被人跟踪的家伙。"

他说的当然就是王启年,那个一辈子只会跟踪别人,却没有被人真正缀上过的奇才。在这个地方不能多待,说了几句话,范闲便准备起身离开,离开之前,他忽然说道:"接头的暗号改掉。"

"是,大人。"老掌柜微微佝身。

"一三一四五二七七七。"

老掌柜重复了一遍这个看似毫无规律可循的数字,没有丝毫差错。

范闲点点头后回了前堂,像个商人一般与老掌柜拱手告别,尽管如此,还没忘了提着手中的两壶棕油。看见这位客商出门之后,小伙计凑趣地说道:"东家,这么早就准备进香油?"

老掌柜微笑着说道:"是啊,有一笔大生意。"

伙计心想,就自家这个烂油铺,难道能像东夷城的那些油商一样做几船几船的大生意?不免有些瞧不起老掌柜的不思进取。

路上,范闲小心地将手里的油处理掉,不敢赠予街头的乞丐,不敢随手扔掉，监察院行事准则里很关键的一条，就是不能低估敌人的能力。北齐锦衣卫指挥使沈重在那个雨夜青楼里表现得似乎并不如何强大，但范闲知道那绝对只是表象。

将油壶处理掉之后，他踏上了返回使团的路。此时天光已暗，路上行人渐趋稀少。经过上京玉泉河上的拱桥时，他在雨篷内用双手在脸上揉搓几下，将从那户小姐家偷的脂粉、胭脂全数抹掉，揉成掌心里的一个小团粉状污物，然后手掌在石拱桥的狮子上轻轻摸过，粉末簌簌落下，悄无声息地与桥下的河水混在一块，再也没有人能够发现丝毫痕迹。

落桥穿巷，从某一处民宅侧边转出来时，范闲已经恢复了本来面目，取下了雨帽，翻转了长衣，就像是刚刚与海棠姑娘分手时那样，面容清秀，神采清逸。

第七章

越狱与跳崖

他大摇大摆地回到使团，在别院对门喝了很多天茶的锦衣卫望向他的眼神有些异样。范闲清楚，那三枚钉子死了的消息一定已经传到了沈重的耳朵里，但锦衣卫方面只能吃下这个闷亏，至于什么时候能报复回来，那就不在他的考虑范围之中了。

别院最幽静的那个院子里，言冰云半躺在矮榻上，榻上堆满了柔软的锦被。虽然范闲给他治了伤，但这一年来所受的折磨根本不可能在短时间内恢复。他的身体受不了大力碰触，范闲只好想了个法子将他埋在棉堆里面，好在最近天气不太热。

知道这位冷漠的言公子如今是身心俱疲，亟待休养，但范闲依然要打扰他，在北齐的最后这些天他必须借重对方的手段。

就今天的情况进行了简单的交代之后，言冰云盯着范闲的双眼，轻声说道："我希望大人没有露出痕迹。如果我手下这些人被全数拔起来，就算您是院中提司，我也一定要参你。"

范闲说道："我知道你手中的力量远不止这一条线。单线联系虽然安全，但是效率太低，其他方面你也要想办法动起来。这些事情，我没有时间处理，准备交给王启年联络，不知道你对这个提议有何看法。"

言冰云眼中闪过异色，对方这几天的表现只能说是中规中矩，最大的优点是愿意听取自己的意见，今天居然会一语道破自己打的埋伏，看来对方……至少有些小聪明，于是表态道："王启年我放心……院子里最早在北方潜伏的那批人，王大人就是其中一位。"

范闲怔了怔，没有想到王启年当初还做过这件事情，又听到言冰云继续说道："依照大人的计划，我们会配合上杉虎把肖恩所在挖出来，但我不希望院中的人手涉入太深。"

范闲知道他是不想潜伏在北边的人手因为朝廷内部的倾轧而付出太多牺牲，立马应承道："放心，我会把握分寸的。"

言冰云道："上杉虎是真正的雄狮，可惜在上京这片深海里却找不到借力的地方，才会寻求长公主的帮助。去年他肯放弃北面的基业回京，一定也与那个协议有关。皇帝答应他把肖恩换回来，他答应皇室回京述职……沈重会盯他特别紧，相信他动手救肖恩的那一刻，也就是宫中找到借口动手的时候。"

范闲知道他猜到自己想做什么，轻声说道："……由着他们去斗，反正对于咱们来说，没有一丝损害。"

离开后院，范闲找到王启年将任务分派了下去，王启年将那串数字记住了。他是范闲心腹中的心腹，壮着胆子问道："一三一四五二七七七……大人，这串数字好像代表着什么东西。"

"一生一世我爱钱钱钱。"范闲笑了笑。

在澹州的土话里，钱与七的读音极其相似。

当然，与妻的读音则是完全相同。

张家店的那间油店这几天生意不错，老掌柜多卖了几桶油。一条消息便开始在沉寂了一年的监察院四处北方司间谍线上流动起来，没用多长时间，那些伪装成各式各样角色的间谍们都领到了一年后的头一项任务，各种情报通过各种途径反馈回来，经由线上的几个断点进行归纳，最后送回了张家店的那家油店里。

同一时间，南庆使团开了几次宴会，用酒量也增加了不少，秀水街那位盛掌柜不免也往别院多跑了几趟，多拍了几次范闲的马屁，终于得到了信阳方面和上杉虎一直很想要的那个信息。

　　情报未经处理，只是垃圾——居中处理许多信息，并且从中择出有用的情报加以分析，最后得出一个相对精确结论的人物是言冰云，这几天后院里经常传来他咳嗽的声音。

　　范闲没有太多事情可做，毕竟是使团正使，喝酒加迎来送往才是正途。这一天，他在海棠姑娘的陪伴下入了宫。

　　海棠前些天就和他说过，太后邀他入宫有要事相商。喝酒对他来说本是件快乐事，与风韵犹存的敌国太后对饮也不是什么苦闷事。但他回到使团之后，所有官员和下属都知道他的心情相当不好，但无人知道这是为什么。在房间里，范闲冷冷地看着林静问道："这个使团，究竟我是正使还是林大人是正使？"

　　林静好生不安，有些紧张地应道："范大人何出此言？使团自然唯范大人马首是瞻。"

　　范闲冷笑了两声："那请林大人告诉我，为什么今天入宫，太后居然说北齐的大公主要嫁给本朝大皇子？这是何等大事！为什么出使至今本使都不知道这件事情？你们在鸿胪寺、太常寺这些天都把公主出嫁的事情安排妥了，我才知道原来自己回程的时候还要迎亲！"

　　林静松了一口气，心想原来是这么回事，笑着回道："大人，这您可别怪下官了，使团只是转了封太后的亲笔书信给北齐太后，咱们这些做下臣的哪里知道，这二位在信里就定了自家儿女的婚事。等这事情从宫里传了出来，咱们还能说什么？本来要通知大人，但大人前些天经常不在使团，才误了些时辰。"

　　林静知道这位年轻大人有生气的理由，笑着递了封信过来："正式国书马上就到，这是朝廷的密信，陛下和太后愿意成就这门婚事……其实……还有两件喜事，下官要恭喜范大人。"

"恭喜个屁！真是胡闹台！"范闲一想到又多出些事，好生恼火，连陈萍萍的口头禅也学了个十足，骂道，"那些老娘们儿吃多了咸菜操淡心，也不怕把我们这些跑腿的累死。"

林文吓了一跳，心想这话何其大逆不道，赶紧说道："朝廷的事情有朝廷的规矩。但宫里的事有宫中的渠道，大人不要太过在意。"

范闲心想这联姻看似胡闹，但看两方如此着急，想来也是都愿意看到的局面。只是南庆、北齐并称当世两大强国，如果两国联姻，那些躲在边远处偷笑度日的小国只怕乐不起来了。当然最头痛的应该是一剑守着东夷城的那位四顾剑。

"对了，你刚才说我有喜事？"他忽然醒过神来，不知道大皇子成婚与自己何喜之有。

林静笑道："大人自己看过朝廷来信便知。"

"你说。"范闲忽然有些莫名的不安。

林静微笑着说道："大皇子婚事定后，二殿下的婚事也定了。陛下有旨，二皇子与京都守备叶家小姐叶灵儿的婚事定在明年春时。"

范闲微微一怔，那位在湖畔叫自己师傅的小女生也要嫁人了？他见过二皇子，知道这位二皇子饱读诗书，却有一颗不安分的心，不免有些为叶灵儿担心，心想皇帝陛下究竟想做什么，将叶家与二皇子绑在一处，难道真的想……换储君？想着这种可能，他很是震惊，神情却没有任何变化，问道："这和本官又有什么关联？"

林文抢在兄弟之前笑着说道："恭喜大人，陛下旨意里还说，贵府大小姐贤良淑德，大体识才，特赐婚靖王世子李弘成……"

贵府大小姐？范闲有些茫然，心想贵府是哪个府？半晌后他才反应过来，心想难道说的是范家？贵府大小姐就是妹妹？

若若妹妹要嫁给李弘成？

"不行！"出乎所有人的意料，范闲霍然起身，猛地一挥衣袖！

几位官员张大了嘴，不知道范大人听见亲妹妹的婚事后为什么会有这么强烈的反应。众人恭喜范大人、贺喜范大人本是绝对发自真心的说法，想范府一家，司南伯范建为吏部尚书，掌管庆国钱粮，范闲身为监察院提司，陛下指婚前任宰相之女，那位小姐还有个大家心知肚明却不敢提的尊贵身份，如今就连范家大小姐都被陛下许给了堂堂世子李弘成……如此圣眷，本朝中还真没有第二个。

范大人的反应居然是……不行？！

范闲一时失态，眼角余光看着众人愕然神情，马上醒了过来，哈哈大笑道："这可不行，李弘成这小子天天逛青楼，不用几百罐美酒将我这大舅子陪好，我才不会让妹妹嫁给这家伙。"

他掩饰得极好，众官员也知道范家与靖王家交好，他与靖王世子也是极好的朋友，心想原来是开玩笑，便赶紧笑了起来，说大人幽默，又说回京后定要上府叨扰。更有人说要与范大人同行，去寻那靖王世子，好好敲诈几顿美酒才是。范闲则是眉飞色舞与众人说着闲话，像极了一位听说妹妹即将出嫁而兴高采烈的兄长。

人散后，范闲一个人走到了幽静的后院，站在廊柱之旁，看着南方天空从满天黑云的空隙中钻出来的星辰，良久无语。

妹妹要嫁人了。

妹妹要嫁人了！

范闲眯着眼睛，看着天上并不明亮的星辰在夜幕重云间忽闪忽闪，一阵心悸，脑中全是这句话，这件事。

他刚刚来到这个世界不久，在澹州给那个黄毛小丫头讲白雪公主的时候，就知道她将来有一天是要嫁人的。在澹州与京都的书信来往间，他偶尔也会想到，信纸那头，那个渐渐长大不知道模样的小姑娘将来会嫁给一个男人。后来到了京都，看见那个眉宇间藏着一丝冰雪，人也如冰雪般聪慧，视自己如师、敬自己如兄的姑娘家，范闲偶尔会想到，将来哪个普通的男子娶了她一定会过得很辛苦。

但不知道从什么时候起，也许是从范闲猜到自己身世的那一天起，他就开始下意识里拒绝思考若若妹妹将来嫁人的问题。哪怕那位微服出访的皇帝陛下，在流晶河畔的茶坊里对着兄妹二人说将来会给若若安排一门好亲事的时候，他依然拒绝去想这个问题。

可事情向来不以人的意志为转移，当范闲自己成亲之后，范若若的婚事自然也成了马上就要解决的问题。

他轻轻拍着身边的廊柱，心神有些恍惚。

他曾经与妹妹说过这个问题，还曾信誓旦旦地说道，做哥哥的一定会让妹妹找个好人家。但事到临头，他却乱了起来，脑子里就像是有无数条线在穿插来回，让他艰于呼吸，无法思考。

啪啪啪啪，手掌与廊柱拍打的声音轻轻地回荡在院内。

"很吵。"一个冷漠的声音从走廊那头传来。

范闲苦笑无语，今日心情震荡太大，忘了自己住的院子里如今还住着位言公子。

"大人今天心思好像有些纷乱。"

言冰云不是关心他，只是好奇这个习惯于将一切心思都隐藏起来、只留给外人清逸阳光模样的监察院提司今天晚上为什么如此唏嘘。

范闲看着幽暗的夜幕，幽幽地说道："我妹妹要嫁人了。"

"范家大小姐？"言冰云想了想，说道，"京都出名的才女，想来应该是陛下指婚。"

"不错，我未来的妹夫是靖王世子李弘成。"

言冰云说道："京都人都知道世子喜欢你妹妹。"

范闲愣了："是吗？为什么我不知道。"

"如今府上与靖王联姻，除了几位皇亲外，单论贵亲还真没有哪位臣子能及得上范府，下官真要恭喜大人了。"

范闲总觉得言冰云冷冰冰的恭喜里面夹着一丝恶毒的意味，微笑道："确实是件喜事。"

"既然是喜事，大人因何忧愁？"

范闲笑道："弘成是我朋友……但一个经常出入花舫的浪荡王爷要变成自己的妹夫，我想不论是谁都会有些担心。"

言冰云看了他一眼，说道："难道范大人从来没有逛过青楼？"

范闲心情有些不好，不想与言冰云做口头之争。房内没有举烛，天上星星寂寥可数，院中一片幽暗，他回头看着言冰云眉心那抹在夜色之中抹之不去的冷漠，忽然心思一动，脱口而出：

"你想不想娶我妹妹？"

"胡闹！"言冰云痛斥提司大人的荒唐。

范闲叹道："也对，你是一个只爱自己的人，怎么懂得如何疼惜女子？说起来，你与沈小姐的事情准备怎么收场？"

言冰云面无表情，但范闲终于第一次成功地在他眼里看到了歉意与黯然，只听着他轻声说道："我可不是你这种淫贼，至于沈……我与她没有什么事情。"

范闲明白，言冰云与沈大小姐注定今后一生天各一方，遥遥相望，虽然不知道言冰云在这个过程中究竟动过感情没有，但想来对于一个痴心女子总会有所歉疚才是。

因为歉疚二字，他的心思又转回到若若的婚事上，淡淡的忧愁涌上心头。其实所有人都说得对，妹妹嫁给李弘成总比嫁给那几个皇子强，他应该高兴才是，但他无论如何也高兴不起来。他都不知道自己在想些什么，只是某些细节——比如头前的长身而起、事后的黯然拍掌，泄露了他心底最深处那些自己都没有意识到的想法。

他对走廊那方的言冰云说道："沈小姐自然没有办法嫁你，但如果……我是说如果，如果有这种可能的话，你会怎么做？"

"我从来不去想不可能的事情。"言冰云冷漠地回答道。

范闲笑了笑，离开了长廊。言冰云看着他消失在黑暗中的孤独背影，陷入了沉思之中。

三桩婚事，只是三首小插曲，似乎如此。没有人知道范闲心里的烦恼，一想到那种隐隐的可能，范闲便会浑身寒冷，不知如何言语。远在异国他乡，五竹叔又不在，这件事情根本无处可去诉说。

　　事无不可与人言，此事不可与人言。

　　言冰云的话对他有一定帮助——不可能的事情想那么多干吗——但同时他在心里对自己说道，如果若若愿意嫁，自己这个做哥哥的自然要让她嫁得风风光光，过得幸福快乐，哪怕李弘成陷入二皇子夺嫡之事，自己为了若若也要保住靖王一府的安宁。当然，如果若若不想嫁，那就会是另一个面目完全陌生的故事了。

　　想通了此节，他回复了平静，至少是表面的平静。

　　这些天入宫两次，主要是处理两国开国以来的第一次联姻，兹事体大，连同范闲在内没有一个人敢怠慢。而让范闲有些快意的是，在后宫的强压下沈重与长宁侯终于低下了头，双方关于后年北方货物非正常渠道输入的利益分配和具体措施有了初步的构想。在这个计划中，范闲这个身兼监察院和内库职司的重要人物自然会获得最大的利益。

　　范闲欣慰的不是这件事情本身——今后他的计划自然需要钱财方面的支持，但走私所得还真不如他的图谋更大。真正让他高兴的是渠道改变之后，信阳方面的货物输出一定会压缩，进账会减少，长公主的势力会被削弱很多。

　　他也明白，长公主之所以坐视此事发生，是因为自己应承了她会配合上杉虎把肖恩救出来——长公主会将庆国朝廷的利益放在自身的利益之上，这种无私的做法着实让他有些惊讶。

　　也就是在这些天里，言冰云的统筹能力得到了完美的展现，范闲拿到那个卷宗时不由赞叹出声。他的计划很简单，却是最安全妥帖的手段，最大程度保留了庆国潜伏在北方力量的安全。

　　间谍分很多种，言冰云控制的是暗谍，像油店掌柜和那些潜伏在王公府中的长随甚至还有某些官员。还有一种则是明谍，比如秀水街上的那些老板，南方来的行商，他们周游天下，自然也要将有用的信息反馈回庆国。这几日各处的明探暗探开始发力，冬眠了一年的谍报系统开始苏醒，一切都准备好了，只等上杉虎那边动手。

"北齐朝廷确实很蠢。"范闲喝了口茶，对他说道，"居然这么早就把你放了出来，还让你安安稳稳地在使团里待了这么多天。如果是我，给我十个师我也不换。"

这是范闲前世时的某个典故，言冰云自然听着没有什么感觉，也没一丝感动。

想到某件事情，言冰云的心情依然不好，说道："或许他们认为朝廷肯用肖恩来换我更加愚蠢。不过北齐人换回肖恩却不大用，还要想着法子杀他，这更是蠢到了极点。"

范闲叹了口气说道："有人曾经说过一句话，一国有如一人，它永远不可能是一个完美运转的机器，往往会随着统治者的情绪变化而变化。北齐皇室自身就有意见分歧，又因为苦荷在，才会重新将肖恩囚禁。如果上杉虎不是肖恩的义子，又有谁去管那个老家伙呢？"

"那你呢？"言冰云盯着他的眼睛问道，"一路北上，你明明有机会杀死肖恩，却放过了他。如今对方已经身在上京，你却要救他，救他出来后，你又要……实在是有些莫名其妙。"

范闲笑了笑，关于肖恩身上的那个秘密，他不会告诉任何人，也正是如此，这件事情的过程才逐渐显得有些荒唐可笑。

"这就和下棋一样，虽然最后都是想要将对方的老帅将死，但是我们运兵用卒的过程路线不一样，从中所获取的利益也不一样。"范闲似乎心中有数。

如果在雾渡河畔杀死肖恩，且不说言冰云还能不能活着回国，范闲也永远无法知道神庙究竟在哪里。而此次动用了监察院在北方的所有力量要将肖恩救出来，他只是想设置一个棋盘上的逼宫局，希望能在绕了这么多道弯之后，获得陈萍萍都没有获得的利益。

"肖恩不越狱，锦衣卫不好杀，毕竟上杉虎在北齐军方的声望极高。另外，我不建议你亲自出手。"言冰云看着他认真地说道，"如果苦荷真的放下架子出手了，你只有死路一条。"

范闲默然不语，肖恩的秘密他不敢让别的人听到，只好自己冒险出手。他缓缓敲打着茶几，想象着自己像一位棋手般有些笨拙地移动着棋子，棋盘两方当然是老谋深算的人们，是苦荷与长公主，是太后与上杉虎，与这些人比较起来，他实在算不上什么。但是顽童别的本事没有，就是有掀棋盘的勇气。

所有的事务性工作都完成了，使团与北齐朝廷同时松了一口气，开始纵情饮宴，范闲也不例外。在平静的上京城，唯一显得有些怪异的是，沿着玉泉河两岸发生了几起蹊跷的命案，与这些命案相随的还有可怕的纵火，接连几日，火光映红了上京人最爱的那条河。

范闲清楚这些命案的背后都隐藏着些什么。当冬眠了一整年的庆国情报人员开始行动后，那位叫作沈重的锦衣卫指挥使肯定嗅到了味道，也开始做出激烈而有分寸的反应。

言冰云当年一手布下的暗哨在这些命案中损失了一部分，所以他的表情变得越来越阴沉。监察院四处在上京一共只有十七位密谍，如今为了长公主与肖恩的事情付出如此大的牺牲，由不得他不愤怒。

范闲没有安慰他什么，只是不停地饮酒，寻欢，作乐，召妓。

大齐天宝六年六月初六，三六连贯，大吉之日。

范闲不相信前世西方里关于魔鬼的说法，系上披风领扣时的手指无比稳定，充满了信心。

他仔细将随身的武器与药物归类放好，腰带里一部分，贴身内衣里有一部分，左手小臂上捆着可以同时发射三支弩箭的暗弩，监察院三处秘制的烟药放在右手腕那个指节大小的抛袋中。

他望着桌上昏暗灯光照耀下的那个金属盒，挑了挑眉，盒子打开之后是三颗药丸，红蓝白三色，有一种很诡异的感觉。

红色药丸颗粒不小，只是药味已经有些淡了，嗅不出里面具体的材质。这是很多年前，费介担忧他体内霸道真气留下来的，只是不知道其余两颗药丸分别又有怎样的效用。

范闲将药丸藏好之后，他抽了抽鼻子，精神开始亢奋起来，体内的霸道真气沿着他与众不同的宽阔经脉急速运转，似乎身体每个毛孔都张开了，贪婪地吸取着这天地间也许有也许无的元气。

那股淡淡的麻黄树叶味道让范闲很兴奋。

从桌上拿起那把经过改造后已经变得面目全非的虎卫长刀，掂量了一下感到沉甸甸的。他仔细地用布带将刀捆在了自己的背上，确保是最方便出刀的角度。至于他小腿上那把黑色的细长匕首，这么多年里已经成了他身体的一部分，不需要再专门注意什么。

吱呀一声门被推开，王启年行了一礼，附到他耳边说了几句。范闲点点头，示意他开始。

王启年为难地笑了笑："我的手艺可比大人差得多。"

范闲骂道："我化装后的样子你又没见过，怎么知道手艺比我差？当年你是多国通缉的大盗，难道还不会乔装打扮？"

"隔壁厢坐着的那位不就是大人您亲手打理的？"王启年轻轻一个马屁递了过来，"嘿，那手艺，旁人是不知道，在下官看来大人可是天上的谪仙下凡。"

"净胡扯。"范闲坐到了凳子上，笑道，"就京都旁边供的那些野仙庙，哪个泥像能比我长得更好看。"

一人脸皮厚，一人脸皮更厚，二人这么胡诌了几句，有效地驱散了范闲心头的紧张。

王启年拾起小刀，哧哧在范闲的眉毛上刮弄着，又从桌上取了一撮和好水的湿灰面，开始往他脸上修补。他觉着黏性与颜色与提司大人的

188

面部肌肤依然有些差异，不由皱眉道："还是棒子面儿要好些。"

范闲叹口气道："哪里去找？有一天我倒是偷进一个官宦人家取了些妆粉胭脂，效果真是不错。"

城南一座大宅中，十几位从头蒙到脚的黑衣人举着火把沉默地等待着。在院落的另一方，坐在太师椅上的一位中年人正在闭目沉思，他的右手扶在光滑乌黑的椅手上轻轻摩挲。

他便是在北方抵抗蛮人七年的上杉虎大将，如今天下屈指可数的名将，也是北齐军方实力最强、声望最高的大人物。

他缓缓睁开虎目，两道慑人的寒光望向面前跪着的那人，静静地说道："宫中既然不给我留后路，我也不会坐以待毙。你此去小心，南方的那些人谁知道究竟存了些什么心思。"

这位名将说话的声音不大，但浑厚至极，就像敲钟一般嗡嗡作响。

跪在他前方的正是当日在使团别院前被高达一招制住的谭武，他抱拳敬道："大帅，南人狡猾，您要当心。"

"我自有分寸。"

今日入宫，年轻的皇帝还是没有给他一个准信，太后那边坚持囚禁肖恩，他心忧义父安危，才迫不得已做了这个决断。

"战家的子孙果然不会放过任何一个机会。"上杉虎漠然想着，陛下虽然有些女里女气，骨子里还是有着战清风大帅的遗风，能领军南下一统天下的机会怎么会错过？

所以，义父没有可能会活着从牢里出来。

想到义父这数十年来的凄苦遭逢，他有些黯然，轻轻挥了挥手，向后院走去，在那里，夫人正在准备后几日太后寿辰的礼物。

谭武半跪于地，领命而去。

上京城崇武门外侧的一片民宅内有一处不起眼的小院子。密集狭窄的街巷在这片民宅里穿插着，就算是老上京人也会有迷路的危险。院子数十丈外种着一些北方常见的乔木，树木挺拔如剑，微白的树皮在黑夜里十分明显，由于今年雨水充沛，虽然入暑，枝叶却格外繁茂。

范闲调息着真气，控制着心脉，让自己被笼在黑衣中的身体与周遭的环境融为一体，确保没有人能发现自己。他的目光透过那些巴掌大小的树叶往那片宅子望去，冷静地等待营救肖恩的行动开始。

肖恩就被关在那个小院子里，这是监察院四处花了很大气力才打探出来的消息，但今天晚上动手的只有上杉虎的那些死士，另外就是不知道信阳方面会不会派出什么高手助阵。

在上京重地劫囚，上杉虎这是犯了天条，不论最后能不能成功，他与宫中那对母子的关系都会破裂。想到这点，像只树袋熊一样趴在树枝上的范闲，不由得对南方那位贵人感到万分钦佩。

长公主是个疯女人，但是个很厉害的疯女人，她从反手卖出言冰云的那天开始，似乎就算到了后面所有的变化。不论如何，庆国朝廷都会获得极大的利益，这个女人实在是很不简单。

夜渐渐深了，高树下方的宅院依然一片安静，远方河畔的婴孩在哭泣，近处车行里的老马在有气无力地嚼食着干草，天上的星星都躲入了云中，树叶在夜风里自怜地搓揉着身体。这个夜晚似乎与上京城每个夜晚一样，没有一丝异样的地方。

毫无预兆的，越狱开始了！

一辆马车缓缓驶到小院门口，同一时间，一辆被灰布蒙着的小推车也悄无声息地推到了小院后墙处。小院里的人没有察觉到异样，但在树上俯瞰的范闲却是清清楚楚将这些看在了眼里。

车上下来了一位中年人，有好几个黑影消失在了小院的周围。

"谁！"看守肖恩的锦衣卫警惕性极高，从墙上露出半个身子，手里拿着一架沉重的弩箭对准了小院门口的那位中年人。

中年人是范闲曾经见过一面的谭武，他笑了笑，忽然两道黑光闪过，一左一右两支弩箭狠狠地穿过了那名锦衣卫的咽喉，瞬间鲜血横飞！那名锦衣卫的颈上就像多出了两根铁条，看上去血腥无比。

"攻！"谭武的声音极轻，回应他的却是一声巨响。

从马车上下来一位壮汉，身高约有八尺，手握大铁锤，大步跨至小院门口。只见他右臂肌肉一紧，向院门砸了下去。看他下手的威势，这小院的木门应该是马上变成无数碎木片。

当的一声巨响，震得场中人双耳欲聋。碎木片飞溅，但是那门却没有破，原来木门里竟然是夹着一层钢板！树上的范闲微微一凛，北齐锦衣卫关押重犯的地方果然不是那么简单。

瞬间，院中的锦衣卫做出了反应，向院门处集合，而随着那位壮汉的落锤，夹着一层钢的门也开始吱呀作响，颤颤欲倒。

一阵喊杀声响起，十来个黑衣人攀墙而上，与锦衣卫杀在了一处。这些黑衣人的武道修为不俗，最厉害的却是招式间蕴含着的杀意，每一出招便是风雷相加，舍生忘死。这些常年守在上京繁华地的锦衣卫哪里是这些军中将士的对手，一时间被杀得连连败退。

范闲沉默地在树上看着这一切，知道上杉虎的手下之所以要将门砸开，是因为肖恩双腿被废，根本无法步行。他看着那个壮汉像苦力一般拼命地砸着钢门，忍不住在心里说道："砸墙啊！"却似乎忘记了肖恩的双腿是被自己下令砸烂的。

一道破锣般的声音响起，院门终于被那个壮汉砸烂了，没有人发出欢呼的声音，就连院中的锦衣卫也没有发出惊呼。院门吱呀一声倒下，早有准备的锦衣卫举起随身携带的细弩，破空而至！

那位壮汉的右臂早已被这十数记生砸反震得酸麻不堪，体内的真气也消耗一空，看着扑面而来的弩箭，根本没有多余的力量做出反应。只听着扑哧声起，那些弩箭全数扎进了他的身体，其中一枝刺穿了他的眼窝，吱的一声，一些夹着艳红的晶状物迸射出来。

"啊！"这位壮汉狂号一声，带着身上数不清的弩箭，往院子里扑了过去，每一沉重的脚步踏下，身上都会震出大片鲜血。

他往前踏了三步，便像座小山般颓然倒在了石板地上，立时砸起一阵灰尘，满地腥血，这股气势却是让院中的锦衣卫退了三步。

死去壮汉的身体极其宽阔，挡住了大部分射向院外的弩箭，借着他身体的掩护，谭武与剩下的几个高手冲了进去。当壮汉的尸体压向锦衣卫的时候，他们也已经杀到了锦衣卫队伍的侧边。

高墙上的厮杀已经退入院中，十几个黑衣人手持上京城里极少见的直刃短刀，将二十几位锦衣卫生生地逼杀成了一个不足数丈的小圆。那些黑衣人下手极其狠辣肃杀，虽然人数不及对方，竟是让这些锦衣卫没有丝毫招架之功。

这个时候的场景，就像深海之中的鲨鱼正在围食一大群鱼儿，密集的鱼群总会被撕扯出一片血花，落入那些鲨鱼的嘴中。

不消多时，这些鱼群便会被吞噬干净。

但谭武不能等，大将军的义父还在院中。他一挥右手比了个手势，黑衣人中分出三个最强的高手往楼中杀去。

虽然少了三个人，那些锦衣卫感到的压力依然没有减少，刀光剑影间偶有血花一绽，便有一人被断臂破胸，倒在血泊之中。

高树上的范闲沉默地看着下方的画面，知道事情肯定没有这么简单。上杉虎与信阳方面都认为言冰云的突杀计划非常好，但既然言冰云是帮他做事的，那么肯定有所隐瞒，锦衣卫还有后手。

一声厉呼响起，这既是受伤后的惨呼，又是一声示警。杀入楼中的三个黑衣高手横飞了出来，人在空中，鲜血从唇中狂喷而出，可以想见埋伏在楼中的高手拥有怎样可怕的实力。

谭武面色不变，脚尖在青石地板上一踩，跃至半空中，与那位从楼中追杀出来的高手对了三掌，啪啪啪三记掌声干净利落地响起。

"萧副指挥使，没有想到您亲自在此看防。"

谭武冷冷地看着面前那位一身青衣的壮士，对方正是锦衣卫里屈指可数的高手——镇抚司副指挥使萧元炳。此人双目深陷，目光阴冷地看着他说道："太后知道你们这些乱臣贼子定要前来生事，本使亲自镇守于此，倒要看看有谁能将这囚犯劫将出去！"

谭武捂着嘴唇咳了两声，迸出几丝血来。他不是萧元炳的对手，却没有一丝慌张，微眯着眼望向小院后侧。

树上的范闲也将目光投向小院后侧的小推车上，那辆小推车紧紧地靠着院后的石墙。这道墙看着寻常，却是结实无比。

极轻微的嘶嘶声响起，萧副指挥使微微皱眉，一掌劈退抢攻上前的谭武，回头望向楼宇的后方。

范闲调整着姿势准备下树，无声地说道："炸。"

一声惊天的巨响炸响开来，那辆小推车竟是爆炸了！像一记雷般直接将小院后的石墙轰出了一个大洞。石屑如箭矢般劲飞，顿时将埋伏在后墙下的三十名锦衣卫炸成了浑身血点的死人！

这是监察院对上杉虎付出的最大诚意——整整两百斤三处秘制的炸药！这当然是范闲的安排，只是没有料到三处的诚意竟然这样足，他不禁有些后怕，心想别把楼里的肖恩给炸死了。

石屑落地，如雨打芭蕉，一辆乌黑的马车驶到后墙的缺口处，几个人顶着不时落下的石砾与灰尘冲进小院。过不多时，这些人背着一人跑了出来，上车离开，远远地可以看见那位被背着的人头发花白，缭乱不堪，想来便是肖恩。

奇怪的是，范闲却没有下树。

后墙处那辆马车疾速消失在夜色之中，只留下嗒嗒嗒嗒的马蹄声，车轮碾压石道的声音，回荡在被巨响惊醒的上京城中。

萧元炳被谭武悍不畏死的战法拖住，根本无法顾及后墙处的惊变。今日上杉虎一脉强攻院门，却在后墙处暗度陈仓，整个小院的防守力量都被吸引到了前院。虽然他在后墙处埋伏了三十名锦衣卫刀手，谁知道竟然会出现一场爆炸！

想到那声巨响，萧元炳一阵心悸，那种响声哪里应该是人间应有，难道是天神降怒？想到这节，他的动作也渐渐缓了起来。

趁着这机会，谭武一声厉喝，直拳抢攻向前，身体却强行退后，带着还活着的几个黑衣人杀出院门，准备消失在夜色之中。

嗒嗒嗒嗒，出乎所有人的意料，已经消失在黑夜之中的那辆马车，不知道因为什么原因，竟然又疾速驶了回来！

谭武厉声喝道："为什么没有走？"

马车上到处都是破洞，不是爆炸时碎石留下的痕迹，而是被箭弩攻击的结果。车夫面露绝望之色，嘶声喊道："将军，咱们中伏了！"

说完这句话，他松开按在胸上伤口的左手，脑袋一歪，再也无法起来。拉车的骏马很幸运地没有受伤，但似乎感应到了主人的死去，有些不安地踢了踢后蹄。间奏轻缓的嗒嗒声又响了起来，似乎是想与这几声落寞的马蹄声相呼应，小院四周那些密织如网的小巷里也开始响起了嗒嗒声，声音愈来愈近，愈来愈密。

如漆般的夜色，天上的星星受惊般地探出了头，撒下些许清辉，让众人看清了这些马蹄声从何而来。

四面八方的巷中沉默地拥来无数的锦衣卫，还有上京府的官兵。马蹄声起，那些肃杀的埋伏者将孤零零的马车与车旁的九个黑衣人围在了当中，长枪所指，无任何缝隙可逃。

"就擒吧。"人潮分开，锦衣卫指挥使沈重走了出来，微笑着说道，"上杉将军给了本官这个机会，实在是多谢多谢。"

劫囚不成，沈重终于找到了扳倒上杉虎的机会，由不得他不欢愉。

谭武脸上没有绝望的神色，也没有惊愕，只是无比愤怒和郁怨。他本就已经想好失败后的情况，身为上杉大将当年的亲兵，他根本没有惜命的想法。只是……谭武依然很愤怒，计划中明明知道沈重可能有埋伏，自己这一方早就做好了应对——马车逃遁的方向的那片民宅，应该此时已经起火，可是依然一片安静。这些埋伏着锦衣卫的小巷应该也会出现动乱，可是今天居然一点动静也没有！

范闲在树上看着远处愤怒的谭武，神情没有任何变化。计划里上杉虎方面主攻，掩护撤退的任务应该是由信阳方面与监察院的密谍行事。但是长公主没有动，言冰云没有动，他自然也不会动。

与上杉虎手下的这些北方军人比较起来，庆国人在对外方面无疑拥有相当一致的阴险与默契。

天宝五年秋，少年皇帝在密信里答应上杉虎："朕会将肖恩换回国来。"所以一代名将上杉虎舍了经营十数年的北方要塞，只带着亲兵营与谭武从冰天雪地里回了上京，因为他相信天子无戏言。

肖恩回国了，皇帝却不肯放他出来，因为皇帝想知道那个秘密。

太后却想肖恩死，因为苦荷不想那个秘密被任何人知道。

不论太后还是皇帝对上杉虎都没有任何办法，如果能找到一个削弱上杉虎实力或者声望的机会，他们必须掌握住。比如今天。

沈重望着车旁的谭武，知道只要抓住这位上杉虎当年的亲卫，上杉虎在军中的声望便会遭受到致命的打击，与南庆勾结这种罪名是任何北齐臣子都无法承受的，更何况上杉虎还是位大将军！

谭武忽然大声骂道："狗日的南庆人！"

沈重微微一笑说道："先前那声巨响，除了南庆监察院三处，还有谁能整出这些花哨玩意儿？你与南人勾结的事可别想着洗清了。"

谭武竟是理也不理他，回头望向身后的九名属下。大帅亲卫营是他一手训练出来的，今夜已经死了不少。如果不是南庆人背信弃义，自己一定能够带领众人逃出去。他回头望向沈重，忽然长身一礼道："请沈重大人传句话。"

"什么话？"沈重并不相逼，还存着万一的念头抓个活的。

"杀我者……范闲也！"

谭武作为上杉虎心腹，自然知道计划内情。范闲这个名字从他的嘴里喊出，充满怨毒，清清楚楚地传到场中数百人的耳中。

范闲在树上微微挑眉，心知上杉虎事后一定会明白自己在此事里扮演的角色，更何况谭武临死前还狂吼了这么一声。

话音落处，谭武一翻手腕，刀光如雪由下而上削去，生生将自己的脸颊削掉。刀光再转，自颈上抹过，头颅落地！

紧接着唰唰九声响，竟似同一时间响起，九个头颅被血水冲着离开黑衣人的身体，滚落到地面上，与谭武的怒目圆睁、血肉模糊、凄惨无比的无面头颅滚到了一处。

很奇怪，沈重没有阻止他们自杀的举动，只是轻声说道："这些都是国之勇士，可惜丧于南庆人的阴谋，好生厚葬。"

谭武毁面自杀之时，高树之上的范闲心脏微微颤了一下，紧接着听见沈重的发话，发现这位北齐大人物果然不简单。

劫囚的人都死了，只有那辆孤零零的马车还在锦衣卫的包围中，大家都知道，锦衣卫的祖宗肖恩、那位早已不复当年之勇的老人此时正在车里。毫无预兆，马车竟是熊熊地燃烧了起来！

火势极烈，片刻间便笼住了整个车厢。前方的马儿受惊，衔着马嚼的嘴却无法发出嘶鸣，带着马车往前直冲！刀光闪过，两匹骏马四肢一弹，砰砰两声摔倒在地上，马头处鲜血横流。

沈重冷漠地看着熊熊燃烧的车厢不知道在想什么。萧副指挥使看了大人一眼，有些焦急地说道："大人，快救火，陛下要肖恩活着。"

沈重举手止住下属救火的举动，示意萧元炳到了身前，低声说道："可太后要肖恩死。"萧元炳面色一凛，知道自己先前有些冲动，接着听到沈重轻声自言自语道："被关了这么多年，既然不能脱身，死亡……或许也是一种不错的选择。"

火焰冲天而起，不一会儿的工夫，马车被烧垮，跌落在街道中，黑灰渐起，热气熏人。火势刚停，锦衣卫的专用仵作上前开始仔细地检验车中的那具尸体，不一时回报道："是肖恩。"

沈重问道："腿伤是新成的？"

"是，受伤不超过两个月。"

"牙？"

"与雾渡河处接手时的记载一致，缺损三颗。"

城南府中，上杉虎正与夫人说话，茶几上放着礼单，院子里隐隐可以听到一些杂声，夫人眉眼间略有忧色地说道："太后做寿，这几日您离不得京，这可如何是好？"若是平日，这个时候将府早已安静一片，不知道为什么今日竟是连她都没有入睡。

上杉虎面色不变，沉声说道："自然是不离的。"

"那这寿诞的礼……"夫人低着头请示。

"自然也是不备的，夫人，你还是准备一下行李吧。"

说话间，忽然有一位虎背熊腰的壮士疾步走入后厅。夫人识得此人是大帅的贴身亲随，时已凌晨，对方居然不请而入，想来一定出了大事，她有些慌乱地看着上杉虎，颤声地问道："你真做了？"

上杉虎不怒而威，一双黑蚕眉渐成剑锋，沉声说道："本将忠于朝廷，但事有不协处，也要允我小小放肆一下。"

夫人不再多言语什么，退到后室，自然不会再去打理太后寿诞的礼物，真的开始准备行李。

"大帅，府外的钉子多了起来。"

只有与上杉虎最亲近的那些人才会执拗地称呼上杉虎为大帅而不是大将军。这位贴身亲随是一名孤儿，被上杉虎从雪林里捡了回来，养到了这么大，赐姓上杉，单名一个破字。他与上杉虎的关系有些类似于上杉虎与肖恩的关系，只是他对上杉虎是敬畏多于亲切。

"等着消息。"上杉虎稳若东山坐在椅上，看不出一丝紧张。

许久之后，上杉破再次回到后室之中，沉声说道："事败。"他的声音没有一丝战抖，不知怎的却掩饰不住一股悲凉透了出来。

上杉虎扶在椅子扶手上的右手顿了一顿，眼睛闭得极紧，眼角的皱纹像菊花一般绽开，直到此时才能发现这位一代名将已经老了。

他走回后室，看着床边有些不安地坐着的妻子，笑了笑说道："已经很晚了，你为什么还不睡？"

上杉夫人有些不安地笑了笑："睡不着。"

上杉虎微笑说道："不离京了，商量一下后几日太后的礼单吧。"

天色正处于黎明前的最黑暗时分，四面八方围堵过来的锦衣卫沉默地各自散去，那辆被烧成了灰烬的马车与地上那些尸首被镇抚司的专业人员接手，不一会儿工夫就恢复了平静。

后墙处受伤的锦衣卫还躺在地上，偶尔发出几声低沉的痛呼，爆炸引发的伤害十分厉害，大部分人都死了，侥幸逃生的人也是浑身土灰、满脸鲜血。受伤的锦衣卫被抬走，大夫们紧张地跟着，一长串担架看上去就像一个细细的百节虫一般，扭曲着腰肢往前走。

范闲伏在树枝上，收紧全身的肌肉，再放松全身的肌肉，如此不停重复，以免僵立太久而导致自己反应变慢。他看着树下巷中那些担架上的伤者，心想如果不是自己当年很喜欢看《沉默的羔羊》和《杀手里昂》，只怕还会真的让那个老头儿逃走了。

锦衣卫用马车运来很多玉泉河的河水，大桶一倾，那些清水哗哗地冲到街道上，瞬间将地面上的灰尘鲜血冲刷得干干净净，只留下那些湿漉漉又干净的石板。

丁字巷没有什么异动，院后的那堵石墙也被临时封起，总之，镇抚司必须在极短的时间内将这一片区域尽量恢复成原样。

宫中不想在此时将这件事情掀开，毕竟谭武等人死得壮烈，想要构陷上杉虎有些难度，也要考虑军方的态度，所以准备压一段时间再说。

晨起的鸟儿啾啾地叫着，锦衣卫们抬起头，看着没有泛白的天色，心想鸟儿倒是起得早，难道它们也知道这里发生了什么？

潜到树下的范闲抹去额角的一滴冷汗，在心里咒骂了几声那些失眠的惊鸟，小心翼翼地将身形隐藏在黎明前的黑暗中。此时，远远缀着锦衣卫的伤员队伍往北城方向遁去。

长街上没有行人，也没有扫大街的唰唰声，他在两层高的临街建筑上跃行，相信不会有任何人发现他的踪迹。

担架队离开那个小院已经很远了，进了不知道是北镇抚司还是十三衙门的一个院子。伤员被分别搁在几个房间内等着治疗，一些身上带着血的大夫忙进忙出。

范闲绕到后方，在墙角下的几个竹筐后等待着。

没过多久，偏处的一间房里传出几声闷哼。随后，一个人从墙上爬了下来，动作有些迟缓，落到地面后，那人认真地整理了一下衣物，确认了腰牌，才迈步向西街走去。

那人穿着锦衣卫的衣饰，帽子虽然戴得极严实，依然有几丝花白的头发飞了出来。随着他缓慢的行走，白发微颤，在夜风里显得非常凄凉。

范闲盯着那人的腿，发现对方走路的动作有些怪异，便知道老同志的双腿被自己砸断后还没有大好，便悄无声息地跟了上去。

二人沿着安静的长街往西走，各路口有人把守，肖恩穿着锦衣卫的衣服，偏房中杀人夺牌，有惊无险地闯了好几道关卡。

范闲像黑夜里的幽灵一般远远缀着。

在途中，一个平常的人家里，肖恩休息了一下。

在后方，另一个平常人家的房顶上，范闲也休息了一下。

然后二人一前一后地再次起身，趁着天亮前，钻出了锦衣卫织就的那张大网，来到了西城门。

城门开后，守在门外已经有小半个时辰的菜农们各自递上里正们办好的通行文书，一拥而入。肖恩就借着这阵乱混出了城门。

半个时辰后，这位劫后余生的老人已经艰难地行进到上京城西边的燕山脚下，那片乱林之旁。

过了一会儿，他从山林的那头出来，身上已经穿上了一件破烂的衣衫，衣角还有村里人家老汉经常染上的黑色灶灰，背上不知道从哪里拾了那么多的干柴，像一座小山似的背在了背上。

此时太阳已经从东面升了起来，照耀在安静的山林之间，须臾间驱散了薄雾，空中澄净无比。

所有看见这个老头儿的人，都会认为他是一个勤劳的、晨起拾柴的老农，不会将他与二十年前声震天下的密谍大头目联系到一起。

范闲看着肖恩佝着身子缓慢前行，心里生出一抹寒意，肖恩毕竟老了，不仅身体不如以往，就连头脑也有些迟钝。晨起露重，谁会选择在这个时候出来拾柴回去？真正的老农拾柴，都是暮时才出山的。

城外安静着，城内也安静着。

锦衣卫的密谍回报道："南庆使团那边很安静，据说林文大人昨天安排了两个歌伎陪范正使，一个晚上都没怎么睡。"

"你确认范闲在使团？"沈重此时已经脱了官服，换上了那件富翁衣裳，右手拿着一块驴肉火烧往嘴里送去，嚼得满口是油。

"是，大人。"探子恭敬地回报道，"有兄弟知道范闲模样的，一直在院外盯着。"

沈重将油乎乎的驴肉火烧扔到桌上，昨儿折腾了一夜，谁也不是铁打的身子，只见他双眼有些深陷，显得特别没精神。忽然间，他笑了笑，说道："他哪里是个肯老实的主儿，何道人是不是已经去了？"

"是。"探子忽然精神一振地说道，"狼桃大人也去了。"

沈重缓缓闭上眼睛，不知道在思考什么。半晌后，他轻声地自言自语道："这些南蛮子想让我们以为范闲还在使团里，如果这时候把范闲杀了，岂不是让他们吃个闷亏？"

说着，他睁开眼睛，冷笑着说道："南蛮子这十几年学会算计人了，只可惜聪明反被聪明误。"

盯了一夜，范闲也有些疲惫，但他霸道真气充沛无比，还可以勉强支撑。看着远方林间小路上那个走路都有些困难的老头儿，他不免有些佩服，七八十岁的人了，受了几十年折腾，居然把越狱这招还玩得如此成功，也不知道这老家伙是哪里来的精神力量。

从上京城到这里已经很远，范闲始终没有出手，因为他总觉得有些不知名的危险在等待着自己，肖恩出城也过于顺利了一些。忽然间他心头一动，想到了某种可能性，便微微眯眼，滑下大树，沿着相反的方向退了回去，倏乎间消失不知道去了哪里。

太阳一寸一寸地往西面移动，肖恩一寸一寸地往西面移动，西面是西天，可能是死，可能是净土。

使团与信阳方面自然不会把所有计划都向上杉虎报备，肖恩却另有后手。山路往上再往上，走到尽头是悬崖边一片浅草乱生的山岗，左方是通过上京军营马场的一条石路，他与上杉虎商定的接应地点就是这里。

肖恩眼瞳里的淡红神芒已经黯淡了许多，他微微侧肩让身上小山似的微湿柴枝倾倒于地，尔后拍了拍屁股坐了下来。既然没有人接应，那这个计划一定是被宫里知道了，一定有另外的人在这里等着自己。

就像雾渡河畔草甸上的那次恍神一般，肖恩又一次地觉着累了，他不想再走了，微干的嘴唇开合，吐出几个字来。

"出来吧。"

话音落处，浅草微颤，一个穿着件黑色衣衫的剑客缓缓从山路的尽头走了过来。这位剑客额际极高，面色极白，眉眼间略带沧桑之感，年纪约莫在四十岁左右。此时他右手极其稳定地扶在腰畔的剑柄上，指间骨节突出，整个人就像是一柄寒剑。

"何道人？"肖恩双眼微眯，两道寒光射出。

这位剑客便是北齐有数的九品高手何道人，一年半前范闲在牛栏街头刺杀的七品程巨树，正是他的徒儿。

何道人面色苍白，一身黑衣，相映之下就像是雪与炭一般不相容。

他恭谨地握住剑柄，倒提而起，行礼道："晚辈见过肖先生。"

在北齐，除了苦荷，所有的人见到肖恩都只能持晚辈之礼。

"想不到当年的年轻剑手，如今已经成了锦衣卫最厉害的剑客。"肖恩咳了两声，仍然是坐在地上，用手轻轻地捶了捶膝盖。

"已经过去很多年了。"何道人看着肖恩，脸上一片真挚的敬意，"我不是锦衣卫的狗，我是太后的门人，今日特来请肖先生安息。"

肖恩轻声说道："你要知道，这天下终究是陛下的。"

何道人知道这位老人说的是什么意思，皇帝并不想杀肖恩，自己一味地站在太后的立场上，无疑会得罪那位年轻的皇帝。他不想延续这个话题，望向四周说道："我本以为今天会看见那位姓范的。"

肖恩自嘲道："想不到老夫横行一世，临死前却只是个鱼饵。"

"老大人无须伤怀，既然姓范的知机而退，那还真是算他运气好。"

铮的一声，何道人拔剑出鞘，整个人如飞鸟一般疾掠而来，手腕、肘弯、肩头成一笔直线条，直刺肖恩的心窝！

剑尖狠狠地扎入了肖恩的左肩，又在刹那里拔了出来，带出一道血花。只是这花并不如何艳丽，肖恩老朽之身，竟似连身体内的血水也比年轻人要少许多。

一声闷响，何道人横剑于胸，飘然而退！

肖恩坐在地上，右手拿着一根小臂粗细的树枝。先前何道人剑刺之时，也不知道这位老人是用了什么手法，竟是舍了自己左肩的空门，于不可能的角度将手中的树枝狠狠砍中何道人的胫骨。

那根树枝的前端已经被砸成粉碎，参差不齐，可以想见这一棍的力量。

何道人只觉左腿一阵剧痛，本就是煞白的脸此时更加雪白，右手依然稳定地握着剑柄，挨了一记树棍的左腿却开始战抖起来。

他本以为凭自己九品的超强实力，要杀死一个浑身老伤、困顿无力的老人是件很轻松的事情，哪怕对方是当年恐怖的肖恩。但他怎么都没有想到，这位老人的出手竟是这样的难以捉摸，诡异莫名！

肖恩咳了两声说道："我的腿被那个姓范的小子打断了，所以我必须先把你的腿打一下，就算打不断……"

他的话还没有说完，何道人挥剑再上，剑如游龙之势，周游于困坐于地的肖恩四周。此时他已放下了任何轻敌之心，纯以面对一位宗师级高手的心态，小心地应付着。

何道人的剑术与世间常见的流派完全不一样，据说是承自山北某位胡人，势若游龙般猛烈，其间偶有冲淡之意，却与苦荷一脉的自然之理相契。据说在剑成之后，他也曾经问道于苦荷，受益匪浅。

肖恩此时手中只有一根木棍，行动不便，困坐愁城。饶是如此，他手上那根树枝却像是毒蛇的芯子一般，在身体四周伸吐着，偶尔刺出横击，于诡异处见锋芒，便让何道人只有退避一途。

但何道人真气渐起，剑芒附身，空中开始发出嗡嗡的响声，肖恩手中的木棍终究敌不过。哧哧数十声绵响，剑棍相交，那根树枝马上变成了无数飘浮于空中的木絮。肖恩探手身旁，信手拈来一枝，又信手自斜右方刺去，破去何道人追魂一剑。

他从山中来，带来一捆柴，只是这些湿柴总有用光的那一日。

不知道过了多久，山路尽头暑气渐起，太阳开始毒辣地散播光芒。肖恩身上破烂的单衣全是东一道西一道的狭窄口子，里面的血往外渗着，胸腹间有几处深些的伤口，甚至能看清被剑芒撕裂的血肉，由于失血过多，这些伤口有些泛白。

他四周的地面上密密麻麻落着一层蚊蝇的翅膀与肢节，这些不知死活的昆虫嗅着血味来，却是被卷入剑气真力之中，绞成碎末。

何道人持剑而立，苍白的脸上浮现出一丝血晕，握着剑柄的右手终于有了一丝颤抖的迹象。此时他也不好过，身上那件黑色素衫早已被肖恩身旁那些湿树枝劈斩得成了一团乱布，身上伤口处处，更恐怖的是伤口四周还有着那些新鲜树枝的森森细木碴儿。

"出来吧，姓范的小子不会来了。"

何道人咽了口唾沫，没有想到这位老人求生的欲望竟然如此强烈，他终于忍不住召唤自己的同伴。

肖恩的眼皮子有气无力地掀了一下，看了眼那个一直隐匿在旁的敌人，说道："苦荷净喊这些晚辈来，未免有些不给老夫面子。"

那人沉默地走近，双手各持一柄弯刀，刀面上铸着许多细细的钢刺，看着很恐怖，就像何道人身上的伤口一般。

他向肖恩行了一礼，说道："师妹一路送肖先生回京，因为陛下严令故不能动手，今日先生越狱，晚辈迫不得已出手，望先生见谅。"

肖恩冷笑道："苦荷的徒子徒孙果然都会这套。表面上大仁大义，暗地里大奸大恶，只是寻个杀我的由头，何必说这么多？"

此人便是苦荷首徒、北齐皇帝的武道老师狼桃。肖恩语涉家师，他不便多言，双腕一错，手中两柄弯刀化作两团黑色的光芒，向着肖恩的头顶罩了过去！

肖恩狂喝一声，修行近五十年的纯正内力终于在这一刻爆发，只见他双掌平推，强行攻入狼桃的刀风之中，掌风凌厉。

若让他这双掌拍中，只怕狼桃的手腕会马上尽碎。狼桃一转腕，手中两把利刃弯刀极古怪地旋了回来，刀背敲中了肖恩的手背！

咻咻两声响同时响起，肖恩的手背顿时被那两柄弯刀上带着的钢刺剔去一层血肉，但同时他的双掌也递了进去。

狼桃双手一松刀柄，双掌平推了过去。

一声轻响后，年龄相差足有半甲子的两双手掌狠狠地击在一起，没有半丝花哨可言，纯是实力的比拼。

狼桃身为苦荷首徒，精神气势正在巅峰。肖恩被囚多年，身受世间万般苦楚，早已不复当年之勇。相较之下，终是狼桃胜了一分。

唰的一声，狼桃掌退肖恩，手腕一抖，刀芒再盛，劈向肖恩的双肩。原来那两柄弯刀竟是有一条细链子系在他的手腕上！

两道刀光泼洒向肖恩，映着高高在上的红太阳，显得恐怖无比。

垂死的肖恩不知从何处忽然得来的力量，双眼一翻，中指微屈，向天一顶，顶住了狼桃挟着无力量的双手下缘！

便在此时无数道破空声忽然响起！

一个人影像道灰龙般从草地里冲天而起，直接杀向交战中的双方！

何道人一直持剑而立，等的便是这一刻！

等的便是范闲出来的这一刻！

他双手握剑，蕴积了良久的惊天一剑，毫无多余花招地斩下！

嘶嘶响声作，空气都被这一剑斩开，更何况那人。

但何道人不知道自己想斩的那个人是这个世上躲避身法最厉害的人物之一，那道身影在空中极古怪地一扭，在毫无借力的情况下，像影子一晃，竟是生生避了过去！

还是那句老话，五竹打得多了，范闲就不容易被人打了。

一剑斩空，何道人胸中一闷，强悍地收剑而回，横劈三剑将大部分的暗器击落，等暗器落到地上才发现是一些碎石。

他强行收剑，一口鲜血涌上了喉头，即刻咽下，身形微滞之时，三道黑芒却从自己的头顶疾速射了下来！何道人手腕一翻，剑尖极为精准地磕中三道黑芒，只是最后一剑时力有不逮，真气稍顿，那支弩箭方向并没有变太多，斜斜擦着他的大腿扎进了草地中。好险！他这才知道原来范闲竟然如此难以对付，震惊地回头望去。

范闲在空中强行逆转身形，避过了何道人蓄势已久的那剑，付出的代价也是极大。饶是他的经脉比一般的武道修行者要宽大太多，依然止不住心血倒冲，真气在他的经络里冲撞不停。

他没有武者的尊严，人在空中，一口鲜血喷了出来，看着狼狈无比，却又在瞬息间疏通了经脉。

此时，狼桃那恐怖的双刀已经深深斩进了肖恩的双肩！

范闲怪叫一声，从背后抽出半截长刀，向着狼桃的后脑斩了过去。

狼桃脑后生了眼睛一般，唰的一声抽刀而回，弯刀刀尖正好撩中范闲的刀柄上半尺处，这里正好是刀身最脆弱的地方。

当的一声，范闲手中的半截长刀再断，却依然握着残余的刀身蛮横地劈了下去，叮叮叮叮，将狼桃手中弯刀上的钢刺全数扫光。

然后他弃刀、运气、出拳！

两记他最擅长的黑拳，化作两道游龙击向狼桃的太阳穴，根本不理对方的刀尖正对着自己的小腹，对上这种级数的高手，下手一定要稳准狠，不给自己留后路，也不给对方留后路。

狼桃霍然回首，眸子里寒光大作，双掌一错，封住了范闲的双拳。劲气相交，传自无名功诀的霸道真气与传自苦荷的天一真气，在这一刻终于正面对上了。

悬崖之侧的短草冈上，震天般的一响！

范闲身在半空，占了天时之利，狼桃脚踏实地，借了地势之实，两股宏大的真气冲撞在了一起，二人身周的草都被压碾成了碎末。

狼桃闷哼一声，系在手腕上的弯刀向后摆去，扑哧一声刺入了肖恩的胸口！

虽然这是个双套局，但如果杀不死范闲，也必须杀死肖恩，这是他的老师苦荷一直叮嘱的事情。

紧接着，狼桃身体高速一转一转，带动两柄弯刀像风车一样地斩向范闲的胸腹，这泼雪似的刀，夺魂般来了。

肖恩毙命在即，范闲不能再逃，再没有玩猫捉老鼠游戏的可能——他将牙一咬，做了重生以来最冒险的一件事情，没有理会狼桃那蕴含着无上威力的弯刀，伸手抓住肖恩颓然无力的衣领，于电光石火间屈膝抬起了自己的左小腿。

当的一声脆响，这很明显不是钢刀斩入肉的声音！

范闲小腿处如遭雷击，无比痛楚，却借着这刀势翻身便跃过了狼桃的头顶，左手极其细微地伸指一弹，伸手提住肖恩，完好的右足在地面上一点，冲向了前方空无一人的地带。

　　狼桃耳垂微痛，眉梢微飞，想起了"小手段"三个字。

　　再看那边。

　　范闲提着肖恩冲到了悬崖边，然后跳了下去。

第八章

世间游客

　　狼桃有些震惊，为什么自己那一刀斩在范闲的腿上却像是斩在了钢铁之上？他有极强的信心，圆融一刀的秘技足可破金裂铁，就算对方腿上穿着护甲也一样会被斩断，可范闲为什么能挡住！

　　他和何道人掠向悬崖边，探头望去，此时阳光渐盛，却依然无法驱散深谷里的云雾。只见那一老一少的人影落入雾气之中，再也无法看见，很久后才听到重物落地发出的砰声。这声砰响得很轻，但这悬崖极深，二人站在崖边也能听到，可以想见碰撞的激烈。

　　"摔死了。"何道人说道。

　　狼桃摇摇头："肖恩不容易死，范闲……我看更不容易死。"

　　狼桃与何道人是上京城屈指可数的九品高手，居然无法将重伤后的肖恩与初入九品的范闲当场绞杀，这让他们的心情有些异样。

　　"这山峰爬不上来。"何道人皱眉说道。

　　燕山石壁如刀，光滑如镜，别说一般的武道高手，就算是天下那四位超凡入圣的大宗师，也很难凭借人力从这石壁上爬起来。狼桃默认了何道人的判断，说道："通知沈重，搜索山下。"

　　烟花为讯，在群山间消失。

　　两位高手看着云雾缥缈的山崖，想到先前那场厮杀，不由得皱起了眉头，只不过想的方向却不一样。

"为什么范闲要拼命救肖恩？"这是何道人的疑问。

"为什么范闲的实力远远超过了小师妹的评估？"这是狼桃的疑问。

狼桃忽然眼神一寒，手腕一抖，刀尖准确无比地削去了自己耳垂上的那块肉。何道人向来信服苦荷一脉的见识本领，眉尖一皱，便往自己大腿处望去，只见那支弩箭擦过的肌肤，虽然没有受伤，却依然有些发黑，遂寒声说道："这姓范的小子好毒。"

狼桃面无表情地说道："南庆范闲最出名的功夫，就叫小手段。"

跳崖一般会碰见什么？一般会碰见高人、美人、绝世秘笈、无穷财富。

在坠落的过程里，范闲还在想着这些事情，心想自己背着的确实是位高人，可如果自己算好的落脚点差了些许，那家中的美人便要说拜拜了。至于老妈留下的无穷财富自然没机会再去享用，打小练的那个无名绝世秘笈五竹叔倒可能会烧了给自己。

五竹叔这位老师虽然教学水平次点儿，却是个填鸭教育的忠实执行者，估计自己到了地府他也不能轻饶了自己。

当年竹帅跳崖是最让小范闲惊艳的一幕，所以他也时常练习，哪怕新婚蜜月在苍山里也没有放下，到如今也算是小有所得。尽管背着一个人，满眼皆雾，他依然准确地借着光滑石壁间的短松减速，找到了事先选好的落脚点——那块稍稍伸出来的岩石。

范闲落到岩石上，体内的霸道真气自然做出反应，但左腿处受了狼桃一刀，酸痛无力，不由得闷哼一声，半跪在地上。在这种情形下他依然没有忘记快速将一块大石头扫下崖去，半晌后传来了落地的声音。

"傻了吧？"岩石后方有一个小洞，洞一点都不深，满身是伤的肖恩靠在那里，满脸嘲讽地看着范闲，"我看你怎么上去。"

范闲耸耸肩，自然不会说出自己的秘密，往洞里瞥了瞥，确认了这个洞与姓张的没什么关系，喂了肖恩一颗药丸。

肖恩也不客气，吞药入腹，接着嘲弄道："如果是二十年前，狼桃和何道人这两个晚辈怎么可能是我的对手。而你呢？堂堂庆国监察院提司，陈萍萍和费介的接班人，却被别人逼下了悬崖，只有等着慢慢饿死。你难道不觉得很倒霉？很不值当？"

范闲也不生气，笑眯眯地说道："当一个老人总喜欢说当年的时候，大概就是他快死了。"

肖恩面色不变，说道："我本来就要死了，活了这么多年，死也不算亏，问题是你还年轻……真弄不明白，你为什么要来救我。"他顿了顿又问道，"不过你怎么敢往云雾里跳？"

"你那个干儿子只会打仗，根本不会处理这些事情。"范闲从头发里取出细针，扎进肖恩的身体帮他止血，"连锦衣卫都能查到你们会合的地点，更何况是我，当然是事先就做好了准备。"

肖恩任他施展医术，白了一眼说道："你这针有毒。"

范闲没好气地说："你身体里面好几百种毒，多一种又怕什么？而且你反正都要死了，多活一两天就成，要求那么多干吗？"

肖恩咳了两声。

范闲看着老人那张因为失血过多而有些惨白的脸庞，忽然问道："沈重围住小院的时候，你就应该知道上杉虎营救你的行动一直都在锦衣卫的算计之中，你为什么还要继续？"

"继续什么？"

"继续扮伤员，继续辛苦无比地往城外奔。明知道会有高手等着你，明知道接应你的人早就被清除了。"

肖恩看着他忽然尖声笑了起来："也许只是顺着那些人的意思诱你出来，让你给我陪葬。"

范闲耸耸肩说道："说点儿正经的吧。"

肖恩的目光越过范闲的肩膀，投向幽静的深谷之中。此时阳光越来越烈，石壁前方的云雾终于渐渐散开，可以看见前方的那面山壁如破裂了的黄色镜子一般，有一种别样的美丽。

"我被关得久了，所以……就算死，也不想死在牢里。"

范闲顺着他的目光望去，发现对面的山壁光滑无比，偶有缝隙像闪电的纹路一般四散裂开，要隔着老远才能有一株顽强无比的小树生长出来，展露着可怜却又可敬的绿色。

"此处黄山青树，下有绿水白雾，正是一座好坟。"

范闲说完这句话，开始整理自己左腿上的裤管，监察院防火防盗防利器的衣服被狼桃的那一刀生生震开了一道口子。他从靴子里取出费介老师留给自己的黑色匕首，轻轻抚摩着微微有些变形的刀身，说道："谢谢侬，我可不想改名叫范萍萍。"

"你为什么会如此愚蠢地出手，从而将自己陷入死地？"肖恩有些好奇地看着范闲经过乔装之后的面庞，枯干的双唇边渗出一些血沫子，人到临死，看来好奇心反而会变得越强。

范闲将匕首搁在脚边，用手使劲地按摩着僵坏的小腿经络，说道："当我发现这是北齐人的埋伏时，确实准备退走。但看见你要死了，也不知道脑子为什么忽然就坏了，自己便蹦了出来。"

其实道理很简单，他要知道肖恩的秘密，要知道神庙在哪里，要知道神庙与叶轻眉的关系，知道自己重生的秘密。在自己的生死、身世与母亲的来历之间，一向惜命无比的他终于奢侈了一回。

山谷里的阳光似乎变成一种实质的存在，照拂所至，云雾如被桨扰乱的碧波般四向荡漾。大部分的雾气散了，还有些如烟如缕的气息滞留在绝壁之前，在那些零落的青青小树间穿行。

小石洞的上方略微突出一些，对面的山崖隔着极远，离谷底也极远，以范闲的耳力也要极专注才能隐隐听见山谷下方传来的声音，想来锦衣卫们这时候正在谷底搜寻他二人的尸体。

锦衣卫没有发现尸体后，大概会以为他和肖恩命大，又沿着谷底往外搜索。不过他对沈重不敢低估，不知道对方什么时候就会把目光重新投向山崖间。至于狼桃，海棠的这位师兄果然是人世间最顶尖的强者之一，心神坚毅，不会如此轻易地便被他骗过去。

山风微作，肖恩惨白的脸微微抖了一下，老人已经陷入半昏迷的状态之中，阳光似乎无法传递一丝温度到他身上。

这个强行撑到青山赴死的老人，真的要死了。

范闲从腰带里取出那颗药丸。药丸散发着淡淡的麻黄树叶味道，已经用小刀切去了一半，他将剩下的半颗捏碎，塞进了肖恩的嘴里，又从袖中取出细水管子，将水袋里的水灌滴到肖恩枯萎的双唇中。

肖恩醒了过来，双眼一睁，眼瞳里本已淡了许多的猩红色复又重现，在临死前的这一刻里重新找回了些许当年的威势。

"你喂我吃了什么药？"

"蓝色小药丸。"范闲笑了笑，说道，"提神用的，但不可能帮助你恢复当年的雄风。"

老人自然听不明白这句笑话。

"你出手前就吃过？"

肖恩的呼吸显得有力了许多，精神也变得好了几分，如果这不是死前的回光返照，那就是这种药物激发了老人身体里残存的精力。

范闲没有回答他的问话，伸出手指摁住肖恩的脉门，发现脉搏渐趋有力，却略有躁意。他知道麻黄丸开始起效，只是这种原始的兴奋剂能提得住肖恩一时的心气，却不能救回他生机已去的性命。

他望着肖恩说道："你的腿被我砸断了，我们就算联手也不是狼桃与何道人的对手，所以我必须吃些药。我有点奇怪，为什么只有两个高手，而不是大队人马在等着你我。"

肖恩咳了两声，有些艰难地挥挥手说："他们不想把事情闹得太大，如果瞒不住小皇帝，日后总是有麻烦。"

范闲看了他一眼，想到小皇帝要留他一条老命的理由与自己的理由一模一样，没有就着这个话题继续下去。

"你救老夫，不外乎是为了老夫心里的那个秘密。"肖恩看着山谷里啾啾飞着的小鸟儿，眼中忽然闪过一丝羡慕的神情，"那个小皇帝是想得到神庙的帮助一统天下，你这么想去神庙又是为了什么？"

"当然有我自己的理由。"

"能不能说来听听？"

一老一少就像村口的老人孩童般平静地聊着。

"嗯，说一部分吧。"范闲眯起了眼睛，感觉有些发虚，知道麻黄丸的药力要退了，"不知道你相不相信，我在这个世界上活着，更多的时候像一位游客，我想走遍这个世界所有有趣的角落，而神庙……毫无疑问是最让我感兴趣的地方。"

"游客？"肖恩盯着范闲乔装后那张平常的脸。

范闲笑了起来："很奇怪吗？夫天地者，万物之逆旅也；光阴者，百代之过客。既然你我是住在天地这个大客栈里面，自然会很想看清楚客栈里每个房间里到底有什么。"

"可能二楼最尾的那间房里有条毒蛇。"

肖恩困难地挪了挪身体，感受着自己体内那道燥热的气息，知道自己离死亡越来越近，下意识里想坐得更舒服一些。

"也许是一个在木桶里洗澡的美女。"范闲笑了笑。

肖恩摇了摇头："好奇心会杀死老猫，你居然会因为这样一个荒唐的理由冒险出手救我，结果陷入死境，此时有没有后悔？"

范闲望了一眼深不可测的悬崖，叹了口气，没有说什么。

"傻了吧？"这是肖恩第二次说这个话，此时他满脸微笑地说道，"为了一个狗屎不值的秘密，葬送了自己鲜活的一条生命。"

范闲苦笑地应道："也对，死亡在前，什么秘密都不重要了。"

肖恩忽然看了他一眼，说道："能不能求你一件事情？"

范闲神情微变，这位老人虽然早已不复当年之勇，但身份地位摆在那里，一路北上何曾说过一个求字，赶紧问道："什么？"

肖恩的声音有些古怪："我不怕死……但我死后你一个人被困在这洞

里……估摸着最后饿极了，会对我的尸体感兴趣。"

范闲一怔后明白了老家伙在害怕什么，好生恶心，说道："你这老胳膊老腿的，我要啃你的肉，还怕把自己牙齿给崩了。"

肖恩苦笑说道："真的饿极了，什么肉都是好的。"

范闲皱眉道："你连死都不怕，还怕我吃你的肉？"

"这个世上有很多人不怕死，但他们怕蟑螂。"肖恩顿了顿说道，"我不怕死，但我怕死后被你吃了，那种感觉很不好。"

药物的作用让他的精力暂时得到补充，话语渐渐变得流畅起来，流血也止住了，但双瞳里的异红愈发深稠，这不是什么好兆头。

"放心吧，你若死了我马上把你扔到山谷里去。"范闲苦笑着，忽然神情微变，望着肖恩问道，"老家伙，你以前是不是吃过人肉？"

山洞里安静了很长时间，肖恩才面无表情地说道："当年去神庙的时候，大雪封山，什么都没得吃了，只好吃人肉。"

范闲的心里咯噔一声，虽然他自小便刨坟剖尸，但想到真的吃人肉，依然有些反感欲呕，立即将目光从肖恩那双枯干的双唇上离开。

肖恩怪笑道："人肉其实真的很难吃，不过当年苦荷吃得可比我香多了。"

范闲心中再颤，如今高高在上、备受万民崇仰的一代宗师，北齐国师苦荷居然也吃过人肉？他马上想通了其中关节，肖恩既然知道神庙在哪里，苦荷又是师承神庙，当年这两个人一定是同时去的神庙，两大强者居然沦落到了吃同伴人肉的地步，艰险可想而知。

"你和苦荷什么时候去的神庙？"

肖恩忽然不说话了。范闲就像是一个食客，面对着服务员端上来的鸭皮面皮甜酱大葱看了四眼，又眼睁睁看着服务员端去了别的地方，一口气堵在胸口，他大怒道："看在咱们都快死的分儿上，你能不能让我死得快活一些？"

"神庙在北边。"

很突然，没有预兆，肖恩开口了。

"多北？"

"极北的雪地里，从北牢关出去还要走三个多月。"

洞外天色渐暗，范闲面色不变，心情却有些紧张，知道自己终于成功了一半，至少知道了神庙的大致方位。山风渐盛，夏日燕山上寒意微作，他看着闭目等死的肖恩，像一个朋友那样随意地聊天："要死的老家伙，讲讲神庙的风光怎么样？"

肖恩没有睁眼，轻声喘息道："一座大庙罢了，有什么好风光？你呢？你小子是从哪个石头蹦出来的？"

范闲精神有些委顿，说道："我是澹州人，澹州也没什么好景致，就是家里的后园种了两株树，一株是枣树，另一株也是枣树。"

"神庙可没有树，那座庙在雪山里面掩着，传说中一年只有两天会露出真正的面目，心不诚的人根本不可能看到它。"

肖恩苍老的声音响了起来。神庙对他而言有着极其重要的意义，他因为知道了神庙与那个小姑娘的关系，所以被陈萍萍花了偌大代价捉回庆国。也因为知道神庙的所在，所以从神庙里得到了最多好处的苦荷，便想杀他灭口。而那位北齐的小皇帝却奢望着能够从神庙那里得到上天的帮助。可是神庙是什么？不过就是一座庙罢了。

他忽然觉得自己那风光横戾的前半生是假的，只有后半生的铁窗生涯才是真的。看着洞外愈来愈暗的天光，他表情木然地说道："小范大人，你相信这个世上真的有神吗？"

范闲默然，想到自己的重生，想到那个箱子，点了点头："我比这个世上别的任何人都相信神的存在。"

"神是什么？"

"我如果知道神是什么，我就是神了。"

肖恩赞赏地看了他一眼，说道："像你这么年轻，就能看得如此清楚，确实不多见。不过当时陛下还年轻，所以看得不清楚。"

范闲知道故事终于要开始了，不禁有些紧张，有些期待。

"你知道四十几年前的天下是什么样子吗？"

"魏国独大，随时可能统一天下。"

"不错，那时候老夫是大魏国缇骑首领、陛下的心腹。"肖恩回忆往事，不像是沉湎在当日的荣光之中，也没有记恨之心，只是一片淡漠与平静，"当日之天下便是魏国之天下，一应俊彦皆在朝中，但真正挑起这个朝廷的，除了先帝爷，便是两对兄弟。"

范闲看着老人的神情似乎还能坚持，略有些安心，轻声应道："其中一对，自然是您与庄墨韩。"

"不错，我那兄弟比我出息得多。"肖恩面色渐柔，"而且他比我念情分，我被庆国关了二十年，他还记着我，我欠他的。"

"为什么没有人知道你们是一对兄弟？"

"我的名声太凶恶，不知道暗中诛杀了多少清流，他身为读书人自然是不喜欢我的，我也不想与他有什么瓜葛。"肖恩平淡地回答道。

范闲顿了顿，转了话题："还有一对兄弟是谁？"

"战清风与苦荷。"

"战清风？北齐开国皇帝的父亲，当年的一代名将？"范闲很是吃惊，原来苦荷与北齐皇室的关系竟是如此密切！难怪当年会一力维护如今的太后与皇帝，而皇室对于苦荷一脉又是如此尊崇。

"苦荷是战清风的幼弟，自幼便立志做苦修士，修行天人之道，力求有一日能证道入神庙。"肖恩面带讥讽地说道，"世人多信神庙，但又有谁真的见过？那些苦修士在各地传道，比乞丐活得还要可怜。"

"可是神庙真的存在。"范闲提醒他。

"不错。"肖恩闭紧了双眼，"当时先帝爷驾崩了，年轻的皇帝登基，这位皇帝对我们这些臣子还算不错，但是不知怎的却异常怕死，成天想着要练什么长生不老之术。"

范闲说道："其时北魏独大，他身为皇帝又没有什么操心的，自然不免会想到这些事情。"

"所以那时苦荷趁机入宫，劝说陛下派出使团，出海寻找神庙的踪迹，说如果神庙的仙人传授陛下仙法，自然可以长生不老。陛下一听此言，哪有不允之理……"肖恩苦笑着说，"我身为陛下的心腹缇骑首领，这件事情自然责无旁贷地落到我的头上。"

"苦荷是提议者，对神庙又极其狂热，自然不会置身事外。"肖恩继续说道，"我们集大魏举国之力，不知道寻找了多久，终于找到了一丝线索，我和苦荷便带领着一支千人队往北方寻去。"

这位临死的老人说得淡然，但范闲清楚当时一定相当复杂，神庙虚无缥缈，杳无踪迹，能找到确实的线索本身就是件很惊人的事情。

洞外天光渐黯，肖恩苍老而淡漠的声音在山洞里回荡。范闲沉默地听着，适时发问，大脑急速地运转，通过肖恩的回忆将当年前往神庙祭拜队伍前进的路线，在心里重新勾画出一幅大概的地图。

时光仿佛回到了四十多年前，洞外的黄山暮色也变作了风雪连天。范闲似乎看见了一支由上千人组成的探险队伍，在漫天风雪之中艰难地前行。那些人穿着皮靴，裹着厚厚的皮衣，只露出两只眼睛在外面，依然止不住冰寒透骨的冷风往里面灌着。

前方是这个队伍的两位头目，当时正值壮年的肖恩和那个年轻无比、神情坚定而虔诚的苦修士苦荷。

越走越北，越走越难，越走人越少，有的人冻死了，有的人摔到冰谷里失踪，有的人被天上的猛禽抓裂天灵盖死了，总之随着探险的进程，队伍变得越来越短，气氛也变得越来越诡异。

天地间一片雪白，在这枯燥酷寒的环境里待得太久，队伍中有些人的眼睛瞎了，随后被肖恩无情地遗弃在荒原之中，远方有些耐寒的雪狼在等待着那些瞎子的死亡。

一切都在安静地发生，哪怕是死亡这么惨烈的事情。

队伍又走了很久，终于来到了极北处的一座大山前，山间只有一条狭窄的峡谷通向深处。雪积得极厚，遮住了山体本身的颜色，看上去就像是连绵不绝的冰山。

还残留着一百来人的队伍走过大雪山，才发现后面依然是冰雪掩盖着的天地，连动物都变得极少。队伍扎帐驻营，想要在这里找到神庙的踪迹，但很多天过去了，也没有任何发现。

入冬，大雪，封山，日没，食尽。

最强的人活到了最后，永无止境的长夜中。肖恩与苦荷背对背坐在帐篷里，身周是垒放好了的尸体，火种未曾熄灭，队伍里的残帐与那些死人的衣服给了这两位强者最后的一丝温暖，一丝希望。

"那是天怒。"

山洞里，肖恩有些困难地睁开眼睛，眼里的猩红色愈发浓了，却有着无尽的恐惧："神庙知道凡人试图找到他们，所以上天震怒，降临了无边无际的黑暗。"

范闲看了这位老人一眼，轻声说道："那叫极夜。"

他再次确认了神庙的地点。

肖恩自然不知道极夜是什么，只是那段记忆无比深刻，他面带茫然地说道："苦荷当时一边极其香甜极其吝啬地吃着人肉，一边极其虔诚地向上天祷告，我的心里不免有些鄙夷他。但也许最后他真的感动了神庙里的仙人，所以天……忽然亮了。"

范闲心想当年这两个人怎么能在长达数月的极夜里生存下来？就算有人肉吃，有帐篷烧，但孤独与二人之间的相互猜疑都会让人发疯。

肖恩忽然大笑起来，说道："我和苦荷都到了生命的尽头，陡然间发现希望，不知道从哪里来的力量，支撑着我们继续活了下去。"

"然后你们找到了神庙。"范闲拾起那把匕首，放到自己的身边，轻声问道，"神庙是什么样的？"

很多年前的大雪山外，两个瘦得只剩下骨头的人，很困难地从帐篷里走了出来，他们深陷的眼圈和蜡黄的面色、呼吸时露出的烂肿牙龈都在透露着一个信息——这两个人快死了。

白天的光线终于不再那么吝啬地只出来一会儿，有些动物又重新从深穴之中醒来，两位强者虽已是强弩之末，依然比那些猛兽凶猛许多，于是他们获得了很多新鲜的食物与血，重新站立了起来。

他们眯着双眼，看着面前的大雪山发呆，根本不知道苦苦寻找的神庙究竟在哪里。这里有的只是白茫茫一片大地真干净。

忽而一道天光从碧蓝的天空打了下来，大雪山那处的光线发生了一种极古怪的曲折，很突兀地，一座庙宇凭空出现在了山中。这座宏大的庙宇依山而建，黑色石墙与浅灰的长檐相依，庄严莫名。

苦荷痴痴地望着山间，忽然扑倒在地，向着庙宇的方向放声大哭，无比凄楚。肖恩傻傻地站在原地，半晌后才醒过神来，一屁股坐到了雪地上，半天都没有力气起身。

这就是神庙。

沿着冰雪中时隐时现的石阶，苦荷与肖恩开始往大雪山上爬去，脸上的表情终于不再被这漫天风雪冻住，而变幻出极其复杂的情绪，那是激动，快慰，紧张，兴奋，还有隐隐的恐惧。

苦荷的脸上没有恐惧，有的只是狂热，他是位苦修士，这一生都向往着能够亲手触摸到神庙的大门，额头能落在庙前的石阶上。

雪山里的神庙看着极近，但当二人试图靠近它时才发现无比遥远。他们爬了半天，甚至感觉离那座庙宇越来越远，可那些黑色庄严的石墙就像是虚无缥缈的影子，随时可能会虚化在大雪山中。

传说中神庙一年只会出现两次，苦荷与肖恩不甘心放弃这个机会，用尽全身力量往雪山上爬，不知道爬了多久，二人身上全是冰凌划出的口子，鲜血淋漓，在雪地上拖出了两道淡淡的血线。

啪的一声，苦荷的手掌终于接触到了神庙前方的石阶，年轻的苦修士忍不住放肆地拍了两下，表达着内心的狂喜与难以言表的激动。

肖恩比他慢了些，暗自握住了袖子里的暗器，略带一丝惊恐地看着神庙的正门。这道门足有七丈高，就像是天神扔在人间的一本书。大魏皇宫的宫门看上去就像是神庙之门的缩小版，远不如此间大气恢宏，看来神庙果然不是凡人的居所。

他往庙门处走去，伸手，却触碰不到那道巨门，似乎随着指尖的前伸，那道巨门在以一种怪异的方式后退。

神庙，近在眼前，却远在天边。

三十年后的山洞里，垂死的肖恩双眼里涌出一丝黯然神伤。

"我没能进去。"

范闲松开了紧握着的双手，轻声说道："这是可以想到的事情，不然四大宗师就应该变成五大宗师。"

"苦荷比我强，就算我有他的运气也没有办法迈入大宗师的境界。"肖恩摇摇头，"但苦荷也没能进去，那座庙宇似乎有一种神秘的力量在守护，当年我与苦荷是世上最强的武者也没有办法进入。"

费介曾经提过，苦荷在神庙前的青石阶上跪了许久才拥有了如今的大宗师实力，看来这个传闻确实有几分真实性。范闲皱了皱眉头，请教道："神庙究竟是什么呢？"

这个问题肖恩也无法给出解答，只好无力地说道："神庙的正门处有一块大匾，只是年代已经十分久远，看不清楚上面写的是什么，我猜测应该是上天留给世人的符文。"

范闲有些紧张地问道："是什么样的符号？"

"是一个勿字……"老人有些困难地伸出手指，在空中比画了一下。

范闲马上看明白了，自言自语道："潜龙勿用？"

"还有三个一模一样的符文。"肖恩继续说道，手指在空中一上一下，再一上一下，画了两个圆弧，指尖破空，让人感觉神秘莫测。

范闲看着他的手指想了很长时间，却想不到任何头绪。神庙与自己的重生究竟有没有关系？与老妈有没有关系？看来只有等着自己将来去发掘了，但自己能有苦荷与肖恩那般好的运气吗？

"我想故事应该没有这么简单的结束。"他说道。

"没错……当苦苦追寻的一个目标近在眼前，然而却永远无法接触到的时候，你总会有极强烈的不甘心。苦荷虔诚地跪在庙前石阶上不停地磕头，我则是慢慢向山侧的高墙走去。"

洞外夜色深沉，肖恩淡漠的声音叙述着数十年前的事情，显得异常妖异。范闲忽然轻声说道："你要找下水道？"

肖恩说道："我们是同行，你当然清楚当时我会做些什么。"

"你连墙都无法靠近，怎么可能从下水道里钻进神庙去？何况……像这种地方又不见得一定会有下水道。"

"所以我失败了。现在想起来，那时候的胆子真大，面对着神庙我还想着这些尘世间的手段。"

"后来呢？"

"后来……"肖恩的表情变得有些怪异，"后来我走回神庙正门，发现苦荷在往怀里揣什么东西，我正准备发问，这个时候……"

老人的语速放缓了起来，范闲的心提了起来。

"神庙的门……打开了。"

"啊？"范闲下意识里往肖恩的方向靠近了一些。

肖恩说道："神庙的门悄无声息地打开了，我大喜过望，正准备进去，不料从那扇世间最大的门里忽然跑出来一个最妙的人儿。"

"最妙的人儿？"

"是啊，那是一个小仙女。"

肖恩傻乎乎地站在神庙的大门之外，眼睁睁地看着一个小女孩冲入自己的怀里，险些一口鲜血吐了出来，余光却瞧见苦荷像一头猛虎般冲到神庙的门口，与庙里的一道黑光缠斗在了一起。

　　年轻的苦荷已经是人世间最年轻的九品上高手，此时不知受了什么刺激，竟将体内的能力催发到了巅峰，与神庙里的那道神秘黑影纠缠在了一处，劲气四冲，山雪大乱。

　　数息之后，肖恩才想起来自己的怀里多了一个小女孩，还轮不到他反应什么，就听着那个小女孩对着青石阶上的苦荷喊道："退！"

　　很简单的一个字，从这个小女孩的嘴里说出来却像是圣旨般不容置疑，肖恩心头一凛，然后脸上挨了一记耳光，啪的一声响。

　　"你也退！"

　　苦荷飘然而退，肖恩狼狈地抱着小女孩滚下石阶，离开神庙正门十丈距离。那道黑光倏的一下缩回了神庙里面，并没有追击。

　　肖恩余悸未消地望着那扇巨门，想着那道黑光里似乎是个人影，不由得好生害怕——苦荷已经吐血倒在了身边。连苦荷都不是对方的一招之敌，这神庙里面的人果然不能以凡间的眼光去看待。

　　他心想，在自己刚才去找下水道的时候，跪在青石阶上的苦荷与怀里的这个小女孩已达成了协议，助她从神庙里脱困。

　　只是……这个小女孩是谁？

　　"抱着我，拉着他，走！"

　　小女孩似乎有些怕冷，将脸埋在肖恩的怀里，发号施令。肖恩不敢怠慢，一手抓住苦荷的衣领，跑下了大雪山。

　　不知道跑了多久，终于跑回了营帐，他气喘吁吁地坐在了帐篷里，才回过神来——自己为什么要跑？陛下要求的长生不老药还没有求到，自己为什么如此听这个小女孩的话？而且很奇怪的是，神庙里的那些仙人并没有追赶自己。

　　肖恩回身望去，只见小女孩正半蹲着身子，捏着鼻子，看着帐篷角落里那些吃剩的人肉骨头。

"真是可怜又可恨的人类啊。"小女孩转身过来，望着肖恩。直到此时，肖恩才看清楚了她的模样。

清如水，纯如雪，双眸如星辰，不是凡人应有的绝美容颜。

漆黑的山洞里看不到范闲的表情，但他的声音有些异样，微微颤抖着："那个小女孩多大了？"

"四岁，顶多只有四岁。"肖恩似乎还能看见那张清美脱尘的小脸蛋，"我把她抱在怀里的时候，感觉她轻得就像不存在一样。"

范闲有些惘然地问道："也是四岁？"

"为什么要说也？"

"没什么。"范闲笑了笑，一双眼眸亮了起来，"你知道那个小女孩是谁吗？"

肖恩无比笃定地说道："当然知道，她是个贪恋红尘，所以从神庙里跑出来的小仙女！"

范闲笑了起来，伸出手指摇了摇："相信我，她只是一个跑到神庙里偷东西的……小姑娘。"

肖恩听见范闲信心十足的这句话，剧烈地咳了起来，许久没有停歇，这大半夜的，也不知道绝壁下方那些锦衣卫能否听见。范闲有些担心，取出细针摸索着刺进肖恩的颈部，帮他舒缓一下心脉。

他的手指搭在肖恩的脖子上，感觉到一阵微湿和黏意。他抽了抽鼻子，闻到了淡淡的腥味，知道肖恩开始咯血了。

"她是仙女。"垂死的老人执拗地确认自己三十年前的判断。

范闲不想与他争执这件事情，问道："四岁的小女孩，怎么可能提得动一个箱子？那箱子谁提着的？"

"什么箱子？"肖恩的声音不像是在说谎。

范闲知道对方此时没有必要再隐瞒什么，而且此时五竹叔还没有出场。五竹曾经说过他与母亲是一起从家里出来的，家是哪里？按母亲留下的信，五竹曾经与神庙里的强者大战过一场，从而丧失了部分记忆。五竹为什么要和神庙里的人打架？难道是争风吃醋？

"后来呢？"

这是所有听故事的人必须做到的刨根问底。讲故事的老头儿已经快死了，范闲自然不会忘记问这最后的问题。

帐篷里，苦荷躺在毛皮之上，呼吸有些急促，不知道那个四岁大的小姑娘许了他什么，竟能让他逆了信仰，对神庙里面的人动手。

那个小女孩掀开帐帘，往雪地望去。外面风雪不减，她的肤色胜雪，小小的手紧紧攥着厚厚的帐布，小小的个子看着外面大大的世界，有种与她年龄完全不相称的落寞感。

肖恩小心翼翼地挪到了苦荷的身边，将手伸到他的袍子开口处。

"那是我给他的东西。"小女孩头也没回，"你不要乱动。"

肖恩看着小女孩的背影，眸子里现出一丝凶意。苦荷怀里藏着的一定是神庙里的无上天书，由不得他不动心。但一想到小女孩是从神庙里偷跑出来的小仙女，他立刻放弃了所有的贪念。

他跪了下来，叩首道："下民乃是大魏镇抚司双营指挥使，奉陛下令，前来神庙聆听天旨，求上仙赐予长生不老之药。"

这是他的使命，他没有忘记。

小女孩听见这话笑了起来，扔了一颗药丸给肖恩："你们帮了我的忙，我也帮你一个忙，那个和尚得了好处，你也得些好处吧。"

肖恩接过药丸，再怎么仔细看也没看出这药丸有什么特别之处，但既然是仙女所赠当然不能轻忽，取出玉盒小心翼翼地放了进去。

"你们回吧。"小女孩的语气有些老气横秋，"这里有什么好待的。"

肖恩有些失望，好不容易找到了神庙却没有进去，也不知道神庙里的仙人究竟长得什么模样。

"以后不要来这里了。"小女孩轻声地说道，"也不要告诉任何人神庙在哪里。如果让我知道你们透露了神庙的地点，我会杀死你们。"

肖恩连连伏首称是，这种冷冰冰的话从一个冰雪雕琢般的小女娃娃嘴中说出显得有些滑稽。但一个四岁的小女孩能清清楚楚地将这些话说清楚，本身就证明了她不是个凡人。

　　"苦荷醒来后，那位小仙女逼我们两个人发了毒誓，然后我们开始往南走。在那几天里小仙女脸上的笑容渐渐多了起来，似乎觉得可以踏足人间是件很有趣的事情。说起来很奇怪，我和苦荷每次看着她那个小小的背影，总是感觉不到她的体内有多么神妙的力量，唉……仙凡有别，我们这些肉眼凡胎，确实看不明白。

　　"有一天，小仙女回头看了一眼身后的大雪山，忽然自言自语了一句——他也太可怜了。这句话我记得很清楚，因为我从来没有在凡人的脸上，看见过那样悲天悯人的模样。"

　　范闲知道自己的老妈不是什么仙女，当时的她估计也没有什么强大的实力，居然能将这世间的两大强者吓得团团转，脑袋瓜果然很好使。只是不明白，她说的太可怜之人究竟是谁。

　　他也不相信什么悲悯，不由得笑了一声。肖恩嘲讽道："你我这种在阴水沟里生存的老鼠，怎能知道九天云上仙鹤的风姿？小仙女的那种眼神我形容不出来，却让我和苦荷一直念念不忘。"

　　范闲默然。

　　"第二天小仙女忽然失踪了，我不知道她去了哪里，在那苦寒无垠的雪地上，一个人骤然间消失无踪，把我和苦荷吓得半死。"

　　肖恩沉默了很长时间，最后说道："这是我这辈子最神秘的一次探险，能够看见不属于这个人世间的仙子，也算是运气不错。"

　　"然后你和苦荷就回了北魏？"范闲问道。

　　"回来的路程比去的时候更加艰险，总之有惊无险地回来了。我将仙子赐予的药丸献给了陛下，这件事情便算是有了结果。"

　　"别骗我，那颗药丸应该早就落到了你的肚子里。"

　　肖恩哑声笑了起来："知道骗不过你。"

范闲说道："这个世界上哪里会有长生不老药。"

"没有人能抵抗住那种诱惑。"肖恩叹了口气说道，"我吃了那颗药后才发现只是身体好了些，根本不可能长生不老。才知道原来小仙女也是会骗人的。"

"我相信，那位小仙女这辈子最喜欢骗人。"范闲神思恍惚地说道，"说不定连她死了都是在骗人。"

"什么死了？"肖恩马上又说，"仙女怎么可能死。"

范闲不理会他，将肖恩所说的回忆牢牢地记在脑中，站起身来握住了那把匕首。此时四周无光，天上乌云遮星蔽月，伸手不见五指，肖恩看不清楚他的动作。

"为什么苦荷要你死？"这是他最后的疑问，"我不认为你知道神庙的地点，能够引起这么大的骚动。"

肖恩反而觉得范闲的问题很奇怪："每个人都知道神庙对于世人来说意味着什么，这么重要的消息，如果一旦传了开来，只怕天下会大乱。不论是齐国战家的小孩子，还是你们南庆那个阴毒无比的皇帝，都会派出队伍去北方朝拜，天下强者更会不停地尝试找到神庙。"

范闲说道："你也说那只是一个大庙，有什么好拜的？"

肖恩冷笑道："苦荷在神庙前跪了跪便成了人间的大宗师，这种诱惑对于武道修行者来说有多大？而且你以为苦荷真的是个大圣人？如果杀了我，全天下就只有他知道神庙在哪里。神庙里究竟有什么？苦荷或许这一辈子都无法知道，但他已经获得了足够的好处，为什么要冒险让世上别的强者也拥有这种机会？"

苦荷要杀死肖恩，也许是为了保住自己国师的光辉形象，不想那一路北行上的丑事败露，也许是他知道神庙里的东西会对这个世界带来未知的危险，当然也有可能如肖恩所言。

"神庙里究竟有什么呢？"范闲的手指下意识地画着肖恩所说的神庙门口的那个"勿"字，一指一指渐渐加速，破空有声。

"世人皆知神庙不干世事，我和苦荷去找它已经是一次很冒险的赌博。事实证明，只要我们离开神庙，庙中人便不会来找世人的麻烦……苦荷守护着如今的北齐，他怎么还敢冒险去触犯天威？"

肖恩的精力委顿下来，声音越来越小："更何况小仙女逼我们发了毒誓，就算苦荷再厉害，难道他还敢违誓不成？"

"别把誓言这种事情看得太重。"范闲说道，"你不一样将神庙的地点告诉了我？"

"那是因为我要死了。"肖恩有些困难地将头扭向一边，"而且你也会死在这个洞里。"

范闲略带歉意地笑了笑，说道："我可不这么想。"

寂静的山谷夜色中，举目望去不见野草，但见一道浓黑胜墨的夜空横亘在两道绝壁之间。他一边整理着自己的衣服，将碎裂开的左腿裤管绑住，一边轻声说道："那位小仙女姓叶，叫叶轻眉。"

"叶轻眉？"肖恩震惊无比，"你说什么？叶家的女主人就是小仙女？"

叶家崛起时，肖恩还是北魏的密探大头目，他知道母亲的姓名，范闲并不意外，笑了笑说道，"除了你口中的仙女，还有谁能够让叶家在短短几年之间，就改变了整个天下的格局？"

"原来如此，原来如此！"肖恩再一次咳了起来，"难怪庆国能够在如此短的时间里强大起来，原来背后有神庙的影子。"

"错了。"范闲反驳道，"你是要死的人，我可以告诉你，叶轻眉，也就是你口中说的那位小仙女，她并不是神庙里的仙人，她和我们一样，都只是普通人而已。"

肖恩还没有从先前的震惊中醒过来，根本不相信范闲说的话，沉浸在临死前最后的疑问中："为什么……小仙女要捉我去庆国？"

他身为当年北魏的密谍头目，自然清楚叶家与庆国监察院的关系。

"当年庆国必须杀死你。"范闲说道，"必须承认当年的你是位很恐怖的人物……叶轻眉之所以派陈萍萍捉你而不是杀你。想来是承当年的那次情分，毕竟因为你们闯到了神庙，她才来到了这个世间。"

"那你……究竟……咳咳……又是谁？"黑夜中，肖恩忽然抬起头来盯着范闲，视线就像两把利剑一般。

快死了的老人还拥有这样锐利的眼神，范闲微微怔了一下，轻声说道："我？"

沉默片刻之后，他说道："我是叶轻眉的儿子。"

范闲多想在这个熟悉却又陌生，亲切却又格格不入的世界上对着所有的人大声说出来，奈何眼下却没有这种可能。此时夜色渐重，黎明前的黑暗已至，在只有两个人的山洞里，他终于还是说了。

我是叶轻眉的儿子。

不知为何，这句话一出口，范闲就感觉到轻松了许多，那颗承载了太多压力的心脏在这一瞬间挣脱了上面的许多枝枝蔓蔓，至少获得了暂时的放松，与夜风里的自由氛围轻轻地相拥着。

肖恩用莫名的眼神看着他，说道："你是……她的儿子？"

范闲点点头，笑了笑："我没有乱认老妈的习惯。"

肖恩剧烈地咳了两声，似哭似笑般地说道："难怪你知道这么多事情，难怪你对神庙在哪里如此感兴趣……"临死前的老人终于将整件事情看清楚了，喘息着说道，"看来这山洞应该困不住你。"

"我也没有把自己陷入死地的习惯。"范闲走到他身前。

肖恩盯住他的双眼说道："如果你想好好活下去，就不要去神庙。"

范闲没有回答他。

肖恩没有再看他一眼，将目光投向绝壁山谷之中，轻声说道："我以前总以为自己是个不怕死的狠人，只是寻求自由罢了。如今死亡近在眼前，我才知道，原来每个人都是怕死的。"

"这个世界上没有不怕死的人。"范闲看了垂死的肖恩一眼，缓缓松开了右手，轻声说道，"不过……死亡也许并不是终结，也许你会去到另外一个完全陌生的世界。"

这是他最大的秘密。

"你真的是小仙女……不，叶轻眉的儿子？"不等范闲回答，肖恩接着说道，"可是你和她根本不像。"

范闲说道："你只见过四岁的她，怎么能这么确定？"

肖恩微笑着说道："因为你远不如她漂亮。"

范闲笑着说："这个世界上比我漂亮的女人不多。"

"眼神不一样。"

"怎么不一样？"

肖恩悠悠地说："我现在才明白，在那片雪地荒原之上，小仙女望着白茫茫的大地，眼光依然是柔软的、悲悯的……我一直不知道该怎样形容，这个时候我似乎感觉到了那片黑暗的到来，才明白原来她的目光里所有的情绪只是在表达着一件事情。"

"什么事情？"范闲的心跳了两下。

"对生命的热爱。"肖恩微微一笑，"虽然你的眼中常有清亮的笑意，但你母亲是个极有情的人，而你骨子里是个极无情的人。"

范闲笑了笑，说道："这点我不否认。"

"我这辈子杀过很多人，所以不奢望能有善终。"肖恩不再继续这个话题，"能够死在这个山洞里，如你所说也算是座好坟。"

范闲半蹲在他的身边，左手搭在老人的肩上，发现他的肌肉已经逐渐柔软。绝壁外的天光依然黯淡，透过雾气却显现出一种圣洁的光芒，这道光芒柔柔地映在肖恩枯老的面容上，让这位手上染着无数鲜血的密探头领无由地生出了一种即将解脱的感觉。

"澹州应该没有那两株枣树吧？"

这是肖恩在这个世界上问的最后一句话。

范闲从肖恩的耳下取出最后一根针，确认了他的死亡。看着肖恩的尸体沉默了一会儿，他忽然说道："澹州虽然没有两株枣树，但是……死之后说不定真有个更好的世界在等着你。"

肖恩的双眼闭着，再也无法继续看这个古怪的天下。

范闲将肖恩的尸体放到浅洞的最深处，至于会不会有山鹰来啄食，他似乎没有考虑，显得有些冷漠无情。

他走出洞口，伸手到绝壁之外的空气中捞了捞，白色的山雾随着他的手指游动了起来。他伸手抓住的，只是一片空。

锦衣卫应该还在谷下和各处出路搜寻着二人的尸体或者是踪迹。燕山绝壁光滑如镜，没人会想到有人跳下山崖却能稳稳站住，更没有人能想到有人能够沿着这些光滑湿漉的山壁向上爬去。

范闲的身体像一张纸一样紧紧地贴在山壁上，身后全是浓浓的晨间山雾，就算有人在对面的崖壁上，也无法发现他的身影。

在澹州的时候，他有四年的时间就耗在真气体外操控上，这是一种极其愚蠢的修行方式，五竹不管他，他自己练得不亦乐乎。不料在后来的人生中，竟然帮了他这么多的大忙。

如壁虎般爬行，如蛇般紧贴，麻黄丸的药效早就退得一干二净，他的真气有些虚乏，不敢大意，慢慢地向上。

浅草微动，一只手攀住了绝壁旁的石头，一个浑身笼在黑色夜行衣里的人像幽灵般地从山谷里爬了起来。

范闲回首望去，只见山谷里一片幽静，隔着重重晨雾望向那边的山林却什么也看不见，他总觉着那边似乎有人正望着自己。当他在绝壁间爬行的时候，那个人的目光宛若实质般一直落在他的身上，就像是一支引而未发的利箭，随时可能击发。

他微微低头，转身，不思考，也来不及思考，像道黑箭一般扎进了浓雾之中，向着上京城的方向跑去。

上京城使团别院之外，高达手握长刀，双目如猛虎般圆瞪，看着院前的那些人。少爷已经一天一夜没有出门，所有北齐官员的拜访都被拒之门外，但今天一大早便有锦衣卫的人来传宫中的旨意，说是皇帝陛下要传范闲入宫闲叙。

没有几个人知道范闲不在使团。锦衣卫指挥使沈重希望范闲不在使团，但一夜大索竟是没有找到范闲的尸体，北齐方面终于动了疑心，迫切地想确认范闲究竟在哪里。谁知南庆人竟是如此蛮横不讲理，借口范正使大醉硬生生地阻止了北齐官员进入使团。冲突即将爆发，此时街口传来一阵沙沙的声音。

那不是扫大街的声音，是脚步声，北齐众人大喜，齐齐地让开了一条道路，对那位"款款"行来的姑娘行了一礼："见过海棠姑娘。"

海棠双眼惺忪，似没睡醒，双手插在花衣服的两个大口袋里，打了个呵欠，问道："你们在这里闹什么？"

有位官员赶紧上来回禀道："下官奉旨，前来请南庆正使范闲大人入宫，但是范大人这位护卫却怎么也不肯通报。"

又有锦衣卫与鸿胪寺官员报上来意，总之都是要见范闲一面。

海棠微微一怔，似乎根本不知道这两天里上京城发生了这么多的事情，眼神里有一丝惘然，说道："为什么不通报？"

高达知道这女子看着像村姑，实际上是北齐的重要人物，更关键的是这些天少爷经常与她在街上闲逛，明显是朋友，不敢怠慢，沉声说道："大人昨日饮多了，有些不舒服，正在休息，不好打扰。"

海棠轻声地说道："那我去看看。"

说完这句话，她便往别院正门里走去。这些天她经常来找范闲，使团的人早已经习惯了她的到来，见她迈步向里走去，站在石阶上的林文不由得眼中闪过一丝慌张，却也不敢拦阻。

高达握住刀柄拦在了海棠身前，沉声道："姑娘……嗯！"

最后的尾音变成了一声闷哼。

海棠没有出手，只是微微地转了转身子，那双似乎永远懒得离开地面的布鞋底沙沙地响着，而她的人已经到了高达的身后。

高达蕴积许久的真气尽数落空，双肩微微一颤，双眼中精芒暴盛。

海棠回身拍了拍他的肩膀，眼眸里闪过一抹夺目的亮色，轻声说道："我和范闲是朋友，想来他此时会愿意见到我。"

她的手掌落到高达肩上，一道柔和至极的暖流递了过去。

高达缓缓闭上双眼，右手虎口用力，长刀在身旁玲玲响着一转，狠狠刺入脚畔的石地板中，瞬间碎石微乱，刀尖入地三寸有余！

他身手极高明，依然及不上海棠的境界，更何况对方的身份特殊，他竟是没有出招，便吃了个闷亏。

他知道拦不住海棠，却也不肯让屋中的"少爷"单独面对海棠，黑着一张脸，转身跟在那个摇啊摇的身影之后进入了院子。

北齐的官员锦衣卫识趣地没有跟上，只要海棠姑娘确认范闲究竟是不是在房中就成了，自己这些人，何必去冒险。

"海棠姑娘早安。"端着淡盐水，手拿微型狼牙棒的王启年满嘴沫子，出现在海棠必经的庭院长廊中。

海棠微微一笑，知道对方是来拖时间的，却也不着急，说道："王大人手上拿的是什么？"

王启年将那"微型狼牙棒"从嘴里拿了出来，伸到海棠的面前，呵呵笑着说道："我家大人发明的牙刷。"

"牙刷？"海棠微微一怔，说道，"刷牙？"

"是啊。"

"为什么不用杨柳枝？"

"因为这家伙儿好用，软和，刷得细腻。"王启年讨好地说道，这时候才发现将与自己的臭嘴接触过的牙刷搁在海棠姑娘的面前真是大不敬，赶紧收了回来，连连请罪。

海棠笑着摇了摇头，继续往院里走。王启年将碗和那家什扔给下属，屁颠屁颠地跟了上去。快四十的人了跑得比兔子还要快，他一面跑着，一面有一搭没一搭地与海棠姑娘聊着天，又道范大人昨日饮酒过度，这时候只怕还在歇息，姑娘待会儿再来如何？

所有人都清楚，这大清早的海棠忽然出现在使团，当然不可能是路过，她是一定要看见范闲的。

行廊远处，一个穿着白色衣衫的身影朝着二人望来。海棠有所触动，转头望去，眼里射出一丝寒意："原来是云大才子。"

言冰云潜居在后院，就是不想刺激到北齐的官员百姓。他入狱之前正是海棠回到皇宫的时候，曾经以云大才子的身份与对方见过一面，今日相见不免有几分尴尬，便沉默地退了回去。

走到那扇紧闭的木门前，海棠直接伸手便推。王启年伸手去拦，他的轻功极好，旁的本领却与海棠有着极大差距。一道劲风拂过，那木门便吱呀一声开了。他额头流下一滴冷汗，不知道是否还来得及。

海棠静静地看着屋内那张大床，忽然开口说道："王大人你退下吧。"

王启年没有动。

一个有些疲惫，有些寒冷的声音从屋里传出："王启年，你退下。"

王启年眼中现出一抹喜意，马上恢复平静，躬身道："是，大人。"

海棠走进屋子里，身后木门无风而闭，她似乎并不怎么意外，也不怎么着急，从桌上取出茶壶倒了杯冷茶，浅浅啜着，然后坐到了大床旁边的圆凳上。

大床之上，锦被之中，脸色略有些苍白的范闲双眼微含笑意，饶有兴致地看着坐在床边的村姑，问道："你就准备一直这么看下去？"

海棠伸手掩住嘴，打了个呵欠说道："如果不是太后请我来瞧瞧，你当我乐意大清早地来看你的丑态？"

"我虽然不喜欢自己的容貌，但也知道与丑这个字没有什么关系。"范闲低头看了一眼，说道，"我相信她也不是个丑人。"

他拉开衣襟的赤裸胸膛上正伏着一位长发如黑瀑般的美丽女子。

"喝花酒喝了一天一夜。"海棠似乎并未看见他怀中的女人一般，又打了个呵欠，"也不算什么很漂亮的模样。"

"你就准备一直这么看下去？"

"我看范大人似乎没有阻止我观看的意思。"

终究还是范闲窘了起来，叹道："烦请姑娘暂避，也好让我怀中这位姑娘穿好衣衫。女人何苦为难女人。"

过了一会儿，那个歌伎收拾好之后，不舍地回头望了范闲一眼，目光中的微怨微羞让范闲在心中大赞她的演技。歌伎又略带一丝敬畏地向海棠行了一礼，拉起裙裾的下摆，小碎步地退出房去。

范闲依然躺在床上，双手搁在脑后，毫不在意赤裸的上半身被海棠瞧了去。海棠也真是位妙人，既不故作羞态，也不出言呵斥，就像他是块木头般视若无睹，直接说道："你知不知道这两天，上京发生了什么事？"

范闲笑了起来："我也懒得与你做这些言语上的功夫。既然身在上京，哪里有不知道的道理。上杉虎这次亏了一批下属，肖恩也被你们杀了。相信你的老师一定会很开心，恭喜。"

海棠静静地望着他，目光中的压迫感越来越强，范闲却像是感受不到，微笑道："不错，我知道这件事情会发生，所以为了避嫌，只好把自己关在使团里两天，相信姑娘能理解。"

既然范闲在使团里，海棠知道再也问不出什么，眼前这个看似惫懒的家伙实际上是位行事滴水不漏的人物。

她站起身来，双手插在大口袋里，忽然饶有兴致地看了范闲的赤裸上身两眼。范闲暗运真气，那张清美的脸很应景地红了起来。

"脸红什么？"海棠笑眯眯地问道。

"容光焕发。"范闲忽然觉得有一种说不清楚的危险正在接近，一天两夜的精神损耗，让他的面色又马上变得煞白。

"怎么又白了？"

范闲深吸一口气，苦笑着说道："春宵令人苦。"

"不是春宵苦短吗？"

"太长也是苦处。"

“你做的牙刷……我要一个。”

范闲愣住了，没有想到她居然会提出这样一个要求，只好继续苦笑道：
“据我所知，秀水街上也有卖的。”

海棠微笑道：“没你做得好。”

“谢谢夸奖。”

“没有想到你这位权贵子弟，居然愿意将心思放在这些地方。”海棠看着范闲，似乎是想重新审视这个人。

范闲微笑着说道：“关于我，你了解得显然还不够多。”

海棠沉默片刻后说道：“太后寿诞之后，你就要回国，那你答应我的事情，怎么办？”

范闲眼皮都懒得抬一下，说道：“等我睡好了，就去找你聊。”

海棠说道：“如此甚好。”

既然确认范闲在别院，那在燕山绝壁上想救走肖恩的究竟是谁呢？狼桃、何道人、沈重坐在三把椅子上，眉头皱得极紧。

昨天他们联手将范闲与肖恩逼下悬崖，锦衣卫就开始搜索，不料一日一夜的工夫过去，竟是没有半点线索。晨间众人终于忍不住，请宫中帮助强行闯入使团，却赫然发现范闲好好地坐在床上！

“难道不是范闲？”何道人苍白的脸愈发地白了，他大腿上染着的毒虽已清除，也损耗了不少真气。

狼桃闭目道：“那个人一定是范闲，擅长用毒，用针，小手段，除了他还有谁？”

何道人皱眉道：“可是那个人长得与范闲不一样。”

沈重说道：“容貌倒是很好伪装。问题在于如果摔下悬崖的是他，他怎么可能保持身体的完好？除非他是神仙。”

“除了范闲还能有谁？”狼桃不喜欢与这些人打交道，如果不是这次的事情牵涉到肖恩，他根本就不会出宫帮助锦衣卫。

沈重看了狼桃一眼，说道："南庆还有很多高手，至于手法问题……陈萍萍的身边有个叫影子的刺客，没有人见过他，也没有人知道他的手法与行事风格。范闲是监察院的提司，他与那位影子的手法应该有些关联……如此说来，出手的也有可能是那位影子。"

"是谁都无所谓。"何道人吐了一口浊气，"现在最重要的是，要确认肖恩到底死了没有？"

"肖恩死了。"狼桃说道。

当那个黑衣人救人时，他回首一刀刺入肖恩的胸腹，他很自信，挟在刀尖上的劲气在那一瞬间就断绝了肖恩的生机。

沈重叹了口气，说道："如此就好。"

太阳快要沉下上京西面的城墙，就像上千年来的每一天，微有暑意的风儿绕着有些发蔫的树叶，往城里各处宅院里冲撞着，打着旋地从人们的身体上飘过，从那些沉默的树干旁掠过。

入夜后，风会渐渐地凉下来。范闲披着件单衣，站在使团后院的一棵树旁，双眼微眯，看着天边出现的第一颗星。

他将手中的信纸折好，没有像往日一般用掌力震成碎雪一片。因为这封信并不是院里来的密信，只是一封家书。

信是婉儿写的。家里的消息一直源源不断地传到北方，但这是范闲第一次收到妻子的信。想来她在家中也等得有些心焦了。宰相岳父已经下台；大宝已经接到了范府；若若一如往常般清淡，似乎没有被婚事的传闻所扰；父亲忙于朝政。这都是家书里的内容。

信中没有写什么相思，没有催促某人的行程，只是写了几个散句："夏夜风亦止，辗转梦偏伤。知君不日归，青丝复添长。小别才几时，念君如三日。何来意闲闲？埋首书中去。"

念君如三日，昨日，今日，明日。

范闲感受到信中的淡淡记挂与妻子难得的情感流露心情，略感安慰。

236

这些日子他忙于事务，不免有些淡了对家中女子的思念，偶尔想起也会有些愧疚。

他与海棠约好了后日相见，不知为何此时的他对于这次相见有些期盼。这不是男女间的问题，只是一种很纯粹的期盼。

范闲想找个人说说话，更准确地说，在经历了与肖恩的对话之后，他需要倾诉……却无处倾诉。

这种很古怪很奇妙的感觉，一直萦绕在他的心头。在庆国京都那个雨夜里，箱子被打开之后，范闲本以为自己在这个世上不会再寂寞了，毕竟这个世界上有那个女子无处不在的气息与痕迹。但是此时他才真切地感觉到自己依然寂寞，因为那个女子已经杳然无踪迹。

言冰云静静地望着范闲，说道："范大人，问出来了吗？"

这是范闲早就已经想到的局面，自己利用了监察院与信阳方面的所有力量才得到了那般绝妙的"死境"，众人自然十分想知道肖恩嘴里的秘密是什么。

他说道："我出手晚了，肖恩死了。"

言冰云的眼里闪过一丝异色，马上又恢复了平常，摇头道："谋划日久，最终却没有成果，实在可惜。"

范闲笑道："老跛子搞了二十年都没有问出来，你以为我是神仙？"

他时常在与言冰云的交谈中刻意称呼陈萍萍为老跛子，这是一种很粗陋、很莽撞，甚至是很拙劣的威吓手法，但对付言冰云这种冰雪聪明的人物，这种手法往往反而比较管用。

他回过头对王启年说道："准备回程事宜。"

"是。"王启年想着那边的事情，略顿了顿后问道，"大人，昨日留在房里的那个冒牌货怎么处理？"

范闲知道他这是杀人灭口的意思，摇头说道："带回去。"

言冰云不赞同地摇摇头："万一被北齐人发现了怎么办？"

"被发现了怎么办？"范闲盯着言冰云的脸说道，"当然是凉拌。就算他们发现了又能怎么样？你被关了一年，这胆子也小了许多。"

言冰云与王启年对视一眼，发现范闲今天的心情有些问题，很默契地不再说话。范闲看了二人一眼，叹道："你们以为海棠没有看出来？只不过她拿我没办法而已。"

王启年接着请示回国的行程安排。范闲略一沉默后，说道："太后寿宴一过，我们马上启程，我……有些想家。"

王启年领命，准备出门去与林文、林静二人商议。毕竟此次回国的使团中，还要带着一位身份尊贵无比的公主。

范闲忽然说道："来时路上我们准备的那些马，王启年你要处理干净，不要给那些农夫带去别的麻烦。"

言冰云没有参与最先前的计划，所以听不大明白。王启年看了范闲一眼。范闲摆摆手，他便推门离开。言冰云的眉头挑了挑。

三个人做了三个动作，自有深意。范闲笑了笑，说道："在我面前，你何必忍得这么辛苦？"

言冰云没有笑，举起面前的茶杯喝了一口，说道："提司大人既然不想我知道，即便我再好奇，也没有必要发问。"

范闲没有考虑太多，直接说道："这只是最初的计划，既然已经抛却不用，当然要把屁股擦干净。"然后他用很简单的语言，向言冰云做了一下解释——刚刚入春的时候，范闲就在京都寻到一位与自己容貌有些相似的监察院年轻官员，然后一直养在"深闺"。在最初的计划中，会让他冒充范闲随使团南下，掩护真正的范闲留在上京中，处理应该处理的事情。

"你最开始准备留在上京？你要处理什么事情？"

"陈萍萍要肖恩死，所以我准备留在上京杀死他，然后赶到国境线上与使团会合，免得肖恩死后，北齐人将我们的使团宰了。"

言冰云问道："你刚才和王大人说的沿途马匹？"

范闲笑了笑，解释道："使团在京都出发之前，我已经请院中的人和内库的某些人物，帮忙在这南下的道路上养了些好马，当然，这些马都是偷偷摸摸地养在保马户中，想来不会惊动北齐的官府。"

"你准备在上京杀死肖恩后，一路换马，用最快的速度回到南庆？"

"千里走单骑，有什么问题？"

言冰云叹了一口气后说道："这是现实世界，不是一本小说，如果按最初的计划，你杀死肖恩，北齐方面一定会关闭上京城，各州驻军都会封闭南下的道路，你单人匹马怎么可能回到南方？"

范闲说道："陈萍萍当年带了那么多人都能够杀回南方，我一个人为什么不行？"

言冰云摇头道："大人是院中提司，应当惜命惜身。而且就算北齐因为使团的离去而放松了警惕，你也不可能在上京城中刺杀肖恩。"

范闲自然不会告诉他有关重狙的事情，毕竟现在五竹叔失踪了，箱子失踪了，长公主与上杉虎勾结了，小闲闲渔翁得利了，事情一变再变，计划已经变成了如今的模样。

明日复明日，便是后日，这当然是一句废话。

美丽的玉泉河畔青树丛丛，偶有北回的白鹭飞起。这里是河的上游，地近皇宫，纲禁森严，百姓们根本没有办法在这些石子路上落脚。范闲与海棠并肩走在河畔，有一搭没一搭地说着废话，连绵数日的阴郁心情，似乎在村姑的陪伴下好了许多。

说来也奇怪，海棠这位姑娘生得不怎么漂亮，风姿不怎么绰约，气质像极了村姑，偏生却能让范闲觉得非常自在。

几句废话说完，马上转入正题，海棠微蹙眉头，问道："太后一直没有松口，你究竟能不能想出什么法子来？"

"你们皇帝要娶老婆，却偏生要我帮忙。"范闲望向海棠，双眼里的情绪有些不悦，"你既然是司理理的好友，当然应该知道某些事情。难道你不觉得请我帮忙，会让她心中不自在？"

海棠双手插在大口袋里，脚在河畔的青石地上拖着，宁静地望着前方微垂下的柳树，说道："如果司理理想的你能做到，她就不会来到上京。既然你是一个无情之人，又何苦这般惺惺作态？她入宫想来也是你愿意看到的事情，毕竟从此以后，你就算远在南方，但在这北齐皇宫里也有了一个可以说上话的人。"

范闲料不到她会将所有的事情说得透透彻彻，不给自己一丝遮掩的机会。他心头微窒，觉着自己身上的薄薄单衣似乎在这一瞬间都被剥光了，露出里面的自私与无情来，于是只好苦涩地一笑说道："我只是一位臣子，并没有足够的能力去改变所有的事情。"

"所以你就默认这件事情的发生。"海棠说话的语气并不咄咄逼人，那股子光明正大却无来由地有种压迫感，"既然如此，何须多言。"

"一入宫门愁白头。你与司理理是姐妹，怎么忍心看她入宫？"

"陛下是位不错的男子。而且理理毕竟是南庆人，想在上京生活，也只有皇宫能够为她挡风遮雨。"

范闲又从她的眼里看到了那片比湖光更加明亮的神采。在他这一生的经历中，目光最亮的便是叶灵儿与海棠。叶灵儿是一片天真无邪，海棠眼里的明亮更多了种洞悉世情后的明达与淡然。

"范大人，像你这样成天算计着阴谋生活，难道不会觉得很累吗？"

范闲微微低头，片刻后坚定地仰起头来，将双手负到身后，上身不动，下身微移，与海棠一般在河畔的青石路上摇啊摇着，回道："这个世界上不是所有人都能像你这样逍遥自在，我们每个人都有自己不同的目的。你或许只是想种几畦好菜，打理三分田园，但我必须为自己，为身边的人考虑，考虑现在，考虑将来。"

说完这番话，他从怀里取出一封信，递给海棠，说道："我不是一个有大智慧的人，顶多有些小聪明，你看看这些方法能不能用？"

海棠拆开信封细细读了一遍，良久后深深吸了一口气，用明亮的眼睛望着范闲，眼神中多了一分异样："太后会相信吗？"

"太后如果不想因为这件事情与皇帝翻脸，那么她需要的只是脸面与一个台阶，不管她相不相信，这两件事情都能带来足够的说服力。"

范闲献的计策其实很简单。在那个世界的历史中，汉武帝被勾弋夫人勾住的桥段，他一直记得很清楚。当时武帝巡行至河间，忽然有一个术士声称此地有祥云瑞霭，显示必有奇女生长于斯。武帝听后立即下令就地寻访，果然找到了这个美丽的少女。

那少女相貌美丽，却从小患病，少进饮食，而且双手紧握成拳，谁也没法让她伸展。武帝被她的美丽所倾倒，亲自去尝试为她掰拳。于是奇迹出现：这双手很轻易地恢复成了健康的模样，更奇怪的是在右手心里还紧紧地握着一只小小的玉钩。

汉武帝异常高兴，马上将她纳入宫中，封为"拳夫人"，这就是后来的勾弋夫人。

"你说的这个皇帝是谁？"海棠问道。

范闲笑了笑："这是我自己瞎编出来的故事。这件事情自然是假的，那位汉武帝又不是蠢货，说不定就是他想出来的桥段。"

海棠在男女的事情上有些稚嫩，问道："那我们应该怎么做？"

范闲没好气地摇摇头，提醒道："你是谁？"

海棠陷入沉默之中。范闲一怔，心想这位要究天人之道的丫头不会被自己带入哲学问题中了吧？于是赶紧说道："您是苦荷的徒弟，苦荷先生是国师，如果苦荷说京西有祥云，云下有奇女子，这个说服力，自然就会强很多了。"

海棠笑道："师傅怎么会与我一同胡闹？"

范闲在心里暗哼一声，心想你那老师连人肉都敢吃，一向最宠你这个小徒儿，跟着你胡闹一下也不过分。

海棠接着问道："但是……理理的身份，整个上京的贵族人人皆知，总是瞒不过去的。"

范闲笑了笑，说道："先把司姑娘接到齐庙里面去住几个月，最好让她先出家。"

"出家是什么意思？"

"一心供奉神庙，不思婚配。"

"然后？"

"等事情淡了再送入宫中，生米煮成熟饭，硬木刻成大船。"

"这样就行？"

"信里面还有些细节，你留神一下。当然，如果您能说服国师收司姑娘为徒，那就更好了。"

"范大人这些提议看似荒唐可笑，但细细想来确实有几分可行。"海棠向范闲道谢。

范闲心想这是前世武则天、杨贵妃二位美人总结出来的成功经验，自然可行，当然可行。但他的心里依然有疑问，为什么皇帝一定要司理理入宫？为什么太后一定不让司理理入宫？海棠一定知道其中的秘密，但肯定不会告诉自己。忽然间，他心头一动，想到了几次入宫见到的年轻皇帝的神态，生出一种极其荒谬大胆的想法。

他自然不会将自己心里的猜想说出来，吸了一口凉气，就像是牙痛一般。海棠看了他一眼，沿着玉泉河往前走去。走不多时便来到一处小园子的外围，竹篱为门，井在院侧，石桌在西荫之下，黄色杂毛的小鸡崽儿正在闷声不响地啄着米。

这里就是她种菜的地方。

范闲叹了口气，说道："说实话，姑娘总摆出个亲近自然的做派，但这等清雅的所在和村子里那些臭气熏天的猪圈一比……原来种菜养鸡也是要讲究境界的。"

这话明赞实贬，海棠只是笑了笑，说道："你当我乐意在上京城里待着？只是师傅有命，宫中有求，只好在这附近围了个园子。"

"沈重他们谋这个园子来给你当菜地，不知道苦了哪家良民富绅。"

"这就是我所不知，也无法掌握的了。"

海棠说得淡然，范闲也听得舒服。身为北齐超然的大人物却没有硬生生扮出个仙女样来，不酸，不躁，不刻意淡然，只是一应随心，挺好。这便是他欣赏海棠的一个方面。

太后寿宴之前难得有些闲时，范闲暂且抛却这些天的阴郁心绪，挽起袖子，卷起裤管，从石磨后面取出家什，开始帮海棠翻土。等两分清秀黄土地翻天之后，他又拿碗盛了碗谷子，像个贪财的龙王一样，一点一点往地上吝啬地抛洒着，逗得那些小鸡雏叽叽地叫着，追随着他的脚步绕着小院到处乱跑。

海棠一面蹲着身子整理瓜果枝叶，一面含笑看着范闲在那里玩耍，目光有意无意间会落到他的左腿上。

范闲打从澹州起就没有务过农，握着锄头的手感觉就是不如握着匕首舒服，浇水的时候总不如撒毒粉来得爽利，笨手笨脚，最后终于沦为了看客。饶是如此，也是累得满头是汗，头顶热气蒸腾。

他打出井水牛饮了几口，余光瞥了海棠一眼，发现这位姑娘侍候菜畦的手法果然纯熟，想来这些年经常做这个营生。

日上中天，海棠搬了两把躺椅放到了棚架之下，棚上不知道挂的是什么瓜果，叶片极大，将阳光全挡在了外面。

范闲接过海棠递过来的凉茶喝了两口，便往后倒了下去，压得椅子咯吱一声，闭上双眼开始午后小憩，就像在自己家中一般放松。

海棠看了他一眼，笑了笑，扯下头上的花巾擦了擦自己额角的汗，也躺了下去。

两张竹椅一青棚，一棚凉风两闲人。

不知道过了多久，海棠打破沉默说道："你这人真的有些怪。"

"你也是个怪人。"范闲依然闭着眼睛，"至少到目前为止，我仍看不透你。"

二人说话间已经舍了范大人与您这种尊称，海棠感觉舒服了些，微笑着说道："为什么一定要看透某个人？而且看透又是什么意思？"

"每个人做某些事情，总是有一定目的。"范闲唇角泛起一丝笑意，"而我不知道姑娘你的目的是什么？"

"我的目的？"海棠挥着花头巾扇了扇，问道，"活着为什么一定要有目的？"

范闲闭着眼睛，伸出手指头摇了摇："活着不是要有目的，而是我们做的所有事情、想要达到的所有目的，都是为了活着。"

海棠说道："我不是很习惯这种绕来绕去的说话方式。"

"只是说些无聊的废话罢了。"范闲伸了个懒腰，"我很喜欢和你说说废话，这种感觉可以说服自己是在确实地活着，而不是被活着这个目的所操控着。"

海棠啐了一口说道："你这还是在说废话。"

"我只是喜欢你的行事。"范闲说完这话后，忍不住自己笑了起来，"像你我这种没有朋友的人总是想找一个说话的对象。"

"范大人才华横溢，声名惊天下，怎么会没有朋友？"不知为何，海棠回复了大人的称呼。

范闲沉默了半晌后说道："我确实没有朋友，姑娘你是北齐骄子，与我处在敌对的阵营中，相反我却觉得可以把你当作朋友来看待。毕竟我在北齐的日子，你不可能出手杀我。"

海棠看了他一眼，忽然发现这位南朝官员确实漂亮得有些混蛋，就说道："大人出身权贵，入京后便风生水起。你这一生坦坦荡荡，仕途无碍，两国君主都看重于你，这等人生还有什么不满足？"

"孤单，寂寞。"范闲一点都没觉得这两个词透着矫情酸气。

海棠嘲笑道："范大人手下有言冰云这等厉害人物，在南方是监察院一人之下的权重官员，家中娇妻在堂，妹妹也是出名的才女，父居高位，往来结交的都是一时俊彦，何来寂寞孤单之说？"

"父是父，妻是妻，妹是妹，言冰云是下属，结交之辈都有利益纠葛。"范闲不知为什么在海棠面前这般坦荡，"你当我是冒充孤独也好，模仿绝望也好，总之我这官做得不轻松，我这……儿子做得也不快活。"

海棠眼眸流转，说道："范大人莫不是要与我做个友人？"

"友不友的暂且不论。"范闲说道，"至少和姑娘待在一处比较放松，这就已经是我极难获得的享受了。"

"若我也对大人另有所图？"

"你图不到。"范闲回答得极有信心。

"大人似乎忘了我们之间也是有仇怨的。"

"无妨，至少现在若有人要来杀我，姑娘一定会帮我出手。"范闲骨子里掩藏了许久的惫懒，终于流露少许出来。

"范大人，我一直有些好奇，你……为何会愿意来北齐？"

海棠笑吟吟地望着他，南方官场上的事情在北方也不是什么秘闻，她当然知道其中奥妙与南方天子家的那些烂事。

范闲笑了笑，说道："……不告诉你。"

海棠气结，范闲却一个翻身下了躺椅，伸了个懒腰，说道："我饿了。"

海棠应道："屋里有米，井底有水，园中有菜，你自己做吧。"

范闲叹息道："当男人……对除了老婆之外的任何女人说他饿了的时候，通常是在说，他肚子里的酒虫饿了。"

上京城最豪华、最清静、最有格局的酒楼是百岁松居，今儿个有贵客到。这客相当尊贵，百岁松居的老板亲自在门外侍候着，将酒楼里所有的客人全恭恭敬敬地请了出去，留下了空旷清静的三层楼。

酒楼掌柜很是讶异，老板却没做解释，他也是在朝中有眼线的上等人物，早就瞧出那一男一女的身份。男的是南朝诗仙，女的是皇帝的小师姑，这两个人加在一起，是可以在皇宫里轧石路散步的角色，更何况一个酒楼。

临街的雅间里，范闲一面打望着街上的景色，一面往自己的嘴里灌着酒，喝了三杯却皱了眉头，喊老板进来换了。老板见他面色不好，顿时弱了想求诗仙墨宝的想法，去换了北齐最出名的青米子。

范闲喝了一口，点了点头。海棠有些纳闷地问道："先前是五粮液，全天下最好的烈酒，范大人不满意？"

"我确实爱喝烈酒。"范闲回过头来看了她一眼，面色有些怪异地说道，"但现在就是不想喝五粮液，因为那个酒有些旁的味道，让我不能太放松。"

五粮液有庆余堂的味道，有姓叶的味道，有与范闲相关的味道，他今日不喜欢。

海棠恢复沉默，只是看着范闲饮酒，灌酒，眼睛却越来越亮，似乎在欣赏一个很有趣的景致。

醉意渐至，范闲眼中略有迷离之意，笑容也更加明朗，说道："是不是觉得我这等幸福，偏生却扮个借酒浇愁的模样，看着有些可笑？"

"少年不识愁滋味……"他执箸敲碗轻歌，这是他转世以来"抄"的第一首诗词，此时回忆当年，更有复杂滋味。

他轻声再歌："留余庆，留余庆，忽遇恩人；幸娘亲，幸娘亲，积得阴功。劝人生，济困扶穷。休似俺那爱银钱忘骨肉的狠舅奸兄。正是乘除加减，上有苍穹。"

这是《石头记》中巧姐的判词：留余庆。

海棠的眼睛更亮了。

范闲长叹息，端起酒杯一饮而尽，说道："海棠姑娘，你莫理我，由我一醉便好。"

为何要醉？男人喝酒有很多种理由，最充分的理由便是情绪黯然，压力袭身。范闲此行北齐，获知神庙之秘，缔结两国邦谊，成功收拢北方谍网，怎看也是春光明媚，却不知他为何黯然，那压力又是从何而来？其实很简单，黯然是因为一颗心无着落处。范闲在山洞里与肖恩说过，他是世间一过客，始终以观光的心态看待这个人世，纵使沉浮十八载，却依然与这个世界有些隔膜感。若没有婉儿，若没有妹妹，若没有五竹那个家伙，他真恨不得洒然一身，自去世间快活。压力来自山洞里的那番对话，陈萍萍让范闲把眼光放高一些，甚至要在天下之上。范闲在知晓神庙所在后便明白了，自己要开始独自承担这种压力，而这个事关天下的秘密，压榨了肖恩数十年，不知道要压榨他多久。

若去神庙，自然是百死一生，自己想守护的人怎么办？若不去，则永远无法知晓当年的秘密。范闲好生恼火，不知道之前恨不得把肖恩的脑袋挖开，可真知道了却又恨不得自己永远不知道。

为安全起见，他应该回到京都，在官场上与商场上好生风光几年，将神庙的事情永远埋在心里，但又总有些不甘心——他有些不解自己为什么会对叶轻眉……这个肉身的母亲如此念念不忘，所以他不想喝五粮液，甚至看着手中的玻璃酒杯都有扔到地上砸碎的冲动。

《红楼梦》里给巧姐的判词，真的像是写给他自己一般。

幸而重生，幸而遇恩人，幸而有娘亲积得阴功，让自己轻轻松松，不费吹灰之力，就可以获得一大笔财富，得到一大帮牛人的帮助。

留余庆，庆余年，自己的余年究竟应该做些什么？

此时，海棠那双明亮的双眼似乎可以看透人心，她缓缓地说道："劝人生，济困扶贫。"

范闲悚然惊醒，他知道自己就算喝得烂醉如泥，也不可能在任何人面前吐露自己的秘密，但……为何海棠会这般说？

其实海棠只是凑巧说了这句话而已，她看着范闲略有癫狂的神情，便想到了传说中，南朝皇宫夜宴上，诗仙初现人间的癫狂不羁，以为范闲是心道人生轨迹已定，无穷繁华顺路而来，却生出了厌世之念、颓废之心。

这种情况在文人身上极易见到，所以海棠轻声说了那句话，便是纯从本心出发，想劝谕范闲一心为天下士民。因为海棠一直相信，范闲的骨子里，就是一个文人。

"天下熙熙攘攘，皆为利来利往。"范闲嘲笑道，"海棠姑娘修天人之道，亲近自然，爱惜子民，却不知道他们要的只是'利益'二字。本官

248

并无开疆辟土的野心，也想让这天下黎民能过得舒服些，但那必须是我先过舒服了……要让百姓过得舒服些，我手中必然要握有权力。可这世间官场朝廷，你若想身居高位，又如何能过得舒服？"

海棠听出他话里的寒杀之意，微微一怔，说道："范大人手操一方权柄，万望谨记'道义'二字。"

"俗了，俗了。"范闲将筷子敲得震天响，那瓷碗却没有碎。

"人之异于禽兽者几希。"海棠依然皱眉说着，"唯重义者耳。范大人虽与我身处两国，但这天下子民不论是庆国的子民，还是齐国的子民，都是独一无二的生灵。大人若对'道义'二字还有所敬畏，万望大人回国之后，尽力阻止这天下的战事再起。"

平息天下干戈——这便是海棠的目的，范闲一直在猜的目的。很大的一个牌坊，如果是从旁的人嘴中说出来，一定会让他觉得很恶心，但从海棠的嘴里说出来却是那样自然，令人相信。

范闲自嘲一笑道："那肖恩便不是生灵了？"

海棠回道："杀肖恩一人，救世间万人，有何不可？"

肖恩若脱牢而出，与上杉虎父子联手，帝权大涨，再将神庙秘密吐出，以北齐年轻皇帝的雄心，这天下只怕数年之后又会陷入战火之中，她这般说倒也有几分道理。

偏生范闲根本没有政治家与道德家的觉悟，冷笑着说道："若百人要死，杀四十九人，活五十一人，姑娘杀是不杀？"

海棠默然，良久无语。

"所以说，你我皆是无情人。"范闲忽然不想再说这些无趣的话题，有些生硬地将话题转开，"人之异于禽兽者几希？善假于物也。"

海棠一怔，抬起头来。

范闲说道："我的武道修为不及姑娘，但若真的生死搏斗，姑娘却不见得能轻松杀了我。"

海棠点了点头。

范闲饮了一杯酒，望着她的眼睛，静静地说道："为什么？因为我善于利用一切工具。"

"武道修为首重修心，外物之力终久不可久恃。"海棠静静地应道。

范闲摇摇头，说道："重义者并不见得能将'义'字发挥，谋利者却不见得是个无义之徒。义者，大利也，只要目的正确，何必在乎手段？"

说完这番话，他自己却愣住了，一番闲聊本是岔话之举，却无意中触及了他自己的内心，就像是一道天光忽然打在他的心间，顿时让他明白了自己的真心究竟是什么。他这一生总说自己要抢圆了活一把，却始终不知道自己应该如何抢圆了活，今日终于有了分数。此刻他心中清醒，眼中却是酒意浓烈，盯着海棠说道："多谢。"

海棠今日言语上全盘落在下风，也并不如何恚然，听着这"多谢"二字，却是有些轻微失神，看着范闲满是醉意的眼眸里透着的那丝坚定，她轻声说道："以大人之才，日后之南方便是一方好舞台。大人既不思战，便是海棠之友，还望大人振衣千仞冈之时，小心谨慎，多以万民为念，不可稍有自满之意，如此方是正途。"

范闲将酒杯轻轻搁在桌上，说道："放心吧，我才刚上路呢。"

有佳人在旁守护，又驱散了心头所有的犹疑，范闲这顿酒饮得无比酣畅，虽有些孩子气地不肯喝五粮液，但青米子灌得多了，终究还是喉头干辣，胸中胀滞，脑中浑浊，醉倒在桌上。

这是范闲自打开那个箱子之后，第一次醉到人事不省，却是在敌国上京的酒楼上，在那个根本不知是敌是友的海棠姑娘面前。如此行事，实在是有些古风或者说蠢气。

"您还真是一个看不透的人。"海棠看着醉倒在桌上，像个孩子一样甜甜睡去的范闲，微笑着说道，"我一直想见的雪芹先生。"

范闲的头有些痛，轻轻哼了一声，一双温暖柔软的手便伸了过来，轻轻按在他的太阳穴上揉着。他心头微惊，双眼却依然闭着，说道："这是在哪里？"

　　也许是因为酒喝得太多的缘故，他的声音有些干涩，觉得额角的双手有一只离开。片刻后，便有一个杯子小心翼翼地递到了嘴边。他尝了一口，发现是浓淡适宜的蜂蜜，解酒最合适，不由得笑了笑。

　　他相信海棠不会对自己下毒，那样对她没有任何好处。正这般想着，忽然嗅到身周传来淡淡幽香，这香味极其清雅，却让他的心头荡漾了起来，一股子热力从他的小腹处升腾而起，直乱心志。

　　于是那阵香味凑得更近了，柔软地靠着他的后脑，妩媚的身体碰撞让范闲心中那团火烧得实在难耐。他猛地睁开双眼，眸子里面一片宁静中有着挥之不去的那一点欲念，看着眼前那双白玉素腕，看着那双淡青色的衣袖，说道："理理？"

　　司理理转身过来，身子一软就倒在了他的怀里，双眼柔弱无比地望着他，多了一丝期盼，多了一丝幽怨。

　　二人这一路北行，本就只差那层纸没有捅破，范闲嗅着那熟悉的女子体息，不由一阵恍惚。来上京之后，自己只是在庙里偶然看见了她一面，早已决定不再与这女子有太多男女上的瓜葛，但今时温玉重投身怀，那种熟悉而柔软的触感与自己胸腹处不停厮磨着……

　　刚才还在和海棠喝酒，这刻便在和司理理亲热。范闲当然明白这是怎么回事，只是有些想不明白——不是我不明白，这世界变化快。

　　初夏的上京城，不起风则闷热，不落雨则尘起，实在称不上是好天时。还好此时天已经晚了，淡淡夜风掠过，让这座小庙四周的建筑都从白日里的烘烤中解脱出来。疏枝挂于庙顶檐角，一轮大大的圆月映衬在后方遥远、看着却又极近的夜空背景中。

　　范闲系好裤腰带，像个淫贼一般，逃也似的从里面跑了出来，清秀的面容上是一片不可置信的荒谬感。

　　到庙门口，他霍然回首，看着坐在庙顶上那轮圆月中的女子，痛骂道：

"你跟你师傅一样，都是神经病啊你！"

范闲一向喜欢伪装自己，微羞的，甜甜的，天真的，虽然众人不信却依然纯良的……但今夜碰着这等天大荒唐事，心中又惊又怒，终于破口大骂了起来。

海棠蹲在房顶，就像个看护孩子们谈恋爱的保姆一般，花布巾系在颈上。她似乎也没有想到范闲会醒得这么快，满脸惊讶，眼眸里闪过一丝极淡的羞意与笑意，轻声说道："这么快啊。"

范闲羞怒之后马上傻了，这到底是个什么样的女人啊？

海棠很快便明白过来，有些自责地拍拍脑袋，说道："怎么忘了你是费介的徒弟？早知道，先前下药的时候就该加些剂量。"

月光微动，疏枝轻颤，她飘身而下，未震起半点尘埃，轻飘飘地落在范闲的身边，推开庙门，示意范闲与自己一道出去。

庙外尽是一片黑暗，远处的池塘里传来阵阵蛙鸣，一片农家气息，范闲心头却是一片怨妇气息，寒声逼问道："你给我下的什么药？"

"春药。"海棠说得理所当然，正大光明，"宫里最好的那种。"

"你！……"范闲伸出食指，指着她那挺直的鼻梁，生出将她鼻子打烂的冲动，"我是庆国使臣，她马上就是你们皇帝的女人……你好大的胆子！"

海棠的脸马上冷了下来，说道："范大人在雾渡河畔给我下药的时候，怎么不觉得自己胆子小。"

"其时为敌，今日为友……"范闲马上显得不那么理直气壮。

海棠微微一笑说道："在宫中的时候，大人是怎么说的？"

多日前的皇宫中。

"上次你给的解药，陈皮放得太重，吃着有些苦。"海棠姑娘陶醉在阳光之中。

范闲一笑，知道对方已经看出自己那日用的诈，轻声说道："我是监察院的提司，不是求天道的高人，使些手段是常事，姑娘不要介意，当然若您真的介意，您也可以给我下下……那药。"

这话有些轻佻了，海棠却不像一般女子那般红脸作羞意，而是淡淡地说道："若有机会，自然是会用的。"

若有机会，自然是会用的。

若有机会，自然是会用的！

记忆力惊人的范闲当然将这句话记得清清楚楚，但他怎么会想到对方身为一位姑娘家居然真的用了！他冷哼数声，恼火至极却没有办法，自己让别人对自己下药，别人应自己所请下药，似乎自己还真没什么好说，于是乎……他只好举头望明月，低头恨姑娘。

"我也不是什么修道的高人，我只是一个记仇的小女人。"

"不该是司理理，你是她的姐妹。你知道这意味着什么。"

"理理喜欢你。"海棠微笑着说道，"你对理理也不反感，所以我们几个姐妹都认为这件事情可行。"其实从知道范闲就是写《石头记》的那位曹先生后，她就更加坚定了这个想法。

范闲忽然沉默起来，半晌后忽然望着海棠说道："其实既然是您对我下春药，虽然您长得确实不是什么美人，我也可以勉为其难，牺牲一下色相，但何苦把司姑娘牵涉进来？"

海棠再洒脱自然，万事不羁于心，终究也只是一个年轻姑娘家，闻言不由大怒，那双明亮的眼睛狠狠地盯着范闲，就像深夜草原上的一头母狼。

范闲稍出了口恶气，马上恢复了冷静，双眼微眯着说道："我拍拍屁股就可以走人，当心你那师傅收拾你。"

海棠深吸一口气，压下心头情绪，宁静地一福说道："今日设计大人，还望大人见谅。"

范闲面无表情地说道："你可多设计几次，没有男人会拒绝这种飞来的艳福……不过，您就免了。"

海棠再不动怒，只是轻声地回道："后日宫中开宴，会有武斗，大人先做准备。"

"宴后，我便要启程回国。"范闲盯着海棠那张平常无奇的脸，眼神出奇地古怪，"我不能留在上京，因为我家里有些急事。过些天方便的时候，你安排我与司姑娘再见一面。"

海棠看着范闲的身影逐渐消失在黑暗之中。路过一个田垄时，范闲微微一个趔趄，险些摔了下去，或许是心神不宁所致。看他的双手伸进长衣里摸索着，才知道原来这厮的裤腰带还没有系好。

一代诗仙，日后的一世权臣，这一生最狼狈的景象便发生在上京城最偏僻的一处庙里庙外。海棠笑了起来，明亮的眸子里满是欢愉，不知道她为什么会这么高兴。

回到使团的范闲，双眼一片宁静，哪有半分狼狈的感觉，也没有先前所表现出的怒意。人活在世上，总是难以避免被人算计的，除非你是个算无遗策，将人心摸得无比清透的完人。

他只是没有想到海棠也会有如此胡闹的一面，也没有想到她做起事情来竟是这样的大胆决断，这种赌性竟是比自己也差不了多少。

"总共只有四个？"他已经洗了澡，半倚在椅上，但总觉得身上还有些淡淡幽香，不由得想到那位姑娘，心中涌起几分情意，遂眯起眼睛，开始盘算这件事情会对司理理造成什么样的影响。

海棠说的或许是真的，但那又如何？

言冰云皱眉看了他一眼，对方身为自己的上司，使团的正牌长官，在使团即将离开齐国的时候却悄无声息地消失了一整天，诸多事宜都无法请示。虽然午后的消息证实他与那位海棠姑娘在拼酒，但后来他又去了哪里？而且为什么他今天的脸色有些怪异？

"是的，四年，一共只有四个妃子入宫。"言冰云回答道，"北齐皇帝自幼修行天人之道，看他的治事风格，也算得上是位英主。但凡胸有大志之人，自然对于男女之事不会怎么感兴趣。"

"北齐皇帝应该还没有子嗣吧？"范闲闭目问着。

"皇帝年纪还小，宫中也不着急这个。"

"不着急？……算了，你下去让王启年安排一下后天入宫，还有回程的事情。"范闲在心里冷哼一声，挥挥手示意言冰云下去。

言冰云看了他一眼，知道提司大人有许多秘密没有说出来。不错，范闲虽然是监察院的提司，但有很多情报他不会告诉任何人。比如说今天晚上的事情，比如说北齐皇帝可能……受攻的问题。

皇城正门缓缓开启，那座位于青山间的黑檐皇宫再次出现在众人眼前。范闲冷眼看着那些陌生的北齐官员敛气静神地往宫里走去，他与卫华那些相熟的鸿胪寺官员打了个招呼，便被太监极有礼貌地请入大殿之中。

大殿中一片安静，那条长长的御道旁清水平稳无波，水中鱼儿自然游动。太后与皇帝高高坐于御台之上，下方设了十数张案几，座中皆是北齐的权贵高官，一般的官员只有在偏殿用膳的资格。范闲身为南庆正使，高坐于左手第一张案几上，除了卸下长刀的高达稳稳地站在身后，整个使团就只有林文与林静坐在他的身旁。

对面而坐的是北齐的太傅与宰相。范闲看了那位太傅一眼，知道对方是庄墨韩最有名的学生，没有想到对方年纪并不是很老。

一系列的议程之后，寿宴终于开始，北齐太后还很年轻，虽然眼角已经有了些皱纹，依然还是有股子贵妇的清媚。范闲从肖恩的事情中知晓，这位妇人其实是位极其心狠手辣之人。想到肖恩，他下意识地偏头望去——坐着的上杉虎与他仅隔一张案几，可惜入殿之时，没有机会瞧清楚那位北齐第一名将的风采。

太后端起酒杯说了几句什么，声音极轻极清，范闲没有用心去听，只是随着群臣拜了又拜，口中颂词背了又背。

太后过生日自然非一般平民百姓可比，北齐群臣恨不得将天下的名贵之物都搜刮一空，搬到皇宫里来。东山上的青龙玉石、东夷城舶来的奇巧大钟、北方雪地出产的千年难得一见的双尾雪貂……

太后微微颔首，似乎颇为满意。

南庆使团的礼物早已从京都运了过来，虽然名贵，也并不出奇。范闲自然不会真的作一首"九天仙女落凡尘"送给太后，不然太后脸没着地，自己的脸却先着了地，而且他的字也实在有些拿不出手。

他私人送上的寿礼是一个小瓶子，瓶子里是些琥珀色的清亮液体，看似寻常，但太后启盖微微一嗅后，再看范闲的眼神就有些不对劲了，那叫一个欣赏疼爱。

不错，是很没有创意的香水，内库已经停产十五年，被范闲从庆余堂里抢过来，本来是准备用来熏醉海棠的香水。

只是没想到海棠不好这一口，没想到海棠不是大美女，当范闲在京都里准备李清照的词、法兰西的香水时，自然没有想到无法从男女的问题上收服海棠，反而被对方阴了一道。

范闲叩谢过太后之后，眼帘微抬，看了那个皇帝一眼。不料发现少年天子也正笑吟吟地看着自己。他心中早有成见，这时再见着皇帝喜欢自己的目光，便不禁开始发毛。

他心里发着毛，脸上却是一片恭谨，将眼帘低了下去，避开了年轻皇帝投来的目光，却又不好意思去看旁边的太后。对面的太傅与宰相两张老皮脸也没什么意思，所以他的目光很自然地落到了太傅旁边的案几上。

那案几是空的，不知道是哪位大人竟然这个时候还没来。正想着，一人从长宫池旁的廊柱后走了过来，在殿间对着太后与皇帝行了一礼，便自然地坐到了那张案几上，自有宫女前去斟酒。

这人一身玄衣，身材修长，威势十足，双眼里却是静若古井，深不见底。最古怪的是他的腰间缠着链子，竟是携着两把弯刀上了殿。这厮好大的胆子！

范闲倒吸一口冷气，偏头问林静道："这人是谁？能坐在太傅下首，又能带刀入宫，想来是个不得了的人物。"

林静小声地介绍道："这位便是国师苦荷的首徒，狼桃大人，宫中禁军大统领。不过听说最近这些年主要是负责皇帝的武道修行，不怎么管理事务。"

范闲哦了一声才明白过来，略带一丝震惊地说道："原来这位就是海棠姑娘的大师兄，难怪地位如此超然。"

此时狼桃那两道宁静之中自有深意的目光已经投到了范闲的脸上。

范闲笑了笑，示好地将手中的酒杯举起来，对着狼桃比画了个请，嘴唇微张，无声地说了两个字："您好。"

狼桃眉头微皱，不知道在想什么，犹豫片刻之后，终于将手中的杯子举了起来，遥遥与范闲饮了一杯。

林静小声说道："大人，这人确实应该结纳一下，只可惜后天便要启程回国，今天才第一次与他碰面。"

范闲面作可惜之色，心里却是在想着，不知道狼桃会不会认出自己来。他在这厢想着，狼桃也在那边厢疑惑着，看对面庆国那位年轻官员的神色如此自然，一丝都不像作伪，莫非沈重猜得有道理，悬崖边上那个黑衣人是陈萍萍的影子护卫，而不是对面这位范提司？

范闲心中一片坦然，将目光扫了一遍殿中，问道："为什么没有看见沈大人？"

林静应道："沈重虽然是镇抚司指挥使，但品秩不够入殿，更何况今日太后大寿，他要在城里负责一应看防之事。"

范闲没有再说什么。过了一会儿工夫，宫中礼乐渐作，丝竹之声奏出皇皇之感，有舞者舞于廷，清光现于顶，寿宴正式开始。

先是年轻的皇帝为太后扶杯祝寿，然后底下臣子们依次跪拜，为太后祈福祝寿。范闲身为异国臣子坐在首位，自有林静在一旁暗中叮嘱应该如何行事，很平稳地过了这些关。

酒水果蔬被端在美丽的宫女手中，分置在各个桌子上，每当有宫女来服侍的时候，范闲总会微微偏身，微笑示意。这画面落在北齐群臣的眼中不免有些做作，也有人越看越是心喜，觉得这位年轻一代中的翘楚人物，果然不同凡响。

范闲看着那些柳眉柔顺的宫女，更觉不安，心想，那位年轻皇帝天天与这些漂亮姑娘们待在一处居然没有变成荒淫少年，果然有问题。

太后的寿宴虽然不是一般老太太过生日，其实差别也不大，只不过是来的客人档次高了些，用的酒菜规格也高了些，自然饭后的余兴节目也显得……头痛了些。

范闲揉着太阳穴，面上挂着温和的笑容，心里却开始在骂娘。

温柔的姑娘们现在喜欢自称老娘玩豪爽，粗鲁的爷们儿们现在喜欢微羞的笑玩恶心，杀猪的屠夫喜欢吃邻家的青菜，头戴一枝花嫁不出去的老嬷嬷喜欢四处做媒。这人啊，都是喜欢亲近自己最不擅长的事物，喜欢做自己最不行的事，按照心理学上来说，自己缺少什么，就会下意识里强调什么。

所以以武功闻名的庆国如今在陛下的带领下开始往文治的路上走，明明一京都的武将，武道高手，却偏偏流行起所谓诗会。宫中淑贵妃爱好文学所以得宠，二皇子深治经传颇得民心，直至横空出了个一代诗仙范闲，马上吸引住了所有士子的目光与敬仰。

而一向为天下文学中心的北齐，如今却是奋发图强，不流行吟诗作对，反而喜欢玩决斗，舍了嘴皮子，改用拳头讲道理。所以南庆使团的门口被扔了一地的小弯刀，要找范闲比武的北齐高手从使团的门口可以一直排到燕山的山谷中。

范闲闭门不出，出则海棠同游，好不容易避免了天天打擂台的悲惨命运。不料临要回国之前，在这大殿之上却是躲不过了。

"范大人，您认为这个提议如何？"太后笑了笑，将目光投向范闲所坐的案几上，虽是问话，语气却是不容拒绝。

先前北齐一名武将提议比武，虽然说得好听，切磋武道修为而已，但谁都知道这是北齐在文学之上拿所谓一代诗仙没办法，准备用力气来羞辱他一番。范闲长身而起，目光在殿上扫了一遍，笑吟吟地说道："太后老人家，外臣手无缚鸡之力，还是免了吧。"

殿上哄的一声笑了起来，没有人会相信范闲的话。范闲杀了程巨树，黑拳打叶灵的事迹，早已传遍天下，是公认难得的文武双全之辈。哪里想到他今天表现得竟是如此谦虚，甚至有些怯懦。

太后平静地说道："范大人过谦了。"

范闲眼皮子跳了一下，心想难怪前世看的穿越小说里，所有的穿越者都秉持了韦爵爷的光荣传统，将所有的太后简称为老婊子——如果自己此时再让，丢了朝廷颜面，回到南方还真不好向父亲与老跛子交代，信阳那边不知道又会玩出什么招数来，于是只好含笑拱手应下。

太后眼睛微亮，坐在太后旁边的皇帝却是面露忧色，关切地说道："范卿，若身体不适，还是免了。"

范闲与年轻的皇帝只有数次聊天之缘，而且心中早有芥蒂，但听到他话语中的真切关心，不免也有些触动，抬头朗声道："陛下，纵使血溅殿前，也当是为太后贺寿画的红花好了。"

这话不伦不类，大违礼数，马上坏了气氛，果然太后的脸阴沉了下来。皇帝却是笑了笑，觉得极有意思，这个范闲啊，果然是个外表温柔，内心执拗不肯吃亏的古怪性子，于是挥挥手道："这话说得就过了，既是比试，自然是点到为止。"

皇帝望着殿中的群臣说道："谁要是无法控制出手的力度，那便不要出来献丑了。"这话便先堵死了那些准备玩误伤的手段。

群臣心头一凛，发现陛下这些年的威严日盛，更古怪的是……陛下对那范闲怎么这么好？这到底是咱们的皇帝，还是庆国的皇帝啊？

话音落处，早有一位武将自偏殿外行来，对着太后与皇帝一礼，沉声说道：“臣，成朴竹，愿向庆国范大人请教。”

成朴竹是狼桃的师侄，算起来都是天一派的学生，如今正在宫中禁军里任职，大概是听到上峰的传令，所以前来比试。范闲已经是九品初的高手，成朴竹却只有七品的水准，为什么……皇帝看了眼自己的武道师傅，却发现狼桃安坐于席，没有半分反应。

成朴竹又向范闲行了一礼，沉声道：“范大人文武双全，声名震天下，成朴竹请范大人指点。”

范闲笑了笑，也看了一眼狼桃，知道这比试不是为了争强好胜，而是狼桃想抢在自己回国前看看自己的出手风格。自己到北齐之后没有在众人面前出过手，他一定对悬崖边的事情还有所疑惑。

他对着成朴竹拱手道：“成大人？”

成朴竹沉声应道：“正是。”

范闲摇头微笑着说道：“你不是我的对手。”

群臣哗然，心想你未免太狂妄了些。此时，却听到一个沉稳的声音响起：“请成大人指点。”

成朴竹正自愤怒，却看见范闲身后那位护卫往前踏了一步，站在了自己的面前。天光从殿顶的玻璃上打下来，散作一片清光，殿中光亮无比，很清楚地看清楚那位护卫朴实面容里的冷意。

高达身上真气流动，衣衫无风而动，只是往前踏了一步，整个人却发生了极大的变化。先前只是位不起眼的护卫隐藏在范闲的身影之中，此刻迈步而出，竟是隐隐然有了些宗师风范。

范闲借着案几的掩护，半箕坐于地，两根手指拈着小酒杯，双眼微眯，用余光注意着对面狼桃的表情。

狼桃似乎对场间的事情不怎么感兴趣，拿着筷子正在夹着盘中菜肴。但范闲眼尖，看见他的下颔微微点了点，这……是表示同意。

成朴竹看着面前的这位南庆虎卫，微微皱眉。上京中人都清楚，对方是南朝使团的高手护卫，曾在一招之内制住上杉大将属下的谭武将军，可谓真正的高手。但事已如此，容不得成朴竹退让，只听他大喝一声："请陛下准我用刀！"

少年天子虽然欣赏范闲，但知道自己做的是北齐的皇帝，颇为欣赏这位武将的勇气与势气，面带嘉许地说道："准了……用心去做，此次纯属武道切磋，莫将它看作朝廷的颜面，不论胜败，朕都有赏。"

太后看了自己的儿子一眼，神色中满是不赞同，但是年轻的皇帝笑吟吟的，似乎没有看见母亲的目光。

林文、林静两兄弟紧张无比，心想马上就要启程回国，怎么又在宫中闹了这么一出？若是己方胜了，北齐人丢了颜面，不好。若是对方胜了，自己大庆朝丢了颜面，更不好！但庆国官员这数十年早就养就了一股天生的狠气，见对方挑衅也动了真怒，对高达说道："高护卫，点到为止，不要胜得太厉害了。"

未曾战，先言胜。范闲看了身边两位副使一眼，苦笑了一声，心想原来这两位比自己还要嚣张些。他转头对龙椅之上的皇帝说道："陛下，请允外臣下属送刀入殿。"

皇帝微笑地望着他，挥了挥手。殿外早知大殿上将有一场武道比试，今儿个是太后寿宴，宫里管得松，陛下也点了头，本在偏殿用膳的臣子们都拥到了大殿门口，将热切的目光投往场中。

小太监从皇宫角门处取来了高达用的长刀，递给殿前的太监，传到了殿内。范闲瞧见王启年正在殿门鬼头鬼脑地往这边看着，心想老王莫不是手痒了，想重操旧业在这皇宫里摸些东西？

再说回这边，高达双手一握长刀刀柄，整个人的精神状态顿时进入了一种很奇妙的境界中，威势不复存在，场间剩下的……似乎只有一柄刀。纵使一人一刀，但在旁观者的眼中却依然只有一柄刀。

狼桃停箸，看着高达手中那把样式独特的长刀，不知道想到了什么，眉角微皱。

成朴竹与高达对面而立，将脑中一切杂念抛开，缓缓地拔出了鞘中弯刀。刀身与鞘口摩擦，发出一阵令人生出热血之感的金属声。

高达依然不动，双手握着长刀，整个人向右侧偏了几寸。

成朴竹缓缓运起真气，将真气灌注到自己的手腕之中，感觉自己的小臂似乎已经与那把弯刀合作了一体，只见他微抬刀面。

他是狼桃的师侄，虽只有七品之实，却有着师门赋予的自信，对方可以骄纵但他不会，瞬间，刀光如雪一般绽放！

丈余的距离，在两名高手间就像是不存在一样，成朴竹出现在高达的正前方，两人隔得极近，就像是脸贴着脸，身体贴着身体！

如雪的刀光来自成朴竹的手上，那柄弯刀很奇异地倒悬着，他高高举着弯刀，刀尖却是直刺高达的左肩！

两人间的距离太近了，就连成朴竹也只能倒悬弯刀，用这种阴险莫测的方式刺来。高达双手握着长刀，根本不可能有出鞘的机会，纵使长刀出鞘，也根本没有办法在这么短的距离内发挥作用。

在短短的时间内，成朴竹便凭着对对方武器的判断定下了制敌之计。

群臣微惊，似乎马上就要看见高达肩头血出。

咔！一声极难听的声音响起。

紧接着，一声碎裂响声后，又是一声闷声响起。

下一刻，殿间太后、皇帝，殿外窥视群臣，都满脸惊讶地看着一个人影被震飞了出去！

成朴竹重重地摔在了地上，脸上一片血水，看上去受了极重的伤。

众人以为高达是以真气将成朴竹震飞了出去，不由大骇，能够仅凭真气震飞一名七品高手，除了四大宗师之外或许只有几位顶级的九品上强者才能做到，而高达……只不过是南庆使团的一名护卫！

只有那些武道高手看清楚刚才究竟发生了什么事情。在成朴竹弯刀砍下的时候，高达竟是没有拔刀，而是双手提着长刀，向上一提！

刀柄大约有一寸方圆的大小，而就是这极小面积的刀柄，竟是生生对上了成朴竹弯刀的刀尖！

高达的长刀足有半人之高，他一提刀竖立，刀鞘便稳稳地立在了地上。当弯刀刀尖刺中刀柄的时候，等于说成朴竹全身的真气与气势都以高达手中长刀为桥，传递到了脚下那片青石地板。高达等于置身事外，看着成朴竹蓄势已久的一击与大地做了个正面的冲撞。

以后土之厚，纵你是大宗师又如何？

成朴竹感受一股雄浑至极的力量从刀尖传了回来，让他一时气息受窒。便在此时，高达舍刀抱拳，双臂如同抱着一个圆一般，向左一转，右手如钢铁一般的肘尖便重重地打在了成朴竹的下巴上。这一击何其有力，顿时击得对方齿落唇裂，鲜血横流。这还是高达手下留情，不然光这一击，成朴竹便会丧命。与其说成朴竹是败在了高达的手上，不如说他是败在了大地的手上。

早有太监扶着成朴竹退下医治，高达沉稳地向陛下与太后行了一礼，然后拔出长刀，退回到范闲的身后。咔嚓一声，这个时候，青石板才才寸寸裂开，殿间群臣这才明白，那柄未出鞘的长刀竟是被成朴竹的弯刀之刺生生地打进了青石板里。这是何等样的力量！

明白高达是取巧，群臣议论纷纷，却也不好多说什么。

范闲看着北齐群臣的神情，有些自矜地笑了笑，在众人的眼中，这笑容未免可恶了些。范闲将自己饮的酒杯递到了身后。

高达微微一愣，接过酒杯一口饮尽："谢大人赐酒，谢大人指点。"不知道范闲曾经指点过他什么。

范闲笑着说道："应该是谢太后赐……"

话没有说完，他却发现殿中忽然一下子安静了起来，包括殿外的臣子太监也是一般，因为……狼桃说话了。

狼桃微笑着望着范闲，开口说道："范大人的小手段，果然名不虚传，想不到连阁下的护卫也深明此道。"

说完这番话，他长身而起，轻轻解下自己的外衣，交给身后的宫女，露出腰间那两柄连在一起的弯刀。

殿中嗡的一声！

狼桃身为国师首徒，陛下的武道老师，北齐众臣已经有许多年没有看见过他出手，想不到今日竟是要为南庆人破例！

还没等狼桃走出来，范闲已经是哈哈一笑，摆手道："我不是您的对手。"先前他直斥成朴竹不是自己对手，此时又自承不是对方对手，落在众人耳中倒有些光明磊落。

狼桃却是笑了笑，说道："是不是对手，总要打过才知道。"

范闲心头微凛，知道若真的与这位高手交战，第一，自己如果不用暗弩毒针春药毒药粉，那肯定不是对方的三招之敌；第二，若让对方真的确认了自己就是悬崖边的那人，以苦荷对于神庙那个秘密的态度来看，自己只怕会落到被追杀的下场。但他也知道以狼桃的身份亲自挑战，已经是给足了南庆人面子，自己断不可能再让高达出战。他正准备起身之时，却听到一个声音："师兄，我来吧。"

范闲高兴，很高兴。

北齐人也高兴，看热闹的人更高兴。

海棠缓缓行了出来，对着狼桃微微一福。

狼桃见着她，面露温柔之色，说道："也好，师妹自然……只是要小心范大人的……手段。"

海棠对着太后与皇帝行了一礼，没有说什么，就走到了范闲的面前，微笑着说道："来不来？"

"来，为什么不来？"范闲眉开眼笑地说道。

二人浑没觉着这对话像小孩子在玩过家家一般。当然，将大殿围得里三层外三层的北齐人也没有察觉，就连南庆使团的官员也没有察觉，大家此时都陷入了某种期盼之中。这种期盼甚至已然超乎胜负之上，超乎两国颜面之上，只是纯粹想看待会儿发生的一幕。

一位是南庆诗仙，文武双全，以不足二十幼龄成为监察院提司的范闲。

一位是北齐天女，苦荷之后最年轻的一位九品上高手，传说中的天脉者，被认为是最可能成为第五位大宗师的海棠。

都是当今天下年轻一代声名最盛的佼佼者，市井传闻这二人曾在上京城中周游忘返，惺惺相惜，现在终于要对上了。

不知道过了多久，站在大殿门口的王启年打了个呵欠，看着殿中那两个打架的年轻男女，咕哝着："这在骗谁呢？"

他身边一个太监愤愤不平地说道："居然在殿前比武中假打！海棠姑娘怎么忍心让我们这些看热闹的人失望？"

王启年没好气地说道："又没收你们这些看客的银子，自然戏演得不认真，假打又如何？凭他们两个人的身份，只怕皇帝陛下都不好意思打假。"

看那厢，范闲出手粗拙不堪，将手掌横起竖直，就像菜刀一样斫来斫去，哪有半分灵动！偏生每一掌出，还假模假样地带着些劲风，呼呼作响，割裂空气，看似霸道，却是一掌一掌尽数劈在了海棠身边的空气里，根本没有去挨那姑娘家半分肌肤的意思，只是将海棠那粗布衣裳的边角尽数带起。——这是什么手法？这是伍佰同志上台唱歌时面前总要摆个电风扇的手法，这是周星星同学在鼓风机前面丢碎报纸，解开主角配角长睡衣扣子的手法！

海棠衣裳若云，在掌风之中微笑而起，于水光相伴的御台飘着，似若欲乘云而去。偶一出指，东一指，西一指，不知指向何处，不是指东打西的花招，竟赫然是点兵点将的小姑娘手段。

二人这般交手不知道多少回合，竟是半点烟火气也不带，一味清淡，就像是庙里的素斋竟是连豆油都舍不得放……

连个小太监都能瞧出两大高手在假打，更何况殿中这一水儿的老狐狸小狐狸公狐狸母狐狸不公不母异种狐狸，有的大臣眼睛都直了，根本没料到海棠姑娘与范闲居然会这样厚脸皮地敷衍，一点都不顾忌朝廷的颜面。

太后看着殿中长台之上、清光之中的那对人影，不由得冷哼了一声，虽未失态，但眼角细纹里全是隐怒。反倒是年轻的皇帝看着小师姑与范卿在那清光之中飘来飘去，忍不住笑了起来。

狼桃一脸平静地看着，知道范闲看似拙笨的出手其实是很厉害的大劈棺。不过那是南朝京都叶家的家传武艺，这小子是怎么学会的？

殿内殿外满心期待的众人终于失望了，看了这么些时候，有些人像王启年一样忍不住打起了呵欠。殿门外那位小太监忍不住摇头道："这不知道要打到什么时候去，反正又分不出胜负。"

王启年无比惋惜地摇摇头："我看马上就有人要喊停了。"

小太监不信地说道："殿里的大人们都是人精，谁会出这个头？"

王启年与他争执了起来，最后开始打赌，赌在殿里跳舞的两个人什么时候会住手。旁边的几个人见他们争得热闹也凑了过来，纷纷押上自己的赌注，一车海胆，两根黄瓜，各色奇怪下注不一而足。

"放肆！"

终于有位大臣看着太后越来越阴沉的脸再也忍不住了，拍案而起，怒斥道："太后寿宴，你们弄的什么玄虚？莫不是想欺君不成？"

这话说得不漂亮，就像喊破皇帝在裸奔的笨小孩一样，这世道不论有多丑陋，谁抢先喊破那就是个最不讨人喜欢的家伙。就像今日范闲与海棠二人在玩冲灵剑法，但没人喊破，太后也能厚着脸看下去。毕竟是自家生日，看看年轻娃娃跳舞也不是什么大事。但这大臣一喝欺君，岂不是逼着太后发飙？太后冷冷地看着那位大臣，心里不知道转了多少个念头，想将这厮的嘴皮子撕烂。

皇帝依然笑吟吟的。

那两人却像是根本没有听见有观众在喝倒彩，认认真真地演着戏。海棠飘来飘去，范闲龙行虎步，姑娘家身姿清美，小范闲模样俊俏，打起来还真的好看。不过片刻工夫，却是从御台上战到了殿前，距着龙椅不过数丈的距离，将好停在那位大臣的桌前。

范闲的手掌化作菜刀，便向空虚菜板上狠狠斫去，口里却哎哟一声，似乎失手。

海棠在空中的姿势微滞，右手并着二指化剑刺出，哧的一声，将要戮中范闲的胸口。也不知道这二人如何转换了一下方位，接下来的那一刻，掌风指势竟是没有戮中任何人的身体，反而哧哧响着劲气激荡，向着后方过去。

后方就是那位大臣的席位。

大臣骇然，这海棠与范闲同时出手，就算是国师苦荷亲至，只怕也要暂避锋芒！

矮桌被震成了无数碎片，酒壶裂开，菜盘跌落，酒水油腥化作满天荤花，染了那位大臣满头满脸。只见他眉上挂着菜花，嘴上叼着萝卜花，耳上挂几丝金针菇，汤汤水水给他洗了一脸，要多狼狈就有多狼狈。

大殿立刻安静，大臣们这才知道，海棠姑娘与那位南朝使臣都是胡闹的祖宗，为了自己的脸面着想还是不要多说什么了。

清光微静，范闲与海棠同时住手，相隔数步之地，微微互视一笑。

海棠对着太后微微一福道："范大人大劈棺手段了得，小女应对无方，故而波及这位大人，还望太后恕罪。人有失手……"

范闲也是满脸自责，挥挥自己的右手："马有失蹄。"

太后向来疼爱海棠，哪里肯责怪，加上今日毕竟是自己寿宴，胡闹一场活泛下气氛也算是不错，只可惜没有让南朝人吃些苦头。不过看着范闲说话自嘲得有趣，太后的唇角也不由浮起了淡淡笑意。

皇帝与大臣们也笑了起来，不过笑得有些尴尬。

当然，只有真正的武道高手，才知道先前那场玩笑般的打斗依然蕴含着两位年轻强者的一些心思。大劈棺看似粗拙，实则肃杀；海棠指剑看似清柔，实则厉然。长长御台之上的舞蹈何尝不是一种比试，只不过最后范闲似乎还是隐隐地败了。

殿顶的清光罩着御台，范闲与海棠站在清光之中，两人的容颜在光辉之中显得无比柔顺。殿顶吊着的半月宫灯，映在水池之中。

这场比试，真可谓是一俯一仰一场笑，一江明月一宫羞。

夜色渐渐笼罩深宫，月亮缓缓从宫后的青山背后爬起来，将那暖融融、淡茫茫的光芒洒进北齐的皇宫之中。黑色的长檐，灰白二色的宫墙展现着美丽的身姿。

群臣正在出宫，宫城四周可以看到很多侍卫，还有些黄门太监在沿路侍候着。臣子们退去的速度极快，不一会儿工夫皇宫就恢复了幽静，空旷的广场上再也看不到闲杂人等，由极热闹转为极安静，竟是只花了一炷香的工夫。

大宴结束之后，太后便揉着太阳穴退回了寝宫，范闲却被北齐皇帝留了下来——在华英宫里等着他。这宫里安静无比，有淡淡焚香清心的味道传入鼻端。范闲眼观鼻，鼻观心地坐着，心想小皇帝这时候不去太后宫中尽孝，让自己等在这里是为什么？

宫女为他递上茶水果子，范闲微笑着谢过，却发现那些宫女生得都极为妩媚，尤其是眼眉间那股子微羞神情让他心头一荡。

但一想到年轻皇帝将自己留在夜宫之中，再联想到那位皇帝在某些方面似乎有些问题，他不禁心头微凛。

"陛下有事情要请范大人帮忙。"海棠说道。范闲留在宫中做客，她不免要当半个主人。姑娘家想到先前殿上那一幕，也有些好笑，为什么自己与范闲在一起的时候，总是显得要比平时放肆许多？

太监在宫外喊了声什么，一阵脚步声急而不乱地向着华英宫行来。范闲心想这般着急，这位皇帝究竟要自己帮什么忙？对方贵为九五至尊，除了征服南庆，只怕还真没有什么做不到的事情。

满怀疑问之时，年轻的皇帝已经迈步入了华英宫。只见他挥手止住范闲与海棠请安的动作，右手解开自己的外衣，扔给后面屁颠屁颠跟着的小太监,只剩下里面那件单薄的素黄衣裳,看着倒是十分精神。紧接着,皇帝坐到软榻上,双脚一蹬,自有太监小心翼翼地将他脚上的软靴脱了下来,露出只裹着薄袜的那双脚。

海棠见惯了陛下私下的模样,并不如何吃惊。范闲却有些意外他会在自己面前露出如此私人的一面,也不掩饰自己的惊异,视线投向软榻之上,更是有意无意间在皇帝的胸上、脚上点了两下。

不大,不小。

胸不大,脚不小。

第十章

长亭古道
丢手绢

"母亲是喜欢安静的。"年轻的皇帝靠在软榻上，喝了口太监端上来的燕窝，皱了皱眉头，挥手让所有的宫女太监都退了出去，殿里顿时安静了下来。

范闲微微欠身行礼道："不知陛下有什么吩咐？"

看着这位南朝使臣的拘谨模样，皇帝眼中闪过一丝笑意，开口说道："范卿，后日你便要启程回国，一路上可得将大公主服侍好。"

范闲心头微惊，才想起自己竟是忘了这件事情，迎公主回国成亲是何等样的大事，路上断不能出半点差错。这些天他早就从言冰云那处知道，这位北齐的大公主一直养在深宫，与面前这位皇帝陛下是同父异母的姐弟，亲生母亲早就不知道死在哪座寒宫之中，大公主一向也不得太后喜爱，大概正是因此，她才成了政治联姻中的牺牲品。不知道皇帝忽然说到大公主是什么意思，按道理来讲，这位皇帝应该与那位姐姐没有太深的情分才对。但看着皇帝眉宇间的淡淡忧愁，范闲就知道自己猜错了，果不其然，皇帝叹了口气说道："大公主向来未离宫廷，今次远嫁南朝，朕虽是天子也无法多加回护。"

范闲诚恳地应道："陛下放心，大皇子乃是我国一世英雄人物，最得万民敬仰。大公主与大皇子日后一定琴瑟和谐，白头到老，满朝臣子定会事公主以礼，不敢有半分怠慢。"

“那有何用？”皇帝冷笑一声，忽然盯着范闲的眼睛说道，“范卿，朕视你为友……还望你在南京城中对大公主多多提点。”

范闲再惊，他与这位皇帝拢共只见了四面，怎敢做天子之友？

似乎猜到他在想什么，皇帝微笑地说道：“范卿，初次见面时便曾说过，朕喜你诗文，时常捧而诵之，那些字句便有若你在说话。朕既然已与你说了这一年的话，将你看作朕的友人又有什么问题？”

范闲真的有些受宠若惊，正当他准备叩谢圣恩，大呼惶恐之际，却又听着北齐皇帝那清清淡淡的声音传来，只是那声音中多了怨意。

“不过范卿却似乎对朕多有疏远，不说这些日子不肯多进宫与朕说说话……即便在许多事情上，也要瞒着朕啊。”

范闲一脸愁苦地解释道：“事务繁多，忙着在鸿胪寺与太常寺两边做事。陛下更是日理万机，外臣怎敢随意入宫打扰。”

北齐皇帝看了一直沉默的海棠一眼，忽然笑着说道：“是吗？我还以为你这些天做得最多的事情，就是陪着小师姑到处逛街……饮酒。”

这话一出，连海棠也不好继续安坐，略带一丝不安地回道：“朵朵时常向范大人请教天人之道，受益匪浅。”

陛下摇摇头，望着范闲说道：“那范卿还准备将那件事情，瞒到什么时候？”

一滴冷汗从范闲头顶冒了出来，却不肯滑到额角露了心中的怯，只在黑色长发里藏着。此时，他的第一个念头是——难道司理理的事情暴露了？如果真是这样，眼前这位皇帝就算不喜欢女人，但身为天子的只怕也不会让自己活着离开北齐！

他余光里却瞧见海棠脸上一片安然，没有丝毫畏惧与不安，于是心下稍安，咳了两声，恭谨地问道：“不知陛下说的是什么事情？”

肖恩的事情没有人知道，除了海棠可能会猜到一点。只要不是司理理的事情，范闲面对着这位北方的皇帝就不会有半分内疚与畏惧。不料接下来北齐皇帝的发问却险些让范闲从椅子上摔了下去！

"朕来问你，你那林妹妹是怎么回事？"北齐皇帝望着范闲问道。

就像一道惊雷劈在了深宫之中，就像雷雨夜里的那位姑娘喊了一声"天啊"，范闲呆若木鸡，根本不知如何回答——北齐皇帝怎么可能知道婉儿是自己的表妹！这等于说他已知道自己的真实身世！

这不可能！这不可能！整个天下知道自己真实身世的绝对不超过五个人，而那五个人都不可能将这惊天的秘密泄露出去。可问题是北齐皇帝身为一方天子，手下能人无数，难道他真从某些痕迹与黄纸堆中发现了这件事情？不然他怎么会问自己的妻，自己的林妹妹！

北齐皇帝冷冷地看着他，看着他惊慌失措的表情，猛地一拍软榻的扶手，痛斥道："说！"

说你妈的说！

范闲脸上的表情倒有大半是装出来的，内心依然强悍地保持着冷静，左手小指微微钩了钩，却想起因为怕海棠发现自己与悬崖边事的关系，这些天他一直没有带着左腿上的黑色匕首。打？自己是打不赢海棠的。逃？只要北齐方面把自己的身世揭开，那些太子、大皇子、二皇子还不马上就变成了一堆饿虎？还有深宫里的那些娘们儿……

对方竟然当着自己的面说出来，那自然是准备要挟自己。范闲准备装傻，心想还是先听听对方的条件："陛下，您在说什么？"

北齐皇帝站了起来，踩着那双软靴，竟是懒得再套好，就这般径直向着范闲走了过来。此时脸上的表情也是渐趋精彩，由先前的微微愤怒转成了淡淡笑意，那笑意之中还隐藏着一些兴奋与期盼。

看见这表情，范闲更加怀疑这位皇帝是一位小变态。

北齐皇帝有些失态地摇着范闲的双肩，眉飞色舞地朗声笑了起来："范卿啊范卿，你瞒得朕好苦，你瞒得这天下人好苦。"

"啊？"范闲此时早就没了制住北齐皇帝亡命天涯的想法，有些傻乎乎地望着距自己近在咫尺的那张脸，发现这皇帝长得还真不错，天子天天洗澡，身上的体息也算清新。

海棠在旁边看着陛下的狂热神情，看着范闲的傻愚模样，忍不住笑了起来。

"曹公！"北齐皇帝又用力摇了他两下，把范闲摇得有些头昏眼花，"曹公！快告诉朕，林妹妹最后究竟与宝玉成了没有……"

终于明白了是怎么回事，虽然不知道北齐皇帝是如何猜到这一点，范闲再也承受不住这种一惊一乍之间的折腾，一屁股坐到了椅子上，也不及多说别的，先拿起身边的茶杯咕咕喝了两口。

皇帝笑吟吟地望着他："今日你不把《石头记》给朕讲完，朕是断不能容你出宫的。"

范闲用了很长时间才让自己冷静下来，声音微哑地问道："陛下……怎么知道《石头记》出自外臣笔下？"

海棠微微一笑说道："书是只有澹泊书局出，那位曹先生一向隐而不仕，除了澹泊书局竟是没有旁的人能知道他究竟是谁。《石头记》一书风行天下，不知道有多少人在猜他究竟是谁。前日饮酒时，范大人话似乎多了些，自然被我猜到少许，今日陛下再一诈，大人既然坦承，也算是朵朵我猜对了。"

范闲苦笑着不知该如何言语，他现在并不是很需要《石头记》作者这个名声，不过北齐皇帝先前"曹公，曹公"喊得亲热，差点儿让自己错认他为郭嘉，想来也是位《石头记》的痴迷者，那说不定自己能得些好处。

确认了范闲是《石头记》的作者，北齐皇帝很是高兴，连连说道："卿家快来说说，那宝玉最后究竟收了几位姑娘？"

范闲失笑，心想这位陛下原来是后宫文的爱好者，连连摆手求情道："陛下，外臣只胡乱作了六十多章，后文实在是还没有想好。"

他想到了当年在澹州，若若求文时自己想的存稿问题、更新问题、太监问题，实在是件很麻烦的事情啊。

北齐皇帝闻言一叹，看了在一旁养神的海棠一眼，忽然凑到范闲耳边压低声音说道："三十七回里的海棠诗社与小师姑有什么关联？"

范闲的余光瞥见海棠姑娘眉头微动，知道她在偷听，微微一笑，大胆应道："陛下，书者不能自解，恕外臣不便多说。"

皇帝陛下的脸上露出一抹暧昧的神情，说道："那范卿快快回程，出得一章，便记得往朕驾所在寄来一章。"

范闲应命，不敢多言。

走在皇宫的青石道上，天上一轮月，林下两个人，范闲的后背已然全部汗湿。在这夏天的夜晚里依然感觉有些冰凉，他兀自有些后怕，对身边的海棠埋怨道："你猜到《石头记》是我……写的，怎么也不和我说一声，先前险些被你那皇帝吓死了。"

"谁叫你瞒天下人瞒了这么久。"海棠眼眸一转说道，"为什么会如此畏惧？如果不是你曹公身份的事情，那你怕陛下什么？"

范闲想都没想，柔和一笑问道："你说呢？"

海棠唇角微微翘起，没有说什么。范闲偏头望着她，看见她长长的睫毛染上了一层银晕，显得有一种清魅的美丽，而她容貌上最出色的眸子，在夜色里显得特别明亮——银色月光确实有一种魔力，那种朦胧的浸染似乎可以让任何一个女子变做人世间的精灵。

他将手置在身后，拖着步子缓缓向前，说道："你这次阴了我一道，我不寻求报复，你应该知道是什么原因。"

"你要我帮你做一件事情。"海棠微笑道，"虽然我不清楚是什么事情，但想来和南方有关系，所以才需要我这种外人帮忙。"

"你我其实都是虚伪的人。"范闲的唇角露出一抹自嘲的笑容，"所以我们说话的时候可以直接一些。我需要你帮我做的事情也许会发生，也许不会发生，总之到时候我会派人来通知你。"

海棠望了他一眼，忽然开口说道："听说你极其疼爱那位宰相的私生女，所以连澹州祖母指过来的大丫鬟也一直没有收入房中。"

"我不喜欢你试探我的家事。"范闲回过头来，很认真地说道，"这个话题到此为止。"

海棠平静地说道："我只是好奇，什么样的人会见着女子便心喜，见着男子便觉浑身不适；认为未婚的女子是珍珠，认为已婚的妇人是鱼眼珠；认为女儿家是水做的，男人是泥做的；认为女子是珍贵的，男子是下贱的……"

一长串的话语结束之后，她盯着范闲漂亮的眼眸轻声地说道："世上皆以男为尊，范公子怎么会有这些看法？"

范闲笑了笑，没有回答。

海棠忽然敛衽一礼，正色说道："朵朵替天下女子谢过范公子为闺阁立传，为女子打抱不平。"

"或者只是因为我与这个世上绝大多数人……本就不同。"范闲说道。

出了宫门，海棠有些惊异地发现太傅大人竟然在等着，范闲看见他后，面色却没有什么异样，想来是早就知道了。

海棠对太傅行了一礼，回身对范闲说道："后日我来送你。"

范闲明白她话语里的意思，点点头便上了太傅的马车。

看着前后三辆马车渐渐消失在上京城的夜色之中，海棠的眼神有些微乱。她想着那个南朝年轻官员最后的话，确实与众不同。他在这天下人的眼中自然是与众不同的，但他自认的不同又是什么呢？

马车停在一处安静的院落外，头辆马车上的虎卫们下了车，虎视眈眈，把守住了几个要害关口。

负责使团安全的禁军们才知道，南齐范闲在北齐的最后一次拜访，竟是来看望庄墨韩大家。联想到天下传得纷纷攘攘的那件夜宴斗诗，众人很是不安，不知道范闲究竟存的什么心思。

范闲与北齐太傅携手从车上走了下来，态度虽不见得亲热，也似乎没什么敌意，众人稍稍心安。见太傅大人与范闲轻声说了几句什么，二人便推门进去。范闲摆了摆手，示意虎卫们不要跟着。

到了院中一间屋外，太傅对着屋内深深地鞠了一躬，回身对范闲平静地说道："范公子，老师最近身体不大好，请不要谈太久。"

范闲很有礼貌地向这位大文士行了一礼，整理了一下衣装，轻轻推开了木门，看见一位老人正捏着小毛笔在纸上涂涂画画着什么。

这位老人乃当世经文大家，学生遍及天下，北齐太傅与南齐的舒大学士，都是他的得意弟子。根本没有人可以在治学方面与他相提并论，即便范闲在殿上抄了三千诗乱胜之后，也没有人会真的认为除了诗词之道，范闲在别的方面也达到了对方的境界。

因为这位老人姓庄，名墨韩。

屋内没有下人也没有书童，只有那位穿着宽松长袍的老人在不停地抄写着，偶尔会皱着眉头盯着纸上，翻翻身边的书页，似乎在找寻什么印证。与上一年在庆国时相比，老人的精神似乎差了许多，满头银发虽然依然束得紧紧的，但是脸上的老人斑愈发地重了，显露出某种不吉利的征兆。

范闲不想打扰老人，轻步走到他的身后，将目光投到案上，赫然发现书案上放着的是澹泊书局出的《半闲斋诗集》！而那诗集的边页空白处，已经不知道写满了多少注释。难道这位当世文学大家，竟是在为自己"背"的诗集写注？！

庄墨韩用枯干的手指头指着诗集中那句："曾经沧海难为水，除却巫山不是云"，不停地点着书页，有些痛苦地说道："不通，不通，空有言辞对仗之美，这下半句实在不通，你说说这是什么意思？"

稍许沉默之后，范闲柔和的声音响了起来："巫山乃极南之地一处神山，终年云雾缭绕，且为朝云，暮则行雨，但凡观过此景此云者，再看世间任何高天白雾，便懒取眼中。'巫山'这二字是托下二句，论情之忠诚。"

"原来如此……"庄墨韩苦笑着指指阔大书案一角的一本厚书，"老夫也能大概猜出这意思，只是总寻不着这典，翻遍这本《山海总览》，也没有寻到多云之巫山，原来是座极南处的神山，难怪我不知道。"

范闲见他没有怀疑自己是瞎杜撰，知道这位老人家实在是位很温和包容的人物，微微一笑上前替他研墨，看着他将用极细密的小楷将自己的解释，抄在了书页的空白处。庄墨韩的楷书也是天下闻名，其正其纯不以第二人论，但范闲今天看着却有些唏嘘，因为老人家的手抖得有些厉害了。

"陈王昔时宴平乐，斗酒十千恣欢谑……这又是什么典故？"庄墨韩没有看他一眼，继续问道。

范闲一阵尴尬，心想出诗集的时候，自己专门把李白这首《将进酒》给删了，怎么老同志又来问自己？

"老夫自幼过目不忘，过耳不忘，不免有些自矜。那日你吐诗如江海，不免让老夫有些自伤……"庄墨韩自嘲笑道，"不过也亏了这本事，才记住了你说的那么多诗句，后来《半闲斋诗集》出了，我就发现少了许多首，也不知道你这孩子是怎么想的。"

听见庄墨韩叫自己孩子，范闲心里无由地多了些温暖的感觉，轻声解释道："陈王乃是位姓曹的王子，昔时曾经在平乐观大摆酒宴……"

"姓曹的王子？"庄墨韩抬起头来，浑浊的目光中带着一丝不自信，"可……千年以降，并没有哪朝皇室姓曹。"

范闲在心底里叹息了一声，劝解道："晚生瞎扯的东西，老人家不用再费神了。"

"那可不行！"庄墨韩在某些方面，实在是有些固执，哗哗地翻着他自己手抄的全部诗文，指着其中一首说道，"'中间小谢又清发'，这小谢又是哪位？"

范闲脸上青一阵白一阵，半晌后应道："小谢是位写话本的潦倒文人，文虽粗鄙未能传世，但在市井里还有些名气。"

"那……"

不知道过了多久，当范闲觉得已然词穷，了无生趣之际，庄墨韩终于叹了口气，揉了揉眼角，抛笔于砚台之中，微带黯然地说道："油尽灯枯，比不得当年做学问的时候了。"

入屋之后，二人没有打招呼，便投身到这项有些荒谬的工作之中，直到此时。范闲将卷起的袖子放下，极有礼数地鞠了一躬，说道："见过庄大家，不知道老先生召晚生前来，有何指教？"

屋子里安静了下来，许久之后，庄墨韩忽然颤着枯老的身子，极勉强地对范闲深深鞠了一躬。

范闲大惊之下，竟是忘了去扶他。这位老爷子是何等身份的人物，他可是北齐皇帝的师公啊，怎么会来拜自己？

庄墨韩已经正起了身子，满脸的微笑在皱纹里散发着："去年庆国一晤，于今已有一年。老夫一生行事首重德行，去年在庆国陷害范大人，一心不安至今，今日请范大人前来，是专程赔罪。"

范闲默然，他当然清楚庄墨韩之所以会应长公主之请，舍了这数十年的脸面，千里迢迢南下做小人，为的全是协议中的肖恩获释一事，此乃兄弟之情——他眼下最缺少的东西。

"肖恩死了。"范闲看着面前这位在一年间陡然枯瘦了许多的老头儿，薄唇微启，说出了这四个字。

庄墨韩笑着看了他一眼，没有说什么。范闲也笑了笑，知道自己有些多余，对方毕竟是这天下最了不起的老人家，在北齐一国不知有多深的根基，怎么可能不知道这件大事。

"人，总是要死的。"庄墨韩这话似乎是在说给自己听，又像是在说给范闲听，"所以活要好好地活，像我那兄弟这种活法，实在是没什么意思，他杀了无数人，最后却落了如此的下场……"

范闲却有些不赞同这个说法，说道："这个世道，本就是杀人放火金腰带，修桥铺路无尸骸。"

庄墨韩摇摇头："你不要做这种人。"

不是不能，而是很直接的"不要"两个字，如果任何一位外人此时站在这个屋子里，听见庄墨韩与范闲的对话，看见他们那自然而不作伪的神态都会有些异样。这两人的阅历人生相差得太远，而且唯一的一次相见还是一次阴谋，偏就是这样的两个人却能用最直接的话语表达自己的态度。或许这就是所谓书本的力量。

"为什么不要？"范闲沉默了一会儿后问道。

"我很自信。"庄墨韩忽然间笑了起来，只是笑容里有些隐藏得极深的悲伤，"我自信我比我那兄弟要活得快活许多。"

范闲盯着他的眼睛说："但您应该清楚，如果没有肖恩，也许您当年永远都无法获得如今的地位。"

庄墨韩反盯着他的双眼："但你还不够清楚，当死亡渐渐来临的时候，你才会发现，什么权力、地位、财富，其实都只是过眼云烟罢了。"

范闲回答道："不，当死亡来临的时候，你或许会后悔这一生自己什么都没有经历过，没有享受过……您这一生只不过是拥有了常人永远无法拥有的东西，所以现在才会有些感想。"

庄墨韩有些无助地摇了摇头："你还年轻，没有嗅到过身边日复一日更深重的死亡气息，怎么会知道到时候你会想些什么。"

"我知道。"范闲有些机械地重复道，"相信我，我知道那种感觉。"

庄墨韩有些累了，不想再继续这个话题，说道："我没有想到能写出《石头记》这样离经叛道文字的人，居然是自己笔下的浊物。"

范闲苦笑道："我也没有想到传言这种东西，会飞得比鸟儿还要快些。"

忽然，庄墨韩眼中透露出一丝关心，说道："你回国之后要小心些，《石头记》有很多犯忌讳的地方。"

范闲也清楚这点，只不过少年时轻狂，不忍那些文字失去了出现在这个世界上的机会，所以随手写了出来。如今身在官场之中，自然深深明白若有心人想从中找出影射语句，实在是太容易不过。而且这件事情又有一件他自己都感到震惊的巧合处，所以由不得他不谨慎，奈何北齐皇帝也是位红迷，这事无法再瞒下去。但庄墨韩于理于情，不应该对自己如此关心，这是他有些疑惑的地方。

庄墨韩猜到他在想什么，笑着说道："今日请范大人来，除了请罪安慰自己这件自私的事情外，还想谢谢你。"

"谢谢？"范闲皱起了眉头，他不认为对方知道自己曾经将肖恩的生命延长了一天。

"替天下的读书人谢谢你。"庄墨韩微笑着望着他，"范大人初入监察院便揭了庆国春闱之弊，此事波及天下，陛下也动了整治科举的念头。大人此举不知会造福多少寒门士子。大人或许不将老夫看在眼中，但于情于理我都要替这天下的读书人向您道声谢。"

范闲自嘲地笑了笑："揭弊？都是读书人的事，用谢吗？"

庄墨韩没有笑，此次肖恩回国他并没有出什么大力，最关键处就在于他不想因为这件事情而让整个朝廷陷入动乱之中，但他清楚这个世界并不是全部由读书人组成的，有政客，有阴谋家，有武者，他们处理事情的方法更加直接，更加狂野。他看了范闲一眼想说些什么，但一想到那些毕竟是北齐的内政便罢了。

二人坐在椅子上开始饮茶，说话。许久之后，范闲离开了庄墨韩居住的院子，然后这一生当中他再也没有来过。

暑气大作，虽然从月份上来讲一年最热的日子应该已经过去，但北齐地处大陆东北方，临秋之际却格外闷热。春末夏初时常见的沥沥细雨更是没有踪迹，只有头顶那个白晃晃的太阳，轻佻又狠辣地逼着人们将衣裳脱到不能再脱。

上京城南门外，一抹明黄的舆驾消失在城门之中，青灰色古旧的城墙重新成了城外众人眼中最显眼的存在。

范闲眯着眼睛望着那处，心情有些异样。那位皇帝陛下居然亲自来送庆国使团，这样做万万不合规矩，北齐大臣们无论如何劝阻，也没有拦下来，于是乎只好哗啦啦地来了一大批高官权臣。就连太傅都出城相送，给足了南庆使团面子。

先前北齐皇帝与范闲牵着手唠着家常话的画面，不知道吸引了多少臣子的目光，他们哪里知道皇帝陛下是在催稿。

范闲看见了卫华却没有看见长宁侯，也没有看见沈重。他感到后背已经湿透，不知道是被那位皇帝吓的，还是被太阳晒的。

吉时未到，使团还无法离开。他看了眼队伍正前方最华丽的那辆马车，北齐大公主便在车中。先前他远远地瞥了一眼，隐约能看清楚是位清丽贵人，只是不知道性格如何。他也不怎么担心，经历了海棠的捉弄之后，他对于自己与女子相处的本领更加自信了几分。

一阵清风掠过，让范闲觉得畅快了一些，他扯了扯扣得极紧的衣扣，心想这鬼天气居然还有这种温柔小风？转头望去，果不其然，王启年正在旁边讨好地打着扇子，满脸的不舍与悲伤。

范闲扑哧一声笑了出来，骂道："只不过是一年的时间，你哭丧个脸做什么？家中夫人与儿女自然有我照应着，不用担心。"

使团离开，言冰云自然也要跟着回国，如此一来，庆国监察院在北齐国境内的密谍网络便需要一个主官，监察院内部决议，让王启年以庆国鸿胪寺常驻北齐居中郎的身份留在上京，暂时代为统领北方事宜，等半年之后院中再派官员来接手。

范闲身为提司，在院中的身份特殊，这等事情根本不需要经过京都衙门的手续，很简单地便定了下来。王启年却没有料到自己不随着使团回去，有些不安与紧张，虽然明知道此次经历对于日后的晋升官阶大有好处，但依然有些不自在。

"大人，一天不听您说话，便会觉着浑身不自在。"王启年依依不舍地看着范闲。

范闲笑了笑，说道："不要和北齐方面起冲突，明哲保身，一年后我在京都为你接风。"其实他也习惯了身边有这样一位捧哏的存在，关键是王启年是他在院中唯一的亲信，无奈的是，因为要准备对付长公主的银钱通道，不得已只好留在北齐了。

说话间，忽然从城门里驶出一匹骏马，马上的人却不是什么官员，打扮像个家丁，惹得众官瞩目，心想关防早布，上京九城衙门怎么会放一个百姓到了这里？

那马直接骑到队伍前，家丁滚落马下，语带哭腔地凑到太傅耳边说了几句什么，递给太傅一个布卷，然后指了指后方的城门处。

太傅身子晃了晃，不知道受了什么刺激，看着城门处缓缓驶来的马车，有些悲哀地摇摇头，然后又回头望了范闲一眼，眼神又有些惊讶。

太傅深深地吸了一口气，然后向着范闲走了过来。范闲不知道发生了什么事情，有些忐忑，赶紧下马迎了上去。

范闲接过太傅大人递过来的布卷，有些紧张地拆开，发现里面赫然是本诗集，书页上有微微蜿蜒的苍老笔迹写着几个字：

"半闲斋诗集：老庄注"

太傅有些百感交集地望了默然的范闲一眼，说道："这是先生交给大人的。"说到这里，他的语气中不由得带着极深沉的悲哀。

"庄先生……去了。"

范闲握着手中的诗卷，一时不知该如何言语。前夜与庄墨韩一晤，未料到竟然是最后一面。那夜他虽然已经发现庄墨韩的精神不如去年，但怎么也想不到他竟然会如此突兀地与这个世界告辞。

庄墨韩的遗言交代，要将这本诗集，也就是他生命中最后一个研究成果交给范闲，其中隐着的意思并不简单。

在上京城外送行的官员们也渐渐知道了这个惊人的消息，哀戚的气氛开始弥漫在官道四周，更多的北齐官员则是将目光投向了范闲，那目光中带着警戒，带着愤恨，带着一丝狐疑。

范闲明白北齐人的心中在想些什么，庄墨韩这一生唯一的污点便是自己亲手染上的，此时斯人已逝，他心头也有些微微黯然，下意识里便将那些神情复杂的眼光全数隔绝在外。

正思忖间，城门口那辆马车终于很辛苦地驶了过来，在官员们的注目下来到使团车队后方。那辆马车厢木有些微微变形，发着吱呀难听的声音，可想而知车厢里一定载着很重的事物。来报信的那位家丁引着范闲来到马车前，战抖着声音说道："范大人，老爷遗命，请先生将这车东西带回南方，好生保存。"

众人还没有从庄墨韩的死讯中清醒过来就看着这一幕，悲伤之余也有些好奇：庄墨韩临死之际犹自念念不忘，要交给范闲的究竟是什么？

太阳正是刺眼的时候，范闲眯了眯眼睛，掀开了马车车厢的厚帘，被里面的物事晃了眼睛。

书中自有颜如玉，书中自有黄金屋，书中自有千钟粟。

马车里没有美人珠宝，依然让范闲惊讶与感动。这是整整一马车的书，想来是庄墨韩这一生的收藏，以那位老人家的地位身份，不用去翻，都可以猜到是一些极难见的珍本孤本。

那位庄家家丁在一旁恭谨地递上一本册子，说道："范大人，这是老爷亲自编的书目，后面是保存书籍的注意事项。"

范闲叹了口气，将帘子放了下来，拿起那本书册认真地翻看着。如今的年代，印刷术已经有了长足的进步，印书依然是件很了不起的事情，遑论这么整整一车厢。念及老人家赠书之举，他的心里无由生出些许感动。此时又听见那位家丁悲伤地说道："老爷赠大人书籍，还望大人好生保存。"

范闲知道这句话是这位家人自作主张说的，却是很诚挚地拱手行了一礼，郑重地说道："请这位兄台放心，即便我范闲死了，这些书籍也会继续在这个世上流传下去。"

四周的北齐官员围了过来，看清楚了马车上堆放的是书籍，这些官员都是从科场之中出来的人物，怎么会不知道这满满一车书籍的珍贵。众官都料不到庄大家临死的时候，会将这些自己穷研一生的珍贵书籍交由南朝的官员，不由得大感吃惊，还有些隐隐的嫉妒。

太傅却是明白自己的恩师此举何意，禁不住轻声叹了口气。

赠书只是表象，庄墨韩更是用这个举动表明了自己的态度，这不仅仅是简单的赠予，更是一种象征意义上的传承。不论北齐文臣再如何骄傲，从今以后也不可能再轻忽范闲的存在，范闲在天下士子心目中的地位也终于有了某种仪式上的承认。

范闲转头望了太傅一眼，很诚恳地说道："于情于理，我此时都应该回城祭拜一番才能心安。"

太傅眸子里还有隐藏不住的悲伤，他此时满心想着回城叩灵，不及多想，加上范闲主动提出去祭拜，也让他有些安慰，所以便允了此请。此时鸿胪寺少卿卫华凑到了二人身边，行了一礼后沉声痛道："先生离世，天下同悲，只是太傅大人、范大人，使团日程已定，仪仗已起，是断然不能再回城了。"

片刻沉默后，范闲举目望向那座青灰色的大城，似乎能看见那处上方的天空里飘荡着某些淡紫色的光芒。他理了理自己身上的衣衫，对着城中的方向深深弯腰，一躬到底，行了个外门弟子之礼。

太傅微惊，知道范闲行弟子礼足令去年的那件风波平息，内心深处稍觉安慰，在旁回了一礼。

礼炮声响，却不知道是送行还是在招魂，碎纸片满天飞着，微微刺鼻的烟味须臾间便消散无迹，有若这人世间的无常。

使团的车队缓缓动了起来，沿着官道向着西方驶去。车队后方的北齐众臣看着南朝的车队离开，看着那辆沉重的载书车也随着离开，不由齐声一叹，旋即整理衣着，满脸悲戚地回府换服，赶去庄大家府上。想来此时太后与陛下已经到了，谁也不敢怠慢，而几位庄墨韩一手教出来的大学士已经是哭得险些晕厥了过去。

车队继续前行，当上京城的雄伟城墙渐渐消失在青山密林之后，便来到了上京城外的第一个驿站。依照规矩，回国的使团与送亲的礼团一大批人，要在这里先安顿一夜，明日再继续前行。

范闲从马上下来，往前走去，路过那辆装书马车时忍不住偏头望了一眼，却忍住了上去的欲望。

他走到那辆涂着金漆，描着红彩的华丽马车外，躬身行礼，很恭谨地问道："已至驿站，请公主殿下歇息。"

不知道过了多久，马车里传出幽幽的声音："……请大人自便吧，本宫想一个人坐会儿。"

这是范闲第一次听见这位大公主的声音。他听到那声音有些微微嘶哑，不免觉得有些奇怪，然后看见车帘掀起，一位宫女红着眼睛下来，走到他的身边轻声说道："殿下有些不舒服，范大人请稍候。"

范闲关切地问道："殿下千金之身，多歇息也是应该的。"

宫女看了这位南朝大人清秀的面容一眼，不知怎的对他产生了一种莫名的信任感，轻声说道："公主曾经受学于庄大家，今日得了这消息，所以有些伤心。"

范闲这才明白了过来，投向马车中的目光不免带了一丝同情。这位公主看来并不骄纵，感念师恩哭泣不止，只是庄墨韩逝于城中，她竟是不能去祭拜一番。生在帝王家，果然是件很悲哀的事情。

他叹了口气，不知道是不是想到了自己的身世，向那位宫女嘱咐了几句，又唤来虎卫与使团的骨干成员安排妥事宜，单身走入驿站。

驿站知道送亲的队伍与使团要经过此处，早就打理得无比清静，各式用具全部是按照宫中规矩办。范闲稍稍检查，穿过正室，悄无声息地出了后门，消失在驿站后方那一大片高过人顶的高粱地里。

片刻工夫之后，大部分的人都已经进入了驿站，礼部临时派来的官员们忙得不亦乐乎，自然没有人注意到范闲的去向。

驿站外面有两辆马车里的人没有下来。一辆是大公主的车驾，大家都知道殿下在伤心，自然不敢去打扰。对于北齐官员来说，另一辆马车里是那个外表俊俏的恶魔，更加不会去理会，只有范闲专门留下的虎卫与监察院官员警惕地守在这辆马车四周。

那辆马车的车帘被掀起一个小角，一只白皙冰冷的手招了招，车旁的监察院官员马上走了过去，低声问道："言大人，有什么吩咐？"

车帘一角里，出现的是言冰云那张英俊却显得格外寒冷的脸，他低声说道："大人去哪里了？"

能让他称一声大人的，在使团中只有范闲一个人。那位监察院官员看了他一眼，沉声说道："属下不知。"

言冰云皱了皱眉头，似乎有什么事情不好开口，犹豫半晌后，终于忍不住问道："这一路上有没有一个喜欢穿着淡青色衫子的女人跟着车队？她喜欢骑一匹红毛大马。"

监察院官员摇了摇头，言冰云脸上没有什么表情，将帘子放了下来，确认了那位沈大小姐没有冒险来看自己，心情变得轻松了一些。但不知道为什么，轻松之后他又有些淡淡的伤感。

在高粱地的深处有一座孤单单的亭子，亭旁是早已废弃多年的古道，古道上停着一辆马车，亭子里站着两位姑娘。

一阵风过，高粱地微微一乱，范闲从里面走了出来，缓步迈入亭中，温柔地看着那位渐显丰润的姑娘，轻声说道："想不到一入上京，能真正说说话的时候，却是已经要离开了。"

司理理对着他微微一福，声音略有些颤抖："见过大人。"

范闲没有继续说话，只是看了旁边的海棠一眼。海棠笑了笑，将双手插入口袋之中，脚尖一点亭下有些碎裂开来的地面，整个人已然飘身远离，将这亭子留给了这对关系奇特的男女。

海棠一出小亭，范闲脸上的柔和之意顿时消散无踪，他望着司理理正色说道："入宫之后，一切都要小心一些，太后不是简单角色，你们想瞒过她，不是那么容易。"

司理理看了他一眼，眸子里渐渐多出了一丝温柔的缠绵意味，软绵绵说道："就只是要我小心些，没有别的话要说？"

范闲笑了笑，却没有上前去抱住她那孱弱的肩头，说道："你既然坚持留在北齐，如今又何必想软化我的心意？莫非你们女子都以挑弄我们这些浊物的心思为乐？"

司理理淡淡一笑，全不似在海棠面前那种柔弱模样，说道："大人还不是如此？小女子虽然坚持留在北齐，但您抢先这般说，莫不是怕我要求你带我回京都？"

范闲眼里闪过一丝戏谑，说道："姑娘将来说不定是北齐后宫之主，何苦跟着我这等人打混。"

司理理也笑了起来："能在宫中有处容身之所便是好的了，哪里敢奢望这么多。"

范闲忽然开口说道："理理，你与这天下别的女子有些不一样。"

司理理哦了一声，旋即平淡地应道："或许是因为理理自幼便周游天下，去过许多地方，比那些终日只在宅中待着绣花作诗的女子，总要放肆些。"

范闲知道她这话说得确实有道理，当今世上一般的女子只有枯坐家中的份儿，没有几人会有司理理这样的经历，有海棠这样的自由。他转头望着海棠消失的方向，语气严肃地说道："我相信你的能力，只是依然要告诫你，不要低估那些看似老朽昏庸的人物。"

亭子里的气氛有些凝滞，许久后，司理理深深一福，将头低着，几缕青丝在风中轻舞，柔声说道："或许大人不信，但理理确实欢喜与大人在一处说话，就像来时的马车中一般。"

范闲望着她，不知道这个女子说的话有几分是真，几分是假。

司理理微微一笑，美丽的容颜显得媚妍无比："大人，理理很感谢您在途中替我解毒，这句话……是真的。"

"我不是陈萍萍。"范闲说道，"我相信就算是利益的纠结也可以用比较和缓的方式来达成，我也不希望北齐皇帝因为你的缘故中毒……当然如今看来，陈萍萍这条计策从一开始就没有成功的希望。”

司理理双颊微红，知道面前这个与自己最亲近的男子已经猜到了某些事情。

范闲继续轻声说道："姑娘日后便要在宫中生活，身份日尊，监察院的手脚再长也无法控制你，所以你与我之间的协议是否有效，就看你我的心意了。"

司理理认真地说道："请大人放心。"

范闲看着这美丽姑娘的眉宇，忽然有些恍惚，略定了定神之后才说道："你在北方等着消息，注意安全，我估计你家的仇要不了多久，就会有人帮你报了。"

司理理霍然抬首，有些不敢相信地望向他。范闲没有理会她眼中的惊喜，自袖间取了张纸条给她，微笑着说道："通过这个人与我联系，记牢后把它毁了。我可以允许你放弃我们之间的协议，但我不会接受你出卖我。这个联系人是单线，你就算把他卖给北齐也没有什么用处，所以你最好不要冒险。"

看见这位年轻大人那有些怪异的甜甜的笑容，司理理心头微凛，不知为何有些害怕，赶紧点了点头。

"还有，如果……"范闲沉默了少许之后，忽然开口说道，"如果有哪一天你不想留在北齐皇宫之中，通知我，我来处理这件事情。"

"谢谢大人。"司理理低声道谢，这声"谢"终于显露了一丝真诚与不舍，因为她知道这声谢之后自己便要离开了。只见她微带黯然之色说道，"此一别，不知何日才能再见，每思及此，理理不免肝肠寸断。"

说完这句话后，司理理便毅然转身离开了亭子，只留下后方深深皱眉的范闲，还在思索着"肝肠寸断"这四个字所隐藏着的含意。

看着那辆马车渐渐沿着废弃的古道离开，范闲脸上没有什么表情，内心深处却叹息了一声，一拳击打在亭子的柱子上，发出啪的一声。离亭日久失修，早已摇摇欲坠，此时挨了一拳更是咯咯作响。

一个身影从亭上飘了下来，不是海棠还是何人？她轻轻落在范闲的身边，有些不自在地说道："朵朵可没有偷听到什么。"

"如果你在偷听。"范闲说道，"我会变成哑巴。"

海棠微笑着说道："范大人这便要离开大齐，不知何时才能相见。"

范闲想到了京都家中的妹妹，不由得叹了口气，转了话题说道："我想用不了多久。很想知道，你那位声名显赫的老师去了哪里？来了北齐一趟，却没有拜访这位大宗师，实在是有些遗憾。"

海棠想了想，决定不隐瞒这件事情，轻声说道："南朝使团入京之前三天，老师收到了一块木片就离开了上京城，没有人知道他去了哪里，包括太后与我。"

"在上京的这些天里，你帮我隐瞒了许多事情。"范闲眼睛望着古道尽头的那株荒野孤树，"我确实要谢谢你。关于行北的货物问题，目前我是在和长宁侯与沈重谈，如果你那位皇帝陛下需要向我借银子，就必须把沈重解决掉，这个人看似普通实际上很厉害。"

海棠沉默半晌后说道："这是你我二人间的秘密。"

范闲看着她那双明亮无比的眼睛，一字一句地说道："这个世界上，除了我那位大舅哥，我还真很少看见纯粹的傻子，你以为我们之间的秘密能瞒住多少人？此次北齐之行，朵朵你明里暗里帮了我不少忙，不要以为你那位大师兄不会察觉。"

海棠皱了皱眉头："你想说什么？"

范闲说道："我想说的是，既然你与皇帝准备从太后的阴影下摆脱出来，就不能仅仅指望宫廷里的争斗，也不能仅仅指望我这个外人提供多少资金。北齐乃是大国，切不能只玩这些小手段。"

海棠唇角微扬，笑了笑："我想范大人可能误会了什么。"

"哦？"范闲也回以一笑，"你在担心什么呢？"

海棠似乎在说另外一个话题："我是一个尊师重道的好学生。"

范闲忽然开口说道："庄墨韩死了。"

庄墨韩门生遍及天下，极得世人尊崇，除了去年那件事，道德文章竟是无一可挑剔处。海棠也是极为敬重这位老人，但她今日一直在京郊等着使团，并不知道老人离世的消息，此时听见这消息，脸上不由得流露出了瞬间的震惊和几分悲伤，不知如何言语。

一时间，离亭下凭空多了几丝凄清的感觉。

许久后，还是范闲打破了沉默："肖恩死了，庄墨韩死了，当年的大人物都会逐渐老去，逐渐死去，就算你是位尊师重道的好学生，但我想，你对那一天应该也要有所准备。"

海棠盯着范闲的眼睛问道："大人似乎是在暗示什么？"

范闲微笑着说道："我很能理解，年轻人想当家做主的强烈欲望。"

海棠笑了笑，稍稍驱散了一下乍闻庄大家死讯之后的黯然："为什么很多沉重的事情，从您的嘴里说出来就会显得轻松了许多？为什么许多阴暗的东西，一经您的阐述便马上变得光明无比？"

范闲立即说道："黑夜给了我们黑色的眼睛，我却要用它来寻找光明。"

海棠微微偏头，说道："记得你是说，你要用它来……对这个世界翻白眼。"

"这个世界？"范闲马上回道，"这个世界是他们的，也是我们的，但归根结底……是我们的。"

天上的厚云飘了过来，将太阳整个遮在了后面。但阳光太烈，从云朵的边缘透了出来，就像是一位仙女用巧手绣了一道金边。一阵风从平原刮了过来，穿过了地面上那条古道，那座离亭。

范闲望着海棠说道："朵朵，谢谢这些天你的帮忙。"

海棠终于将双手从粗布衣裳的大口袋里取了出来，有些生涩地学着寻常姑娘家福了一福："范大人客气。"

范闲踏前一步，不客气地将她搂进了怀里，不知为何以海棠的极高修为竟是没有躲过他的这一抱。一抱即放，他满脸诚挚的笑容："说句老实话，如果你我真的能成为朋友，想来也是件很不错的事情。"

海棠轻轻了理自己额角的青丝，平常面容上并没有因为先前极亲密的拥抱动作而有半分尴尬不安，微笑说道："彼此。"

海棠站在破落的离亭下，古道边，看着范闲的身影消失在远处。她微微偏首，回忆起这段在上京城里的日子，唇角浮起一丝微笑，心想这位南朝的公子果然是位极有趣、眼光极其敏锐的人物，想来等他回到庆国之后，南方的天下会发生一些很微妙的变化。

她叹了口气，将因为庄墨韩离世而产生的悲哀情绪挥开，这才想起来自己终究还是忘了一件事情——《石头记》里的海棠诗社，与自己究竟有没有关系呢？她下意识里伸手去系紧头顶的花布巾，却发现摸了个空。她马上反应了过来，不由得脸上微感发热，这才知道纵使自己掩饰得再好，先前那一抱时还是有些紧张，竟连那个小贼偷了自己的花头巾都没有发现。

范闲此时正在高过人顶的高粱地里穿行着，他的脸上浮着一丝快乐而纯真的笑容。北齐之行终于有了一个比较圆满的结果，而自己在重生之后又遇见了一些有趣的人物，比如言冰云那块冰，比如海棠这朵看似俗气实则清淡的花，除却一些利益上的冲突和理念上的不同，他真的很喜欢与她说话。

——皇帝也要生儿子，苦荷也要吃肉，陈跛子也要上茅房，范闲也要有朋友。

他将手中那块花布收入怀里，推开面前的植物，看着远方驿站处冒出的淡淡青烟，轻轻哼着："丢啊丢啊丢手绢……"